都文学丛书

春熙路传

蒋 蓝 著

成都时代出版社
CHENGDU TIMES PRESS

图书在版编目（CIP）数据

春熙路传 / 蒋蓝著 . -- 成都 ：成都时代出版社，
2024.12
　（新时代成都文学丛书）
　ISBN 978-7-5464-3412-4

　Ⅰ．①春… Ⅱ．①蒋… Ⅲ．①随笔－作品集－中国－
当代 Ⅳ．① I267.1

　中国国家版本馆 CIP 数据核字 (2024) 第 028179 号

春熙路传
CHUNXI LU ZHUAN　　蒋蓝 / 著

出 品 人　钟　江
责任编辑　蒋雪梅
责任校对　李　佳
责任印制　江　黎　曾译乐
装帧设计　成都九天众和

出版发行　成都时代出版社
电　　话　（028）86742352（编辑部）
　　　　　（028）86763285（图书发行）
印　　刷　四川华龙印务有限公司
规　　格　170mm × 240mm
印　　张　18.25
字　　数　300 千
版　　次　2024 年 12 月第 1 版
印　　次　2024 年 12 月第 1 次印刷
书　　号　ISBN 978-7-5464-3412-4
定　　价　58.00 元

每次走过春熙路，我就在想：凡是爱上成都的人，一定是从喜欢春熙路开始的吧！

"众人熙熙，如享太牢，如春登台"，这句话出自《老子》，春熙路的名字由此而来。

这名字很美，用如此雅洁雅气美丽的词语来命名一条街道，除春熙路之外，我不知道还有没有第二条？我知道有很多同春熙路一样名扬九州的路或街，却是以江河名、城市名、建筑名、官府名，甚至纯粹的数字来命名的，冷冰冰的，没有一点感情和色彩，而"春熙"一词除了雅洁雅气和美丽外，又是那样温和吉祥、充满激情与想象。

我经常对外地的朋友说，"不到春熙路不算到成都，因为春熙路很美。"

1998年的冬天，我第一次去春熙路，那次也是第一次到成都，住在陕西街的蓉城饭店。那时的蓉城饭店一点都不落寞。

有一个晚上，朋友请我吃饭，就是在春熙路。他说"吃在春熙"。

蓉城饭店离春熙路并不远。出了饭店沿陕西街东行，横穿人民南路后，进入梨花街，再沿学道街、走马街这些充满古意和诗意的街道漫步前行，便可到春熙路的中心位置中山广场。中山广场有一尊孙中山先生的雕像，这是个名头很大但袖珍得不多见的广场，小而精致。

是不是在百年老店"龙抄手"吃的饭？记不得了，记得清清楚楚的是，每人大概花了不到三十块钱，就吃到好几种小吃，有红油抄手、赖汤圆、钟水饺、担担面、糖油果子、肥肠粉、糯米排骨、蒸凤爪等等。碗碗碟碟、汤汤水水、筷子勺子，摆得让人喘不过气来，也不知如何下箸。只能小心翼翼地腾挪选择，细嚼慢咽地品味品尝。

无丑不成戏，无酒不成席。酒杯一上桌，拥挤不堪的桌面只好层层叠叠起来。于是，碰杯时，两只细嫩的小碟子就被挤到了地上，发出了清脆的响声。循声而来的，是一个扎着马尾辫的服务员，她动作利落，几下子就把残渣碎片清扫得干干净净。

我说："对不起，按价赔偿吧。"

她回答："不存在，您也不是故意的，开心用。"

我小小地吃了一惊。因为在另外一个地方，发生了同样的事，曾让我付出好几倍的赔偿，曾让我一个晚上心情郁闷。

春熙路，有幸一遇就带给我如春的暖意。从此，对春熙路我便有了莫名的好感。

有点缘分的是，1999年我调到四川工作，从2014年至2016年就有两年多的时间在省电影公司上班，电影公司位于青年路，距春熙路西段也就几十米距离。单位虽然有食堂，但中午的饭我总是选择在街头吃，那几年，基本吃遍了春熙路的小吃。感觉"吃在春熙"真的是名不虚传。

在春熙路请客吃饭一定不要去酒店宾馆，这是我这几年总结出的一条经验。有一次在一家不小的酒店请北京来的一位朋友吃饭，结果花了大酒店的钱，上桌子的菜大多数是从街头的小馆子端回来的。毛血旺、冒节子、烧肥肠、串串香等等。有了几次这样的经历，以后不管请谁，一定要问清是吃春熙路的"苍蝇"馆子吗？

"吃在春熙"，指的就是这些街头的"苍蝇"馆子，是那些先快舌尖再快朵颐的小吃。"蒸鸡最知名，美不数鱼鳖"，……古往今来的文人在成都留下的美食诗句，一定包含了春熙的美味，至今读来让人垂涎三尺。

一年四季，春熙路也总是走在季节的前面。

立春刚过，乍暖还寒，在春熙路就能见到穿着短衣短裙的女孩子，这在成都几乎是最早的，是一道风景，当地人叫她们"超妹儿"。但我觉得她们更像鸣春的黄鹂，告诉你春天来了，春天就是这样年轻、时尚、靓丽、动人的模样。夏天的景致是在晚上，由流彩的灯光、熙攘的人流、热烈的叫卖、深情的吟唱组成。偶尔也有浓烈的烟酒味儿、淡淡的香露味儿在人群里、空气中飘荡。秋冬两季并不分明，"秋空雁度青天远，疏树蝉嘶白露寒"，街面上桂香刚刚飘过，深巷里寒梅已孕蕾著花。

"九天开出一成都，万户千门入画图。"这是李白当年对成都的赞美。他觉得光说成都好，没比较不服众，紧接着又说："万国同风共一时，锦江何谢曲江池。"天下一时，万国同风，长安很好，但锦江（成都）一点不比曲江（长安）差啊！一千二百多年过去了，成都发生的巨大变化，除了生活在同时代的人，谁能想象得到？雪山下的公园城市，烟火里的幸福成都，真的成了一幅壮美的画，而这画中最浓墨重彩的部分当属春熙路的景致了。

春熙路的老字号恐怕也是成都最多的，比如亨得利、凤祥楼、同仁堂、德仁堂、龙抄手、大光明等等。人们爱这些老字号，爱这些传承了百年以上的文化和文明。因此他们总会在这里驻足、倾听。他们也许是外地的，也许就是本地的。

而与此相对的存在，或许更加引人注目，那就是春熙路引领时代潮流和风尚的各色商品。据一位业界的朋友介绍，全球大量奢侈品、新潮品都在这里售卖。美女如云的春熙路被誉为女人的购物天堂，但我始终不知道是美女造就了天堂，还是天堂吸引了美女。

是的，如果没有这些，那还叫春熙路吗？

在春熙路上班期间，几乎每个早晨，我都是在总府路下车，沿春熙路北段向南，然后再沿春熙路西段走。早晨的春熙路清新、寂静，甚至有点慵懒，除了卖早餐的，其余的仿佛依然在酣睡中。此时，我正好在春熙路的雕塑间安静地穿行。春熙路的雕塑，一种是立体的，一种是平面的。在我看来，这些雕塑也是中国所有城市雕塑中最成功的，最美丽逼真的，最合人性情的。他们仿佛是我温柔的朋友，比邻小坐，相视莫逆。而一同抚摸历史的印痕、岁月的沧桑，会令我不由自主地把自己的过去和现在联系在一起，流连忘返，进而感受到生活的无比美好，甚至涌起一点豪情和爱意。那种感觉之好，在别处是无论如何难以找到的。

浩矣无穷乐，春熙醉笑中。

其实，成都人所说的春熙路并不是指的哪一条路，而是指由春熙路的东、西、南、北四段十字交叉的路组成的一个区域。锦江区官方的资料说得很具体，是总府路以南、红星路以西、东大街以北、北新街以东这个大约三百亩的区域。但我总觉得在大多数人看来，春熙路早已超越了这个范围，西边至少应该在暑袜南街，东边已和太古里有机连了起来，构成了大春熙的概念。在很多人的意识里，太古里就是春熙路的一部分。

近读袁庭栋先生的《成都街巷志》知道：春熙路"1924年5月动工，到了8月，一条新的市内街道就粗具规模……遂请江子愚先生命名，江子愚命名为春熙路。"

锦江区官方的资料称：春熙路"始建于1924年，因由当时的四川省督办杨森提议兴建，最初根据他'森威将军'的头衔将其命名为'森威路'。后来人们取老子《道德经》中'众人熙熙，如春登台'的句子，改为春熙路。"

这两段文字，既交代清了春熙路的来历，又再一次证实了我的一个固执看法：在任何时代，以人名命名城市、街道都是一件极其危险和愚蠢的事。

当然，通过这两段文字，也希望大家记住江子愚这个人，他是个大学问家，"春熙路"是他取的名，他用自己的学识给成都创造了一笔价值永恒而又无可估量的财富。这是知识的魅力，文化人的力量。

春熙路边有一家老影院，现在叫太平洋影院春熙店。我做四川电影公司负责人时，进出这家电影院就是我分内的工作。那几年正是电影市场红火的时候，我身为主人，在公司和电影院里，接待过很多演艺界的名流。单位自己的活动，包括新年团拜、春节联欢、影城店庆也经常在这里举办。真的也算有缘有幸了。

后来，我的工作单位变动到了红星路二段85号，距春熙路也只有一站远。

所以，一年四季午间散步时，不自觉地就走进了春熙路，而且觉得每次都有新收获。锦华馆就是我最近去时发现的，它曾是"蜀绣刺线交易之地"。带着这些新发现，回来再找有关书籍对照，是一件十分惬意的事，总能加深对春熙路的了解和感情，有了一种常去常新的感觉。

一个夏天的中午，我从单位出来，在太古里吃过午饭后，跨过红星路便进到春熙路。由于疫情原因，这里的人少多了，显得有点冷落。

在大城市散步，我总觉得遇到熟人的概率很小很小，就像买彩票中大奖一样，所以我只管随便地走，走着走着就走到了那个老影院。影院的门依然是卷帘式的，大白天的，关得严严实实。台阶上，一位身着黑色皮鞋、蓝色短裙、白色短袖衬衫的女孩儿，站成一个标准的迎宾姿势，两腿小幅叉开，双手背操身后，挺胸抬头，面带微笑，这个姿势是这样熟悉，而看着空荡荡的门前又有点酸楚。台阶下，是一位保洁的女工缓慢走过。我环视了一圈儿，确信没有一个熟人，便加快了脚步，就在这时，我却听到低低的一声问："是侯老师吗？"

声音虽然弱，我还是听清了，但我确信不是喊我。我只是做了个停顿的样子，又向前走去。

"是侯老师侯总吗？"

我只能停下脚步，回过头。我看到台阶上那位女子看着我，但我仍不相信声音是从她那里发出的。我转过身，眼光漫过她，寻向更远的地方。这时，她却慢慢向我走过来，低声说：

"侯老师，是我。我曾在我们影院工作过。您可能不记得我，但我们还在一起演过节目呢。"

"呃"，我收回目光，一边打量，一边尽量搜索着我的记忆库。

"有印象，还在影院上班吗？"我只能这样问。

"不，不上了，因为特殊原因，已经关门好几次了。什么时候恢复营业还不知道。"

"那，你这是？"

"我是农村的，男朋友毕业后要回家养猪，我要留城打拼，两人就分手了。

这两年得到国家扶持，他去年还清了全部贷款和借款，松了口气。可是来成都找我时发生了交通事故，左腿骨折，在家里养伤。城市虽然好，但我要回去和他结婚，和他一起养猪。以后可能不会来春熙路了，走前来看看，要在这儿留个影。"她说话像放连珠炮。

"哦，用我帮忙吗？"我问。

她想了想，"今天真巧，能遇到您，可不可以和您照张合影？"

我说："当然可以。"

此时，正好有一个年轻人从这里走过，她把自己的手机打开调好，恭敬地请年轻人帮忙。

照完相，她说："能加您微信吗？"

我一边打开手机一边说："你男朋友一定很优秀，选择农村创业真是有眼光！以后不管在哪里工作，希望常来成都，常来留有你足迹的春熙路，希望经常听到你们的好消息。"

"我是'春熙女孩'，您通过一下"，她用纸巾轻轻擦去鼻尖的汗，沉思一下说，"我改变主意了，一定要一年来一次，带着我的男朋友，还有爸爸妈妈爷爷奶奶，让他们开开眼界，我觉得春熙路真好。"

"祝你们好运！"我半转过身，依然挥着手。

就在这时，我听见手机发出"嘀嘀"的提示，打开了，是"春熙女孩"发来的照片。下面还有一行文字："春熙总会使人由惊喜变年轻。"字尾还有一行跳动的表情符号：两只小企鹅、三朵红玫瑰！

我信手回了一句——"尽令天下洽春熙"，折转身，大步向前走去。

我当时实在想不起这是谁作的诗了，但我知道，这正是我们孜孜以求的美好愿景！

2022年9月于成都

自序：百年春熙「指掌图」

成都春熙路地区是指成都市东大街以北，北新街、中新街、南新街以东，总府路以南，红星路以西的范围及临街区域。其中春熙路含春熙路北段、春熙路南段、春熙路东段及春熙路西段，总计1120米。在传统春熙路基础上扩展形成的春熙路商圈，其实从1924年以后就一直存在，目前该区域内有商业网点大约700余家，网点总面积约22万平方米。春熙路位于成都市锦江区中心，是一条历史悠久，热闹繁华的商业街，也是成都市最具城市表征、最为繁华热闹的商业步行街。春熙路的最大特色在于"以街华市"，展示了成都历史上"十二月市"的时代转身，汇集了众多品牌的各类专卖店，拥有众多的中华老字号。近年来，在享有"中国第三街"美誉的春熙路商圈，伴随以太古里、IFS等高端商业矩阵的加盟，商圈中也不乏星罗棋布的大型商场、书店、酒店等。春熙路商圈一直是中外人士了解成都的第一名片。未来春熙路时尚商圈将瞄准国际一流商圈，到2025年实现高质量发展目标：建成千亿世界商圈，日客流量达到百万，活化焕新十万平方米人文历史空间，引入千家国际品牌，打造百条漫游街巷。

美国学者奥罗姆、陈向明在其合著的《城市的世界——对地点的比较分析和历史分析》中，针对人们司空见惯的"地点"予以了深刻表述，他指出："地点——空间上人们居住和工作的所在地。人们在此空间基础上建立个人的身份认

1925年成都街道图

同，并发展其相互之间的紧密联系。"显然，"地点"带着深刻的记忆和传奇的感情，人们将"地点"视为神圣场所，甚至当灾难降临之后，人们也选择重回"地点"。成都人大概不会反对吧，春熙路正是成都人建立身份认同最为经典的一个"地点"。这个"地点"宛如城市的"地脐地"，镌刻了一座城市文化品格的形成与成都人的精神指认。

这是一条既不拒绝宏大叙事，也青睐小家碧玉的街道；

这是一条既容纳舶来品，又托举本土文化品质的街道；

这是一条既可以制造商界传奇，又不相信眼泪的街道；

这是一条既可以承载现代都市风景，又可供人们闲庭信步的街道；

▲ 清代成都城结构图

这是一条既有通衢与幽径相连，又不乏国际品牌与浓郁烟火气的街道；

这是一条既属于成都，更属于中国的街道……

2001年4月15日，成都市政府常务会通过春熙路改造规划。2001年5月8日，成都市政府对成都市春熙路商业步行街改扩建工程全面启动，使这条老街焕然一新。这是春熙路百年历史上最具规模、变化最大的一次"整容手术"。作为成都最繁华的商业街，春熙路不仅历来是成都人消费玩耍的重要去处，还传承着这座城市独特的文化气质。春熙路北口有用花岗石雕制而成的成都风俗浮雕艺术墙，描绘了唐代成都的八大景观：庙会、花会、灯会、采桑、芙蓉、濯锦、织锦、酿酒。所以，春熙路不但是百年城市演变的沧桑见证，而且是千年以来繁华成都的缩影。

成都东较场一览。原载《中国中北部游记》

　　春熙路商圈的700多家商业网点，汇集了包括购物、餐饮、娱乐、健身、游憩、休闲等各项功能。作为购物大世界，该地段拥有齐全的商品和良好的购物环境，对省内外购物者具有很大的诱惑力；作为游览休憩场所，它在历史建筑、饮食、习俗、植被、人文等多层面体现了城市历史文化内涵，营造了独特的商业文化氛围。这一区域目前已形成城市RBD（游憩商业区）的业态。为适应现代都市旅游的需求，相关部门按照城市RBD的发展要求，以人为本，有机整合相关吸引要素，通过商业功能的部分转型进一步增强和完善休闲游憩功能，以其整体魅力吸引游客来此观光驻留、休闲购物、体验风情。游人在成都市内观光游览及停留的过程中，都能在轻松愉快的心境中方便地买到特色鲜明的地方旅游商品，达到在休闲中购物、在购物中休闲的目的，并能体验到成都浓郁的旅游商业文化氛围。

　　自从1998年7月23日被命名为中国首批"百城万店无假货"示范街后，春熙路便一改原来的老旧形象而焕然一新。但这并不意味着这里缺乏历史内涵。

毕竟，一条成熟的商业街最关键还是要看百年老店的风采。春熙路上的亨得利钟表、精益眼镜、成都工美商场等百年老店与太平洋百货、王府井、太古里、IFS，以及大慈寺、字库塔、广东会馆等比邻而居，丰富着春熙路作为城市"地点"的多面形象。

置身现代艺术设计师劳伦斯·阿金特《"I Am Here"》（"翻墙熊猫"）的熊猫装置艺术品之下，白云苍狗，目睹川流不息的人流，逝者如斯，总能唤起我对成都的无数回忆。也许，历史恰是如此跌宕而来，跌宕而去，跌宕而成。

本书的写作，先后得到了四川省人民政府文史研究馆、四川省地方志工作办公室、成都日报传媒集团、成都市住房和城乡建设局信息中心、中共成都市锦江区委员会宣传部、成都市地方志编纂委员会办办公室、成都文理学院、锦江区地方志编纂委员会办公室、中国人民政治协商会议成都市锦江区委员会、锦江区融媒体中心等单位的支持与大力帮助，笔者在比对了大量史料基础上，也进行了多次实地采访和考察，力图使本书成为一本涵盖百年春熙路的"指掌图"。不是之处，尚祈读者指正。

2024年5月4日于成都锦江南岸

目 录

1

春熙路前传

百年春熙路赋能城市
生生不息的给养

在我看来，街道不仅是一座城市肉身化的存在，而且是城市宏大叙事进程当中的"活报剧"。

看看如今探讨形体语言的书就很有意思，连职场中同事之间的某个手势，也有学者在探讨其暧昧成分——有戏，没戏，今晚没戏。但一涉及街道，学者们就立马严肃起来，商圈铺面、住宅位置、从业人口、文化程度、收入水平、离婚率、升学率、文明街道指标、宣传栏、摄像头、斑马线、垃圾箱……可惜的是，现实中躁辣不已的街道，急不可耐，蠢蠢欲动，拒绝了学者企图深入打探的动机。学者自顾自话，现实主义的街道已经被他们的学理硬化了、格式化了，只能等待他们炮制出来的概念来包装。所以，他们只能过干瘾。这就是说，夹在纸页中的街道与滚烫在生活中的街道是有本质区别的，街道在接踵摩肩地操练中已经无师自通地掌握了传情技术，只是苦于提炼不出本质性密码，才必须跟着人们的身体东走西荡，不然的话，固执己见，就很容易成为一个智商和情商都很乏味的"歪货"，像那些一抓一大把的老腌菜。社会心理学家说了，人的身体可以做出一千种左右的姿态，而双手可以变换出两千来种手势语言。反过来说，街道就是一座城市的肢体和器官。

美国作家爱·伦坡和英国作家阿·柯南道尔，早就花了不少的笔墨提醒过后人：在冰冷的水泥街道上，在死气沉沉的居室里，看不到人，但人的气息和印迹还是有的。对此，大家总是置若罔闻，以为他们是在虚构，是在渲染"小说家言"。但自瓦尔特·本雅明突破波德莱尔的忧郁绝望诗句，开始触摸到巴黎大街的肋骨和腹沟时，时髦的商品明确地提供了这样的意象，作为偶像既是房屋又是星星的拱门街也提供这样的意象。所以，学者张柠在《当代中国的都市经验》里认为：街道经验的获得，首先就要将自己交出去。街道需要的是你的脚、手、嗓子、眼睛等各种器官，它不需要一个完整的、自由的人体。无数经验证明，凡是不能成功地将自己肢解成器官的人，凡是还试图保持个人的自由和完整性的人，就不能被街道接受。当那些自由自在的器官在大街上疾走如风的时候，我们会在立交桥底下、街道拐角处、垃圾堆边看到一批完整而又自由的流浪汉、乞丐。这就是街道经验的残酷性。

说到这里，我就发现百年春熙路的隐喻与成都的象征一直是藕断丝连的。很多人自然看到了春熙路是成都人文气韵的精粹化展示，但却又顾及春熙路还有它作为街道的自身习性与阴晴盈亏。因此，沉重而逶迤的街道往往被他们丢在喧嚷沸腾的大地上，他们枯蝉脱壳，飘飘欲仙，只见精神的华光，而无视大街的转身抹泪和粲然一笑。这种形而上的处理固然巧妙，也许可以问鼎大智慧，但既然放弃了街道的身体，就不大可能回味身体的惊险冲浪了。

虽然以往中国城市受传统建筑与历史格局的左右，那种精神胎记一般的符码遍及各地，比如低矮、平展的都市空间，狭窄、拥挤的迷宫一般的巷道，"以街为市"而倍显嘈杂混乱的公共环境，自行车、鸡公车、架子车、滑竿、轿车、行人混迹其间，草鞋、三寸金莲、皮靴、高跟鞋、千层底老布鞋奇妙并存，但人们在路灯昏暗、地面坑洼的街头活得一脸灿烂。成都也与世界绝大多数老城市一样，街头同样是本土民间文化、地方政治和欧风美雨着陆的广场。街头文化滋生的空间并不仅仅在街道、巷道、门楼、公园，也可以是茶馆酒肆、土地庙和花会。街头作为公共空间，无疑是民间文化生发、汇聚和表达的天桥。

百年春熙路使一座城市获得了生生不息的给养，出现了日益成熟的都市格局，街道的身体就是一个烘箱，准确地讲是为城市提供了一个操作平台。在冬练

成都青羊宫花会国内闻名。图为中国《旅行杂志》1927 年第 12 期封面上，去观看青羊宫花会的人络绎不绝（郑光路供图）

三九、夏练三伏的打熬中，不但使欲望城市的那些悬空的藤蔓找到了依附，同时也使自己奔腾的情调开始合理地麇集于一具燃烧的肉身之上。凸凹的肉体在恒温的状态下通过进进出出的方式，以通感的审美意味打通感觉到达灵魂的路途，从而使自身对城市的渴望归于平息。这种感觉是销魂的，罗兰·巴特在《恋人絮语》中详尽探讨了其心理流程。身体不过是具体知识的面具。面具后面的面具。川戏变脸的面具。最后那张脸，仍然是肉面具。街道是模仿现实的面具，现实的街道模仿人类的体态，人的身体模仿绝对理念的表情。所以，你只是模仿的模仿的模仿，看不到你。你的身体的身体。类似的联想很多，让我觉得，你痛饮了一瓶全兴大曲，但你坚持说，那不过是一种芳香的、充电的液态物质。

现在，我记录几年前一个情人节的深夜，我在春熙路广场捕捉到的场景：

一个男青年与热恋的女人，在深夜经历长距离缠绵之后，从酒吧出来，抵达黑夜笼罩下的春熙路正中。他双手搂住她，就像双手搂定宝塔山。啊，啊啊，我要走了。我要独自远行。混不好我就不回来了。他们在长夜中举头望明月，让月亮成为导体。爱情就是废话，废话倒完，太平洋百货公司的霓虹灯广告牌上，口水与口红在漫漶。亨德利钟表公司的情侣表说明书在飞舞。他在漆黑中向女人挥手，也在向宇宙挥手。然后，青年大踏步地走在回家的路上。春熙路静下来，路灯撒着银粉，成为了他情绪的甬道。

成都的月亮宛如蜀籁。看到这个青年的身影，我想起一些旧时的面孔和旧时的景致，甚至也看到往昔的自己。街上那些被踩得发亮的青铜浮雕，被月光镀上了一层霜，铜板凹凸有致，栩栩如生，老成都的传统手工艺以凝固的形态简明扼要地呈现在今人面前，而老成都的月亮，拉长了春熙路的岁月，也在一片黄灿灿的浮雕里，翩翩欲飞。

我记得这16块青铜浮雕是2002年春节前后，安装在中山广场四个入口的地面上。都是2米见方，每块重达500公斤，其画面以春熙路有名的老字号店铺为主，如"老凤祥银楼"的珠光宝气、"廖广东刀剪铺"的火热生意、"协和百货行"的人来人往、"大科甲巷刺绣"众绣女一字排开劳作的情景等，让游人顿生古意。

那个青年显得腰力十足，有些像20世纪30年代的青年，意气风发，斗志昂扬。啊，世界是多么广阔！就着路灯的银粉，他开始越来越深入地返回到大街的根部。他熟悉那里的地缘和褶皱，不会错走到别的岔道，拐至"扬州台基"的一张檀香弥漫的床榻……

我走上去，说自己是报社的，想采访他。他搔了搔头发，说："我觉得，春熙路充满了情调。但你的采访，就像我正在洗着如梦的温泉浴，但是突然停水了……"我报以歉意，请他去"民土咖啡"馆坐一坐。"民土"在韩语中是蒲公英的意思，这里环境静谧，像置身西方童话世界。小伙子是一个轮胎经销商，走南闯北。他承认自己尽管在成都生活多年，只知道春熙路是一个"销金窟"，但并不太清楚她的历史。在他的描述里，春熙路似乎更像一个青春永驻、拥有秘方的女人。街道就像一具白蜡一般的身体，在手指的询问下变得越发粉腻和柔软，这种阻止他在肌肤上滑翔的构造，时时在暗示他可以就地进入和深切，把街道的围墙视为可以随意突破的虚拟伪装物，然后，与他亲密的街道会赠予自己一张有效的月票，以期实现免费游览的深情。小伙子总是得陇望蜀，他希望观察街道的身体，身体的动向，并对街道的细部有一个方向性的根本了解。但蜡的肌肤拒绝了彻底透明。他的指力与智力产生了矛盾，或者说，这两者渴望抵达的地方，是身体的两个方向，一个在下半部，另一个在额头里。它们在腰肢的独木桥上僵持，后者终于把他狐疑的追问提到了议事日程，并突破了肉身的酥痒，亮闪闪地伸出来。我们从咖啡馆出来时，这些问题最后变成了一根钉子，将他钉在空荡荡的马路上。

这就是说，他知道了街道的深渊，竟然还想在深渊里，仰视灵魂的高度。

深夜的春熙路，依然被玫瑰和情人包围，卖花的在奋力打折，"2元一枝，要不要？"卖花人的影子在路面摇曳，街道像一泓随时保持恒定浓度的糖浆，把小伙子干枯的欲望缝隙全部灌满，浸在甜蜜而黏稠中的骨骼只能打滑，找不到发力的时机。他注意到路边那些休闲长椅，他估计，自己的骨架基本上就被女性的流质凝固了，自己开始变得对外坚强，对内甜蜜；但是，女友的纤纤玉手、红唇、恰到妙处的长发、煽动澎湃性力的香水，裙子与肢体发出的摩擦声响，在空荡荡的道路上步步生莲，热空气一般包围在左右，小伙子觉得身体某个部位不听使唤，在逐渐偏离刚才的追问，他必须集中注意力，返回到身体的上半部。自此华山一条路。要更上层楼。要俯视身体的历史与分支机构。

明晃晃的月亮让所有灯光暗淡下去，将眼前的灯红酒绿拉向街道的阴影中，月光在石板上溅起的碎银，萤火一般招引着往事。我不禁想起一首描绘老成都的竹枝词：

> 府城隍庙卖灯市，
> 科甲巷中灯若干，
> 万烛照人笙管沸，
> 当头明月有谁看。

是的，在这样的玫瑰之夜，人们醉于月下的街景和心事，却忘记了明月却是最明澈的历史证词……

连接劝业场与
东大街的生命之脐

位于春熙路北段路口的劝业场，不但是成都最早的商业大卖场，而且是20世纪初叶中国西南地区最具现代气息的集贸市场，其留存至今的回廊式建筑风格，也可以让人遥想当年的盛况。可以说，春熙路即是倚劝业场、"蜀中第一街"东大街而兴，但春熙路的建成，又成为了连接两者的生命脐带。

周善培（1875—1958）号孝怀，字致祥，原籍浙江诸暨，随父宦游入川。1899年东渡日本，考察学校、警校、实业等。1901年奉命带20名学生赴日本留学，并聘回日本教习来成都开设私立东文学堂。后赴泸州任川南经纬学堂学监。1902年任警察传习所总办。转赴粤，任督署副总文案兼广东将弁学堂监督。锡良任川省总督后，周善培回川任警察局总办。先设巡警教练所，继在成都建幼孩教育厂、乞丐工厂、老弱废疾院，并力戒鸦片烟，改造监狱，预防火灾，破除迷信，是成都首推"户口"建制的第一人。

1908年，周善培任川省劝业道总办，通令各属普设劝业局，培训劝业员，大力资助民族工商业的发展。任内多次举办展销商品的工商赛会、商业劝工会，还在成都设立能容纳300余家商户的劝业场，这些措施推动了四川近代工商业的发展。还倡导和督促成立川江轮船公司，参与讨袁护国运动。国民政府成立后，潜心治学，不问政事，抗战初期在天津设立电台，代表四川省主席刘湘对外联

成都劝业场，成都最早的商业步行街。
（拍摄于 1908 年）

络。1949年初任民生公司董事长、全国政协委员。著
有《周易杂卦正解》以及回忆录等。值得一说的是，
八十开外的他参加了中华人民共和国开国大典，并在
国号确定等方面提出了自己的见解（司徒丙鹤《司徒
美堂老人的晚年》，《文史资料选辑》第一百一十
辑，第30页）。

▲———
周善培像

　　周善培尽管出自荣州著名才子赵熙门下，但他的
经历与学养却决定了他只能是维新派，他还是最早剪
掉长辫子的成都官员。成都人说起他时，就会想到他
在成都推行的"娟、厂、唱、场"四大革新举措。对这位"在那不生不死的新旧
官场中委实是巍然地露出了一头角"的人物，郭沫若在《自传》里说得更为全
面："四川人给了他五个字的刻薄的口碑！娟、场、丁、唱、察。"除了在处理
"娟"现象时，被一些土娼、地痞在公馆门口钉了一块"总监视户"的大木牌、
一时全城传为笑柄之外，另外的改革应该说深得民心。这里单说"场"——成都
劝业场的建立。

　　庚子事变，八国联军侵华，清王朝已落入风雨飘摇、民怨沸腾的境地。积弱积贫的中国何以在列强觊觎之下图存？晚清重臣袁世凯、张之洞、刘坤一等人鼓吹"新政"，终于被朝廷采纳，推行"新政"开出的药方之一，便是"劝业"。当时有一种认识，西方国家的富强，不是以"商"而是以"工"，西洋、东洋之所以富强，关键在于近代工业的飞速发展。由此反思中国，欲摆脱羸弱贫困，就必须"劝业"。

　　天津中山路上的中山公园，在1907年开设之初，就是找不到一个妥帖的词语，来概括"集贸兴业"的意思。因此，面对天津方面呈交的《请定公园名目》时，袁世凯一锤定音，定名"劝业会场"。

　　清末急时抱佛脚的"劝业"之举，与《史记》的"各劝其业"、《盐铁论》的"百姓劝业"相比，自不可同日而语，已被赋予特定的时代内涵——提倡实业。日本明治维新的结果一目了然：富国强兵，殖产兴业。明治维新时期的日本曾专设"劝业寮"，为弘扬远播劝业伟力，他们举办劝业博览会，设立劝业场。驻日外交官黄遵宪在《日本国志》一书里，特意讲到劝业寮与劝业场的设置。1901年赴日的周善培（孝怀），置身其间，强烈感受到了"劝业"之于一个国家的作用。

　　清光绪三十四年（1908），四川劝业道台周孝怀把图书业帮的樊孔周提拔

劝业场正门

为成都商务总会协董。樊孔周有"智多星"之称，在其积极奔走下，筹股集资4万两白银，购买了总府街至华兴街之间（原老盐店）的地皮，劝业场经四川总督赵尔丰批准建立。全部工程包给成都著名的建筑营造商江建廷设计建造。当年7月动工，历时8个月建成。初名为"劝工场"，后因全国统一场名，改为"劝业场"。劝业场全长158米，分前、后两场，前场南向总府街，后场北向华兴街，中有东西两条支路，前后场口设有栅门，早启晚闭。两场口侧辟有专供停车停轿的舆马场。场内两排商业用房一楼一底，前后设置走廊楼道，整体建筑式样既承中国古代建筑传统风格，又仿埃及古造型特色，俗称"走马转角楼"。

宣统元年三月初三（1909年4月22日），成都劝业场正式开场，入场经营的商家152户，均由劝业场事务所从城区商业行业中严格挑选。据王川博士论文《春熙商贸文化之旅》的统计，劝业场经营有当地厂家生产的绸缎、花布、靴帽、套袍、刺绣、香粉、书画、玉器、玻璃、漆器等物品，也有官厂所出的牛皮鞍鞯、竹丝彩画挂屏、瓷胎盘碗、红绿茶、多宝架、卤漆、印刷品等，还有台湾番席、广东糖食、福建烟丝、北京戏匣、丸药、参茸燕桂、龟鹿阿胶、龙井香片、口蘑对虾、烤香云纱、广铜烟袋、纸烟洋酒等外地产品，以及巴黎香水、法国绢绸、泰西纱缎、德国自行车、西洋绒、金丝眼镜、八音钟表等外国商品，统计共2700余种，年交易额达30余万两白银。这使成都劝业场与天津劝业场、北京劝业场、济南劝业场和武汉劝业场并列，成为中国最著名的五大劝业场。

值得注意的是，当时"劝业"主要指的就是"劝工"。与国内最早的劝业场——武昌劝业场近似，成都劝业场大体也分为三大部分：一为内品劝业场，陈列四川省内手工制造品；二为外品劝业场，陈列外省和舶来品；三为物产内品场，陈列各种土产等非工业品。"劝工"与"劝业"密不可分。

建场初衷为"亮牌明码经营，比较工艺优劣，谋求进步改良，发展本地产品"，这些"明码实价"的文明举措，在成都是开天辟地的，对改善本地社会风气作用极大，后来走马街、东大街的商家也逐渐采取了"明码实价"的买卖方式。但开场一年本地产品营业额仅占20%~30%，实际是经营洋货为主的，显然距离振兴"实业"的初衷已有距离。鉴于劝业场开业后迅速成为四川的重要商业中心，宣统二年（1910）三月，成都商会具文报请改名"商业场"，经北京农工商部批准，是年五月十八日正式改名。改名后，场内商家兼营的洋货、广货日益增多，营业十分兴旺，当年全场交易额达银46万余两。宣统三年（1911）四川兵变和民国六年（1917）、民国二十二年（1933）的两次大火，使场内商家元气大伤，生意逐渐萧条，但仍有商家继续经营。如位于商业场13号的"美琳服装店"，建于民国三十七年（1948），为前店后厂，自产自销毛料服装、男女西装、中山服、毛呢大衣等110个品种，生意遍及西南地区。

成都的改良者利用商业场的成功，向民众鼓吹"新亦优""旧亦劣"的思想，希望公众通过商业场的窗口而了解世界。

梁启超在《敬告国中之谈实业者》当中曾描述说："上之则政府设立农工商部，设立劝业道，纷纷派员奔走各国考察实业，日不暇给……下之则举办劝业会、共进会，各城镇乃至海外侨民悉立商会，各报馆亦极力鼓吹……今之中国，苟实业更不振兴，则不出三年，全国必破产，四万万人必饿死过半。吾既已屡言之，国中人亦多见及之。顾现在竞谈实业，而于阻碍实业之痼疾，不深探其源而思所以抉除之，则所谓振兴实业者，适以为速国家破产之一手段。"这既是对以"劝业"呼唤中国实业的功利心态的真实写照，也是对实业救国论的警醒。

劝业场中的风化史

民国初年警察的职责，统治者常以"保安、正俗、卫生"六字概括。既有专政职能，也有治安行政管理职能。保安，指侦捕盗匪、清查户口、巡逻警戒、防火救火、盘查可疑人员和对付一切反抗政府的活动；正俗，指端正风俗的一切措施；卫生，不仅指公共卫生，防病除疫，还包括社会救济，以工代赈等维持人民生计措施在内。光绪三十四年（1908）戒烟总局裁撤后，其相关业务也划归警察管理。

成都商业场里，店铺、茶楼、酒肆、餐厅、戏园、旅馆等无一不备，它就不单是经商之所，而且是游玩之地，红男绿女，蜀锦苏绣的粼粼波光，使得商业场逐渐成为体验都市摩登风情的窗口。

在商业场建立之前，成都向无女人浓妆艳抹上街溜达的民风，偶有敢于亮相街头的，一旦被警察发现，必"严加申斥"，叫车护送回家。可见那时的警察，不但要维护公共秩序，还是标准的卫道士。其实，警察不过是在履行职责而已。

成都的《通俗日报》在1909年9月4日报道说，一位"天足"的劳动妇女挑着沉甸甸的一挑水进入劝业场时，她的力气引起了看客们极大的兴趣，大家议论纷纷。推行"新政"的人立即据此作为宣传"天足"的绝好例子，以此开启民智。正如一首本地竹枝词所描述的："女生三五结香侪，天足徜徉最自由。"（林

孔翼辑《成都竹枝词》，四川人民出版社
1982年9月版，188页）

　　逐渐的，本地女性受时尚以及"女
权"鼓吹的影响，敢于冒犯"女不向外"
的古训，三五成群，开始在摩肩接踵的公
共场所出没，烟视媚行，顾盼生姿，构
成了商业场风光绮丽的一景，这也让卫道
士有些手忙脚乱。根据当时《通俗日报》
的记者统计，仅1910年的正月初一当天，
白天有33756名男性和11340名女性进入商
业场；当天晚上，还有超过5000人在此游
逛。鉴于商业场游览者太多，尤其是害怕
"有伤风化"，妇女被禁止夜间进场。场

20世纪二三十年代的商品广告

里有一家缝纫服装的"胜家机器公司"，店内清一色是年轻女工，最为引人注
目。寻花问柳之辈潜行其中，表面上一本正经买东西，暗中却以"咸猪手"的方
式除却"私人之痒"，众多"揩油"之举，也成为商业场中的常见伎俩。

　　当年，时在成都高等分设学堂就读的郭沫若写有三首《商业场竹枝词》（何
一民、王毅主编《成都简史》，四川人民出版社2018年版，第七章第五节"警察
与市政"），其中两首竹枝词：

蝉鬓轻松刻意修，

劝业场中结队游。

无怪蜂狂蝶更浪，

牡丹开到美人头。

新藤小轿碧纱纬，

坦道行来快似飞。

里面看人明了否？

何缘花貌总依稀。

不难看出，别开生面的劝业场委实是盛况空前，但"坦道行来快似飞"一句却引人联想。这似乎在暗示，在劝业场周围是宽敞无蔽的，才会有如此风风火火地乘轿"赶集"一般的场面。但劝业场周围并不如诗中描绘的那样道路宽阔，即便是民国时代闻名遐迩的拥有三百年历史的总府街，也不过400米长，而且较为狭窄。就更不用说"街道相连"的城市构想了。

在劝业场开幕那天，周善培并未被热闹冲昏头脑。他似乎有些不祥之感，他对樊孔周说："此场修得好，真可用'栋宇堂皇、商肆罗列'来形容！但可有弊病？"樊还未开腔，属员娄仲光应声说："在下以为，楼台虽好，但铺房稠密、街道狭窄，一旦失火则难以施救！"1917年，就在樊孔周被川军刘存厚手下的团长张鹏午派遣暴徒枪杀后，这年的腊月十五深夜劝业场失火，繁华商场顿化灰烬，商家损失惨重。此后由江建廷重建。哪知1933年，又遭大火！其后，房主各自因陋就简修建。修来补去，所有店铺已非原样，生意渐淡，不复当年盛况。民国十九年，劝业场里的一家布店就挂出了这样一副对联，述说了商家对时局现状的不满——

冷淡商场，可怜几日未开张，好比猿猴空跳舞；

凄凉国事，只为频年都打仗，闹来鸡犬不安宁。

这固然体现当时没有消防意识所引起的一系列萧条，但道路狭窄，无法施救，也是商家损失惨重原因之一。商业场经火劫修复后，不用场门，一律采用串架式的门面，街道也逐渐扩展到9米，保留了街檐，便于行人避雨通行，街旁栽种洋槐遮阴（吴世先主编《成都城区街名通览》，成都出版社1992年9月1版，321页）。

正如成都历史学者郑光路先生所言，从1912年至1923年，虽然入驻蓉城的军阀走马灯一样在变换，但街道仍然在逐渐发展：一些街巷拓宽，新辟了许多街

道，一些街道改换成具有新时代色彩的街名（《成都旧事》，四川人民出版社
2007年10月版，28页）。

左：20世纪30年代中期，成都东大街十字路口（福尔曼·约／摄）
右：20世纪30年代中期，成都街头的小吃摊（福尔曼·约／摄）

　　然而，商业场与"蜀中第一街"东大街就像两条汹涌着滚滚金沙的洪流，无
数的淘金者梦想着，什么时候能够把两者连接起来，打通壁垒，里外兼得，真正
让金融的血脉在成都实现良性循环、具有城市的造血功能呢？

　　1924年之前的春熙路，不过是一条小巷。它与走马街相连，形成一条南北直
线，横贯其中的东大街是出东门下川东的必经之路。从东门上来的客商，经东大
街去喧嚣鼎沸的商业场，均要经过这条"梗阻"的羊肠小道。修筑一条比较宽阔
的马路，沟通东大街到商业场的交通，自然成了市民客商的迫切愿望。

　　谁知这一等，就是17年。

枭雄杨森的"新政"

　　根据光绪五年（1879）和光绪三十年（1904）出版的四川省城街道统计，成都全城大街分别有137条和169条，支街有196条和289条。宣统元年（1909）傅崇矩《成都通览》中所记警察部门的统计，全城街巷有516条。但街巷简陋，尽管铺有砂岩石板，但坑洼不平，积水普遍；而且街巷十分狭窄，连名震巴蜀的东大街，也只有三丈多宽。有些仅能通行单人小轿和鸡公车，夸张点儿说，两个胖子相向而过都容易撞肩……

　　民国十三年1924年5月26日，四川军阀、20军军长杨森在混战后攻入成都。杨森是个十分复杂的人物。他头脑灵活，容易接受新潮事物，投靠北洋军阀，升任陆军第二军军长，被北洋政府视为实力人物，封他当了四川省"军务督理"，寄望他统一全川，为北洋政府在西南地区撑起一片晴天。杨森在四川军阀群体中素以趋新著称。他喜欢到处提倡"新建设"，并一贯以"建设者"自居。他招揽的一批留洋学生为迎合杨森的旨意，建议其仿效欧美，改革市政。

▲
杨森像

杨森酷喜欧风美雨，深信外国的月亮比中土圆。自己配有英文秘书，经常与洋人合影，还喜穿西服，喜吃西餐，喜欢洋乐，要求姨太太和子女们学习西方乐器，如钢琴、小提琴、黑管、长短号等，恨不得从里到外都被"洋化"。他还时常在家中举办音乐会，甚至还亲自作词，请当时名音乐家刘雪庵谱写了一首混声四部合唱曲的"家庭歌"。歌词如下："唯我杨氏族，文治到关西，武功称无敌，发扬光大在吾辈，齐努力。重教育，薄享受，取缔浪费。不吸烟，不饮酒，不嫖、不赌是我家规。学贵专精，学贵专精，体育、音乐皆不可废。忠于国，孝于家，有益于此方无愧。好子孙，好子孙，发奋发奋光门楣。好子孙，好子孙，努力努力扬国威。"

从市政建设到移风易俗，杨森均予以了"全盘考虑"。他让人在街头巷尾到处张贴"杨森语录"，比如，"杨森说，禁止妇女缠脚。""杨森说，应该勤剪指甲，蓄指甲既不卫生，又是懒惰。""杨森说，打牌壮人会打死，打球打猎弱人会打壮。""杨森说，穿短衣服节省布匹，又有尚武精神。""杨森说，夏天在茶馆酒肆大街上及公共场所，打赤膊是不文明的行为。""杨森说，吸鸦片是东亚病夫！""杨森说，不要随地大小便！"……成都立马笼罩在"杨氏语录"的训诫里，让生活自由惯了成都老百姓大感新奇和别扭。

所谓生财有道，就是要在从无人注意的事情上榨出油水！民国之前，有人总结成都的市井特色是"三多"："茶馆多、小吃多、厕所多"。成都厕所多，只是与其他地方相对而言，其中在成都的住户中，绝大部分其实是家无厕所的。那时有所谓的"官茅厕"，并非公家出钱修的公共厕所，而是由经营粪便的粪老板修建的。如厕免费，但挑粪要出钱。杨森把主意打到了官府从不问津的"粪业"上，据说这是中国首开的"扒粪"纪录。有鉴于城市粪水横溢、苍蝇密集的现状，恰巧这时社会上又流传着一首对东门椒子街粪塘子进行辛辣讽刺的顺口溜："穷椒子，臭椒子，街头一个粪塘子。粪塘子上搭棚子，侧边铺条烂席子。上面住的干鸡子，苍蝇蚊子加耗子，臭虫虱子蛆儿子，害得居民没法子，活像一群叫花子，大家都过苦日子！"杨森抓住这一社会陋习大做文章，制定了一项新的税源，叫做"卫生费"，向粪商们强行收取税费（铁波乐《老成都的厕所》，见2008年11月30日《成都晚报》）。他决定开征"粪捐"，用现在的话来讲就是"城市排污费"。他派军警在城门口堵截进城挑粪的农民，按担收钱。

这种做法，似乎是"古已有之"。宋淳熙八年（1181），朱熹担任提举两浙东路常平茶盐公事。时值饥荒，一些贪官污吏从中横征暴敛，致使民不聊生，有些不法商贾为了逃税，还与地方官勾结，行贿受贿，打着官方旗号以营私。朱熹听辛弃疾说"粪向亦插德寿宫旗子"，开始不信，后来"提举浙东，亲见如此"，才知道辛弃疾所言运粪船上高扬官僚大旗，所言不虚。

成都文人刘师亮闻之，写有一副必将流传千古的对子："自古未闻粪有税，于今惟有屁无捐"，横联是"民国万岁（税）"。据说杨森听闻后暴跳如雷，将刘师亮怒斥为"反动文人"（此联来历还有一说：指郭沫若少时见农民挑粪出城，门吏硬要收取两个铜板方可放出城而作）。近代著名诗人庞石帚（1895—1964）先生在1949年前，写有一首《新秋感事》、调寄高阳台的词，讽刺时弊甚深，最后一句就是："……怕明朝，禁到冰蟾，税到沙鸥。"（朱寄尧《两松庵杂记》，《龙门阵》1982年5期，第78页）

其实，中国对屎尿课税的官员极可能是清末的四川总督奎俊。梁发苼在《屎税和屁捐》里考证说，天文数字一般的庚子赔款，四川每年要摊派220万两白银，使四川的"新捐输"以及原有的"捐输""津贴"苛派比"正额"多至十倍。总督奎俊掘金无门，一天"见农民入城担粪，即抽粪税，每担取数文，每厕月取数百文，税至于粪，真无微不至"。就是说，大粪税是从清末的四川总督开始的。

而在北方，北京市市长袁良也拟增收大粪税，引起掏粪工人的强烈反对，加之当时各派政治力量的角逐，迫使袁良不得不辞职下野。次年杨森败走成都以后，"粪捐"继续发扬光大，国民革命军第24军军长刘文辉也在这上面大发其财。但他不是收取粪税，而是派人经营厕所、粪塘子，成为当时成都最大的一个"扒粪老板"（铁波乐《老成都的厕所》，见2008年11月30日《成都晚报》）。从南到北，甚至推及全国。到了民国时期，"粪捐"还在征收，成为定例。具有讽刺意味的是，这个时候由于行政衙门多了，对于"粪捐"的征收出现了新问题。卫生局说了，粪便有关卫生，捐该我们收；社会局也说，人如厕方便，是由于社会问题，所以该我们收；税务局更是冒火：收税本来就是我们的事，凭什么你们来打岔横插一脚！相持不下的结果是，一个厕所，卫生局收卫生捐，社会局收社会捐，税务局才收粪捐。同时，由于三家机构需要协调，所谓"三局治粪"是也，于是就有了"粪政"。学者张鸣在《粪业、粪捐与粪政》一文里进一步指出，在学习西方的道路上，我们的公共行政，在机构设置上，永远膨胀得最快，在公共政策上，在收费方面永远发育得最快。民国时有个名人，叫聂云台，写了一本小册子，名为《大粪主义》，说是要各级行政长官，带头掏粪，如果怕不安全可以派卫兵保护。当然，打死这些长官，他们也不会去掏粪，只是他们的眼睛，其实并没有放过厕所。

跃跃欲试的杨森，继续施行他一直挂在嘴边的"新政"。当时全国各地拆墙建路是市政建设之时尚，而修马路既可笼络人心，为自己树碑立传；又能借修马路为名，大量搜刮民财，为独霸四川、发动"统一四川"之战积累资金。修马路也成了杨森"新政"的要点。

杨森"智囊团"中的陈继新、穆耀枢等人为有所建树，提出数条"新政"建议，杨森欣然采纳，并立即宣布实施：修建马路；开辟公共体育场；成立通俗教育馆；提倡朝会。

民国十三年（1924），奉杨森之令，成都市政督办王瓒绪计划拓修全市的马路。划街道为5类，规定各类道路宽度，全市划分5个区域分3期拓修，经费由各街自筹自管，市政公所派员监修。5月，率先修东大街马路，拓宽至24英尺（约8.3米），改石板路面为三合土路面。两侧民房无偿自拆退让，遭激烈反对仍坚持进行，对抗拒者派兵强拆，8月扩街竣工。开始拓宽城内主要街道，平整路面，拆除栅子、牌楼，禁搭凉棚。

其实，杨森对"新政"城市规划、修路架桥等也并非盲人摸象，胸无点墨。1921年11月至1922年8月，杨森作为川军第二军军长并兼任重庆商埠督办时期，就推行了一系列改革重庆市政的措施，并为重庆市政的长远发展作出过规划。早在任永宁道尹时，杨森就采纳幕僚的建议，在泸州修筑马路和体育场，改革市政，使泸州景象有所更新。杨森借此着实风光了一回。任重庆商埠督办后，杨森更是满怀兴致地推行市政改革，其左右喜穿洋服的智囊团成员更是屡屡以新奇的设想为其出谋划策，以致重庆市政改革一时轰轰烈烈，颇为炫世骇俗。今天四川、重庆境内的318国道和渝巫路的老石子公路的最早铺路建设，都是在其力主之下建成的。

如今的春熙路，百年前自然不是什么道路，而是一个衙门。春熙路是在清代的按察司（也称臬署）的旧址上辟建的。

在当时商业场正南方向，只有一条"肠梗阻"似的小巷弯弯曲曲连接东大街，小巷围绕着长条形的按察使衙门而迂回蜿蜒。清代主管一省司法的衙门叫提刑按察使司，简称"臬司"。主管官员叫按察使，简称"臬台"，所以成都人一般称其为"臬台"。"臬"是"圭臬"的意思，意为量刑用法以此为准绳。臬台衙门因要关押犯人，纵切极深，深达近2华里。从如今的春熙南段开始往北段走，要走完200多米才算走通了衙门内径，它的主体位置在春熙路原成都市第一人民医院旧址住院部处。不过当时马路还没修，"胡开文笔墨店"一带尚被凤祥楼横街挡住，拆楼让路之后，才直通现在的蜀都大道总府路一带。

徐忠辉先生在《话说春熙路》一文里考证说，如今春熙南路的"龙抄手"所在之地，乃是按察司衙门的大门位置。不过，由于现在东大街街面已大大拓宽，所以这大门还要朝前靠才符合当时地理。在大门处，还有半圆形的照壁一面，这是因为对面走马街北对按察司衙门，那街上官员们骑马因公来往者甚多，这走马街又临近督院街的都督大衙，晋见官员的马队均要在此街停下，因此据说是"煞气"太重，为避其晦气，特修此照壁即"可避"。再朝前走，进了头门，这是衙门的"经厅",一直走到春熙路北段才算走完"臬台"前厅。值得一提的是,刚刚走完前厅进入二堂,此地被称为"刑厅",其右边在1990年是中国工商银行成都分行处办公之地——而80多年前,那里曾为"春熙大舞台"的神仙世界。

再向北延续到今天的"太平洋百货"位置,终于走完了这座昔日的庞大"衙门"。

清亡之后,衙门早已废置,"臬台"门前的这条深长的弯曲巷道,右面与南新街为邻,左与城守大街、科甲巷接壤,对面是走马街。走马街前的这深巷子里,逐渐入住了许多棚户人家,开办了不少小商店。衙门旧址里,甚至办起了名为"中城""英文"的两所学校。昔日的森严官场,转瞬之间变成了下里巴人的闹市:小商贩们的叫卖声,店铺的字号旗幌,交易买卖的讨价还价,人声嘈杂,声声扰耳……

在杨森看来,这既有碍观瞻,更影响通行,更像是他推行的"新政"的一截腐烂的盲肠。

杨森决定推倒这些建筑垃圾,再展大手笔,规划新成都。要修筑一条比较宽敞、南北方向的马路,打通东大街到商业场的交通。这所按察司衙门,被杨森一阵运作,大半卖光,一共获利10余万银元,仅剩东段原"经历司"旧署一所,当时尚无权变卖,幸而得以保存。以后改建为"市立医院",即后来的成都市第一人民医院。

　　拟定马路修建计划之后，杨森任命得力师长之一王缵绪兼任市场建设督办。决定先把东大街拓宽成马路，下令商家住户自行锯去屋檐，缩进门面。这自然无人理睬，杨森便派出大批士兵将衙门和沿街店铺强行拆除，难免伤筋动骨，声势巨大，上下震动。成都著名的"五老七贤"尹昌龄、宋育仁、曾鉴、徐迥、陈钟信（五老），方旭、赵熙、胡峻、曾培、文龙、颜楷、刘咸荣（七贤），均为具有社会声望的贤达，他们多次出面成功调停过军阀混战、殃及黎民百姓的时局。他们自己从根本上认为，督理拆牌坊、锯屋

▲
王缵绪像

檐、修马路，那样一搞，变更了列祖列宗的老样，成都就会"失范"，他们觉得鹅卵石镶边的石板路才符合成都的安步当车。这次应本地商会以及百姓之请，顺水推舟，他们出面呼吁杨森缓建，不料却吃了闭门羹。

　　气急败坏的杨森丢下一句狠话："这是我实行的新政，谁也不准阻拦，谁阻拦杀谁的头。未必'五老七贤'的脑壳是铜铸的！"杨森杀人不眨眼，谁都知

道，对于自己的妻妾、部属也是毫不留情的。由于这次意外之灾，成都商会举办的一年一度的春节庆祝活动也被迫停止了。

其实，强拆是最后的结果。修马路，拆棚子，退街房，毁城墙，杨森开始要求市民自拆自建，不予补偿，自然闹得相当一部分市民流离失所，怨声载道了。杨森一肚皮怒气正找不到发泄之处，这时，一个与修路无关的事情，像一把软刀子，彻底激发了他的怒气。

一个住在拆迁巷子里的女人，估计是有了相好或别的原因，竟然谋杀了亲夫！后被人发现，扭送报官。这还了得！杨森计上心头，决定杀鸡给猴看，也让反对修路者知道自己的霹雳手段。他决心处理这个"悖逆天理"的事情。他下令就在拆除的巷子里，对那个女人进行"剐刑"，予以示众，不料这残忍的酷刑不但没有赢得民间伦理的赞同，反而激发了大众的愤怒。须知早在1905年，清政府已从法律上废止了凌迟、戮尸、枭首等残酷刑罚，杨森此举，虽然也起到了一些效果。但被中外人士斥责为："这在20世纪的四川是闻所未闻的。"（见罗伯特A·柯白著《四川军阀与国民政府》，四川人民出版社1985年版）

听说"五老七贤"都在杨森那里碰了一鼻子灰，又听说在巷子里对一个女人进行公开"剐刑"，巷道中的拆除进度在士兵们推墙倒屋的"战役"里进展神速，但尹昌龄族兄尹昌衡并不以为意。尹昌衡身材高大魁梧，异于常人，被川人亲热地称之为"尹长子"。在辛亥革命的时候，尹昌衡时任大汉四川军政府部长，后为四川军政府都督，1912年加入同盟会后仍任四川都督。尹昌衡最凌厉的手段体现在1911年12月22日，将镇压四川保路运动的赵尔丰于皇城坝（现天府广场四川省科技馆）处决。尹昌衡刀头舔血，什么阵仗没见过？省军政府成立时，经费无着，川剧名旦杨素兰慨然捐田60亩助军。当时的袁世凯政府曾颁发勋章（嘉乐章）以示奖励。杨素兰受勋之日在贵州馆演出《游园》，尹都督"喝高"了，目迷五色，竟然将杨拉下台来，强迫其伴酒，成都市井上下一片哗然。后被"铁面"警察总督杨维认定尹昌衡失仪，扣他一个月的薪俸作为处罚。由此可见尹昌衡的果决与"率性而为"。

王家坝官邸靠近铜井巷的公馆，于1911年卖给了尹昌衡作为官邸。尹昌衡在成都居住后，其官邸那时均派兵守护。1920年，尹昌衡解甲归田后，其部下刘成勋任川军总司令兼四川省省长，不忘旧情，拨了14万大洋作为补发给尹昌衡的薪饷。他便用这笔钱在忠烈祠南街买了一块地，修了个新居，取名"止园"，表示他不问世事，心如止水。但尹昌衡在那条必须拆除的小巷子里还有房产，他认为，谁也不至于让他过分难堪。眼看越拆越近了，灰尘漫天，尹昌衡坐镇在家，企图当一回"钉子户"。杨森知道后，不以为意，他在重庆推行"新建设"时遇到过很多类似的事情。他来了个先礼后兵，放出话来："拆一点房子，你们就闹。早知这样，我带兵进城时一把火烧光，省得现在麻烦！"杨森下令拆除继续，决不手软。威吓果然收效，"过气都督"尹昌衡也就只好知趣地离开了。

这等拆除阵势，成都人从未领教过。怨声载道，呼天不应，成都人实在无法用自己的血肉之躯，去与来自重庆的军队进行抗衡。数百米长的民房很快拆尽，路面迅速荡平。逼得不少人家流离失所，餐风露宿。适逢成都雨季，自然是遍地泥泞，"床头屋漏无干处"，老百姓受尽了苦难的熬煎！

但后台硬的仍是不买账。杨森本打算将春熙路修成直线，但当时的总府街"馥记药房"老板郑少馥是法国领事馆的翻译，仗恃洋人势力，拒不拆迁，估计他对风水深信不疑，扬言不动他"馥记药房"的一木一瓦一砖一石，一动生意、祖业就会发生"挪移"。鉴于洋人撑腰，杨森怕弄出更多事端，不得已只能妥协。所以在中山广场处，建成的春熙东路和春熙西路、春熙南路和春熙北路都相互错开了。这也让外地初到春熙路的人感到纳闷：为什么南段和北段没有对直拉伸呢？而是在南北相接处像榫头斗错了位一样！原因就在于此。

看来，当成了"钉子户"的郑少馥，竟然以砥柱之势让历史在自己身边拐了一个弯，不能不说是一个奇事。而在这历史的夹角里，肯定还藏有鲜为人知的故事。

郑少馥的"馥记药房"拒不拆除，事情很快被邻居"凤祥银楼"的老板俞凤岗得知。俞凤岗是浙江杭州人，1916年，30岁的他来到成都闯荡，一开始出任上海商务印书馆成都分馆的"司账"（即会计）。商场的磨砺，使他练就了一个眼观六路、耳听八方的机敏头脑。在商务印书馆里，利用书馆的书款购买公债，就让他大发横财。知道要修春熙路了，他考虑了一种变不利为有利的策略——因势利导，获得双赢。他于一个夜晚去面见杨森，声明愿将自己的"凤祥银楼"拆为路口。杨森一听，不禁大喜，便许诺新街修成后将补偿其损失并让其优先购置房地产。

不久，在杨森斡旋下，俞凤岗就"顺理成章"当选为成都总商会会长。1925年新街基本完成后，俞凤岗一口气买下春熙北段四分之三的地皮，不外乎是为了实现自己的"哈同梦"理想。那个时代，来自巴格达的犹太人欧爱司·哈同在中国商界简直如同天神。哈同生性吝啬，善于敛财，享有"上海地皮大王"之称。

哈同1849年出生于巴格达的一个商人家庭。他的父亲是设在巴格达的沙逊洋行的一个小职员，全家生活并不宽裕。5岁时哈同随父亲迁居印度孟买，6岁时其父去世，生活更为艰辛。哈同于1873年由香港辗转来上海谋生。初到上海，哈同身无分文，连一句中文都不会说，靠着洋人的身份在英国洋行谋到了一个门卫的差使。当哈同开始小有资本时，便开始瞄准那些有更高获利的行业，他开始积极参与买卖土地和放高利贷业务。1883年中法战争爆发，上海市面有些混乱，一些洋商纷纷迁往海外发展，人去楼空，房地产价格猛跌。看准这个机会，哈同倾囊而出，以低价购进今南京东路一带大量房产，而当时的洋人买地也是首选外滩一带的地皮，可见哈同的胆量颇大。不久中法战争结束，这些房产价格大增，哈同在上海地位陡升。哈同真正发家是在太平天国运动时期，当时由于"小刀会"起义，在上海的洋人拿不准形势纷纷出逃，他趁机贱价购买了大量地产。

哈同在中国发的最大一笔财是开发经营上海南京路，他曾占有南京路地产的44%。1916年，他将南京路浙江路口的一块以18000两银子买进的地皮，租给永安公司建造百货大楼，年租金5万两，租期30年。按规定，到租期满时，哈同可以获得150万两的巨款，外加一幢大楼。1901年至1930年间，他在南京路一带，置地建房，成为当之无愧的"地皮大王"。

俞凤岗甚至想像哈同一样，也有一条自己的"俞凤岗路"。他采取各种手腕，以4万银元的代价，将政府拨给青年会一些可建铺面的地皮买下，修建单、双间铺面一共96间，然后出租。后又购置南段2亩地皮，于1925年修建了名扬成都的3层楼高的"春熙大戏院"，其内部构造全部仿造上海"天蟾舞台"的设计，在成都堪称一流。他自己营造的"凤祥银楼"为两楼一底，高出整个北段，屹立在总府街和春熙路交界处，占尽了天时地利。

凤祥银楼新址在春熙路落成揭幕时，财大气粗的俞凤岗为了进一步凸显自己的实力，准备了九成金戒指50枚，对凡来祝贺的同业公司，每人赠送一枚戒指，礼物不可谓不重，更利用戒指展示了凤祥银楼的工艺水平，赢得同行的交口称赞。

可见，在历史的夹缝里，"变"与"不变"，结果真是云泥立判！

1925年春熙路筑路工程初具规模，北段店面由俞凤岗和其亲信张济舟、王伯谋专门筹建的"树业公司"承建。房屋基本上为穿斗结构一楼一底的中式店铺，根据有关记载，其造价为：单间300元，双间500元。1925年至1935年之间，铺面出租的价格是：单间：押金300元、每月房租30元；双间：押金500元，每月房租50元。以当时的物价，可谓是寸土寸金。其他三段的店铺建造，限于财力，都没有超过北段的气势。

但发财的并不只是俞凤岗一人。混乱的人心在一个混乱的时代就像黑牡丹一样妖艳。当时有成都的好事者还写了一首顺口溜：

> 市镇人缘何太忙，因修马路拆民房。
> 既开通俗教育馆，又辟公共体育场。
> 五老七贤来请求，蛮横督理不买账。
> 无端报馆遭封禁，"威古龙丸"兴味长。

前三联都好理解，唯独尾联有点让人莫名其妙。所谓"威古龙丸"，乃是当时成都市面上出名的一味大补药，当时就有一段奇妙的广告词，把"爱国"与"补血"予以了强行结合："敬告热血男儿，血不热则志不奋，血不足则热不能久，能爱国者须求热血之充分，则热血者须求补血之妙药。威古龙丸补血之第一灵丹也，爱国志士，盍一试之。"这体现了成都人戏谑的天性，这段广告词，应了英国文学家塞缪尔·约翰逊的名言："爱国主义是流氓最后的避难所"！但这为何让杨森恼羞成怒呢？

　　说到"封报馆"，则要谈到大名鼎鼎的作家李劼人。杨森手下有个红人叫黎纯一，为人两肋插刀，某日跑到报馆替朋友喻正衡登了一则"替男友征女友"的启事。刚从法国勤工俭学回来的李劼人又看他不顺眼，便在自己主笔的《川报》上也登了一则"为女友征求男友"启事，予以对峙，还特意注明了对方要"常服威古龙丸有耐性者"。这本是文人之间的笔墨仗，但杨森十分敏感——他可是听见小孩子叫"羊子会（杨森的表字子惠）被狗咬死"，就能在防区内到处打狗。讽刺他"壮阳"云云，杨森一怒之下，于1924年11月11日查封了《川报》报馆。

　　《川报》创刊于1918年，由李劼人任社长兼总编辑。李劼人于1919年赴法勤工俭学，曾一度将社务交给实业家卢作孚打理。1924年，李劼人回国后继任总编辑。该报在北京、上海、日本分别派驻记者，该报以反对军阀专制统治，传播和倡导新文化、新思想为宗旨。音乐教育家王光祈根据北京《新青年》《每周评论》《晨钟报》等报刊的最新内容，为《川报》撰写了大量文章和电讯稿，李劼人也亲自撰写时评、杂文和小品。

"谐庐主人"刘师亮

刘师亮（1876—1939），初名芹丰，又名慎之，后改慎三，最后又改名师亮，字云川，号谐庐主人。出生在内江市椑木镇，曾任成都水帮会会董。刘师亮自幼好诗文，1912移居成都，以经营茶社、浴室为生。1929年5月创办了《师亮随刊》，常在该刊以谐稿、诗作、戏剧、对联等文艺形式，于喜怒笑骂之中，抨击军阀及其黑暗统治，伸张正义。谐文短小精悍，意味隽永，常发端于芥子之类琐事，而归结到"改良社会"上去。只要不顾民生，不遂民意，冷不丁就被刘师亮逮住了，"待老子一个个骂将过来"。他在20世纪30年代以"幽默大师"之誉而闻名于蜀中。他的朋友于雨人就说过，豫老（刘咸荣，字豫波，成都"五老七贤"之一）的诗好比荣乐园的鱿鱼、海参，虽然是名贵大菜，没钱人却吃它不起；师亮的诗却好比麻婆豆腐，麻、辣、烫、色、香、味俱全，花钱不多，经济实惠，贩夫走卒，人人能吃。如此比喻，十分到位。

刘师亮为人诙谐而怪诞。有一日，刘师亮被召去见某将军，他提着灯笼前

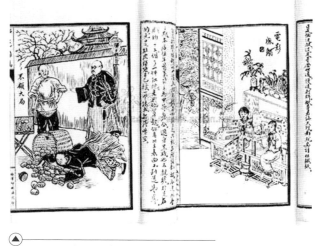

▲ 1928年刘师亮谐稿中的插图漫画

往。将军问："你怎么大白天打灯笼？"答："你这里太黑。"其性格由此可见一斑。

这不禁让人想起古希腊哲学家第欧根尼。有一次大白天在雅典街上点着灯笼走来走去，好像在寻找什么。有人问他在找什么？他回答"在找人"。意思是在当时的社会中，很难找到他心目中真正的人。

杨森修建春熙路之举措，应该说顺应了市民、客商的迫切要求，代表了一定的民意，更关键在于，春熙路的落成，使得两大经济中心得到了连通，疏通了城市脉络，为日后春熙路成为名震巴蜀的"金街"埋下了丰厚的伏笔，意义不可谓不大。但是他强行拆除民居房舍，也使一些平民百姓流离失所，苦不堪言。

刘师亮自然没有闲着，深谙民间疾苦，反感柄权者的堂皇说辞，他以刻刀一般的笔，使得专权者露出了"皇帝的新衣"。他在小报上刊登了一副语意双关的对联：

民房早拆尽，问将军何日才滚；

马路已捶平，看督理哪天开车。

上联中"滚"既指轧路机滚平马路，也咒骂杨森"滚出成都"！下联"开车"既指通汽车，又是四川方言中"走人"之意。事实上，次年（1925），杨森在统一全川的"统一之战"中大败，败出四川，应验了对联所言路修好了该"滚"了。"这副对联被暗中张贴在闹市盐市口，由于表达了人们要杨森尽快倒台的愿望，在两天之内便传遍全城。"（王笛《街头文化：成都公共空间、下层民众与地方政治（1870—1930）》，中国人民大学出版社2006年2月1版，341页）

有不少人说杨森会因之暴跳如雷，派人抓打刘师亮、封报馆，似乎杨森只是个不会用心计的赳赳武夫，其实是太低估这个军阀阴鸷的一面。成都文化学者郑光路先生考证说，自己查阅到杨森老部下杜重石先生的一篇回忆文章，披露了少为人知的事实。

杨森知道后，问他的秘书陈继新："刘师亮何许人？"陈答："成都有名的喜欢乱骂人的无聊文人。"杨森不假思索地说："我看他还有些才气，倒想见见这位读书人，向他领教领教……对读书人要恭敬些，不要随便叫，拿我的名帖去请他来。"陈维新秘书精心安排，打算利用人多口众，唇枪舌剑，窘刘一场。刘师亮应邀到了督理府，对杨森微欠身开口："师亮今天来督理府，是来向督理讨打的。"众人一愣，他接着说："督理提倡穿短服，我却穿长袍来见督理，这不是我居心冒渎虎威，该挨打吗？打赤膊的罚打手心，我是该打屁股了！"众人都笑，客厅气氛顿时轻松起来。杨森说："穿短服是为节省布匹。有了现成的长袍放起来不穿，再去做短服，这不是节省，是暴殄天物。有人叫我是蛮干将军，这是以讹传讹的道听途说。遇事蛮干，不讲道理是行不通的。"

刘师亮晓得是为对联骂杨森之事，就开门见山地说："师亮草芥庶民，拙联只不过表示我渴望马路早日滚平，从速开车以孚民望耳。"杨森呵呵一笑说："先生把我当成武夫，还听不懂语义双关骂人之妙吗？"刘师亮见杨森很和气，便说："师亮昔日只仰将军龙虎雄姿，今面聆教得亲凤麟华采，真乃儒将大风。师亮舞笔弄墨，实属班门弄斧，惭愧！惭愧！"杨森戴了高帽子，也感快活。刘师亮引古喻今，就派兵强拆民房一事委婉进言："督理善于纳谏，《孙子》兵法说：'上兵伐谋，其次仪交，再次伐兵，再次攻城。'足见使用武力乃不得已而用之。以师亮愚见，建设新四川实行新政令也要以'伐谋'为上，取得民心。"

杨森听了哈哈大笑说："先生意见很好，建设新四川，要以'伐谋'为上，取得民众拥护，才能有成！"杨森还当刘面对陈维新说："刘先生很有见地，叫各机关法团、部队要多订阅《师亮随刊》，开放眼界，增加知识。"两日后，刘师亮收到杨森给他月送舆马费百元的督理署咨议聘书和给《师亮随刊》资助费500大洋。从此《师亮随刊》的发行量由原来六七百份增至近2000份。之后，刘在《师亮随刊》常撰文称赞杨森是"宽心容物，平心论事，虚心受善，知人善任"的儒将……（见《成都旧事》，四川人民出版社2007年10月版，36—37页）

杨森撒几颗盐巴就把大名鼎鼎的刘师亮放"咸"了，由此可见刘师亮的机变与圆滑。

▲ 《师亮随刊》里的《宝塔诗》

第二章

春熙路正传

春熙路街名来历

　　蜀地文化名流陶亮生（1900—1984）在《成都街名琐记》中说过："蜀人好文，间间题署，皆有考究。随着人世代谢，古今变迁，街名也有所改变。"（《成都街名琐记》，载《成都掌故》第一集，四川大学出版社1996年版）街名是一定时空内人民生活、自然变化、城市发展、社会进步等街头文化的沉淀和结晶。生意，街名固然是一个地理符号，更是一座城市凝固的自传。但与西方城市最大的不同在于，中国人似乎太看重城市街道名字的意义表征，从而也太容易地从相关的字眼中引发许多联想和猜忌。这种对名字表征功能的扩大化，常常会扩大到所有名字的象征功能上去。

　　1924年马路修建成功后，杨森遂请成都素有文名的前清举人、双流人江子愚（1887—1960）为马路正式取名。江先生名椿，字子愚，双流黄水乡人。幼读私塾，曾在清朝废科举前最末一次朝考中获一等。辛亥革命后，江子愚曾先后担任四川《国民公报》《巴蜀日报》主笔兼总编辑。江子愚擅长诗古文词，著作有《古代蜀诗评判》《冬青阁诗选》等十余卷。1950年后担任四川省文史馆馆员。

　　江子愚先生不仅擅长"之乎者也"，而且世故极深，他来了一个"太极推手"，推出了一顶巍巍然的高帽子，给这新马路命名为"森威路"，因为北洋政府授予杨森"森威将军"的头衔，这令杨森十分"受用"，于是确定了马路的

"初名"。不久，杨森在他发起的与川东军阀刘湘的混战中失利，被迫退出成都。江子愚再战江湖，又向当局建议将"森威路"改为"春熙路"。出典是老子《道德经》中"众人熙熙，如享太牢，如登春台"的典故，以描述这里商业繁华、百姓熙来攘往、盛世升平的景象。

但另外有人予以了附会，认为"春"寓意春风和煦的"阳升"，与杨森谐音；"熙"表示升平气象。熙熙攘攘皆为利而来寓意旨在

江椿书法作品

杨森治理下的成都，犹如春风和煦，百姓熙熙而来，攘攘而往，一派升平兴旺的景象，全赖于管理者督理的"德政"。

但有意思的是，四川大学哲学系教授黄德昌近年指出，自春秋时代有《老子》一书流传于世以来至唐，这句话一直就是"众人熙熙，若享太牢，若春登台"，而不是"若登春台"。"若登春台"首次出现在唐玄宗的《御注道德真经》一书中。由此，《老子》的各种版本中有了"若春登台"和"若登春台"两种说法。就这两句话而言，含义也大相径庭。"若登春台"里，春成了一个修饰词，是定语。有春台则有夏台、秋台。而"若春登台"则说是如春天来临。两者相比，"若春登台"的意思要丰富得多。那么，为什么唐玄宗要将"若春登台"改为"若登春台"呢？黄德昌教授认为，唐玄宗之所以如此改动，一则可能是笔误，一则可能是为追求文句的对仗工稳（《春熙路碑文谬误乍现》，见2002年3月27日《四川日报》）。

还有一种说法，命名的出处，源于西晋文学家潘岳《秋兴赋》里的名句"登春台之熙熙兮，珥金貂之炯炯"。

春熙路建成后，成了连接东大街和商业场的黄金通道，极大地便利了城市交通。来自国内的北京、浙江、广东、重庆等地客商，与来自国外的洋商们同台经营。在这个路面宽八九米、长约两千米、汽车与人力黄包车同行的商业大街上，各种商店、书店报馆、银楼、百货公司光鲜林立，商贾如云，游人如织。此外，鸦片馆、赌场、妓院、茶馆、说书场、戏院等亦应运而生，洋人们挥舞着"司迪克"（文明棍）、身着旗袍的时髦女人烟视媚行、草鞋苦力则埋头拉车、土老帽在流光溢彩的街头目迷五色的景象，让这条商业街在光怪陆离、灯红酒绿中展现出街道文化的五脏六腑。

春熙路的改造为四川其他地区树立了榜样，比如资中县城里后来就有一条模仿春熙路而建的街道，位于重龙镇的大东街，这为四川的古老街道的更新换代注入了新鲜血液。一位英国外交官感到"这时的四川具有令人惊奇的现代化程度，许多大城镇都很现代"。成都在过去的几年中经历了"一场全面的改造，它的街道宽敞平坦，房屋商店鳞次栉比，卫生设施完善齐备"。从中我们可以发现城市改革取得的显著成效，而街道的改善在城市面貌的变化中最为明显。（王笛《街头文化：成都公共空间、下层民众与地方政治（1870—1930）》，中国人民大学出版社2006年2月1版，187页）

　　春熙路分为东西南北四段，即春熙东段、春熙西段、春熙南段和春熙北段。后来逐渐拓展，还包括著名的大小科甲巷、北新街、锦华馆街、中新街等大小街道。杨森采纳了牛津大学毕业的戴顾问的建议，在春熙路4条道路交会的十字路口的中心，建造了一座街心花园。后由成都市政督办罗泽洲在此设立"春熙路建路纪念碑"，纪念碑的四周镌刻着修路经过场景。

　　民国十五年（1926），春熙路4段全部建成，路宽40英尺（约12.2米），人行道宽8英尺，首次设立了市街花园。这也是成都与四川设立的第一个市街花园。

　　到民国十七年（1928），春熙路一带再辟新路，东与科甲巷相接，西与新街后巷接通至荔枝巷。至此，春熙路东、南、西、北四段大体形成（全长755米）。春熙路建成后，巨商大贾咸集于此，骤显繁华，成为新式商业区。

　　综合四川省文史馆张绍诚先生《锦里街名话旧》一书的考证，再结合吴世先主编《成都城区街名通览》的记载，春熙路的结构分布如下：

　　春熙北路长400米，宽12.3米（包括两边街沿各宽2米），此段为春熙路主路段，初名北春熙路，后改为春熙北路，1949年后改今名。1966年曾改名反帝北路，1981年地名普查时恢复。它抵总府街，本街主要商业是匹头（绸缎、呢绒、

20世纪20年代，成都盐市口刘湘雕塑（吴燕子供图）

布四）、百货、钟表，多售舶来品，20世纪30年代有来鹤楼茶馆（屋顶塑白鹤为标记），生意特盛。其间还有一家咖啡店，名叫劳福咖啡店，取其"劳工福利"之意。店主穆耀枢，是位进步人士，他同时在金河街开设了一家草堂图书馆。他的劳福咖啡店里，经常有年轻人光顾。后来不知何故，穆先生被当局抓出来枪决在该店门口（也就是孙中山先生铜像下面），罪状是"借开咖啡店诱惑青年男女，搞苟且淫秽之事。'劳福'者，Love也"云云。

后街中有漱泉茶楼代之，茶楼同时出售各类报刊，零售花生米、瓜子、薛涛干、灯影牛肉佐茶，颇受大众欢迎。街中有基督教青年会，民初创立，1924年设电影院（后改名大华、新闻），以后附设图书馆、会议室、饭馆。西侧锦华馆内多男女中西各式服装店，沾上了洋风，所以工价颇昂。附近多银行、参茸行、银楼，西面廖广东刀剪铺，所售刀剪质地优良，以石质柜台为标记。亚新地学社，专售中外地图、地球仪；世界书局和商务印书馆所售中外书籍，特别是儿童读物，在成都市很受欢迎。《中兴日报》社在春熙饭店南面。本街初建时，有北京同仁堂药店，因与成都同仁堂药店同名涉讼败诉，改名达仁堂，仍售名贵中药。街西北亨得利茶馆是商界人士聚会场所，亦有"高级"看相算命者混迹其间。钟表、眼镜行（设修理部）有及时、大光明、协和等，抗日战争时期最兴旺。解放战争时期，本街百货商店如聚福祥、福泰和等一年到头都在搞大减价，大型条幅，耀眼夺目；鼓号齐鸣，高音喇叭播放流行歌曲，夹杂鼓号狂鸣，震耳欲聋。总而言之，商家的促销手段，极大地影响了后来的营销模式。

按照春熙路的方位定名，春熙南路长240余米，现宽12米。1966年曾改名为反帝南路，1981年地名普查时恢复。它南接走马街，街西有益智茶楼，表演曲艺；楼北为正则补习学校，有精益眼镜行和宝成银楼；街东有德仁堂销售参茸燕桂及名贵中药材，其北为春熙大舞台。1930年首聘蒋叔岩、刘云霞、娄外楼等名角演出京剧，是开先河，随后以连台剧轰动成都。抗日战争时期改放映电影，再改为百货公司、人民银行。其北五芳斋是下江口味面点铺，其北1935年前有卡尔登，是成都豪华的大烟馆，吸毒的瘾君子吞云吐雾于混沌之中（抗战时期改建为银行），再北为成都市最大的《新新新闻》报社和《新中国日报》，前者所建新闻大厦是20世纪40年代成都市最高的建筑物。新中国成立后成都市总工会在此办公（见1994年《锦江文史资料（第二辑）》）。

春熙东路长85米，宽10米，1966年大科甲巷并入，曾改名为反帝路，1981年地名普查时恢复。春熙东路东接大科甲巷，清代按察使司署所在，路北监狱（后改四川省财政厅，抗日战争时期田赋改征实物，内设田赋粮食管理处），太平天国翼王石达开、残杀东乡县民的四川省提督李有恒、反帝民众领袖余栋成等先后被监禁于此狱。1949年后改建为成都"市立医院"，即成都市第一人民医院。西端有福泰和百货公司和凤祥银楼。1949年后改成都市工艺制品社，主要展销成都市精工制作的金银制品、蜀锦织品、漆器等艺术品。

春熙西路现长170米左右，1966年曾改名为反帝西路，1981年地名普查时恢复。西路与荔枝巷相通，街北成都大楼为20世纪成都市新型建筑物，几家银行和撷英西餐厅在此；对过西侧耀华茶点室，所售饮料、茶点、面食均享盛名，1949

年后在街北增修西餐厅，1958年，多位领导曾到此就餐，亦多寄卖行（亦卖洋货化妆品、小衣饰、扑克、打火机等），西服制作业设店作立体剪裁。也有金石刊刻和书报代售店。西段上有"国际艺术人像"照相馆，1946年秋曾展出李公朴、闻一多两位教授在昆明街头被特务刺杀的一组特大新闻图片，轰动蓉城。

春熙路东南西北四路交会处有独立楼房两栋，南面一栋是中华书局（多售古籍校勘新本。1949年以后改为成都市古籍书店）和四明银行，北面一栋是广益书局（多卖笔记小说、通俗读物、附设金笔修理部）、茂昌眼镜行（1949年后改为瓷器商店）……

春熙路在人民公社风行全国时期，还短暂地被命名为"公社"。在同一个地段上出现如此之多的新旧街名重叠，就像历史是层垒而成一样。各种空间符号逐渐被时代荡涤而去，人们站在春熙路上，就能感到历史的脉动。

春熙路上的街灯

　　成都早期的街灯均是油灯，经历了菜油、桐油到煤油的过程，由警察局雇佣的更夫负责路灯明灭。一个外国人描绘说："油灯安装在间隔不远的一根根矮柱子上，每天晚上都会点燃。"而所有的住户都必须"交钱买亮"，俗称"油灯捐"。由于灯光十分昏暗且飘浮，人们在路灯下行走，宛如梦游，反而容易让人联想起鬼魂的显灵。成都人的精明，在油灯上可谓得到了鲜明体现，唐、五代时期，邛崃窑品就有很高的科技含量，体现了实用性、艺术性、科学性三者的统一，最典型的就是享誉古今中外的"省油灯"。但在成都，此话逐渐又有了另外的意思：吝啬到一毛不拔。

　　1879年（清光绪五年）5月28日，公共租界工部局电气工程师毕晓普（J.D.Bishop）在上海虹口乍浦路的一幢仓库里，以1台10马力（7.46千瓦）的蒸汽机为动力，带动自激式直流发电机，发出电力点燃了碳极弧光灯，放出洁白强烈的弧光，第一盏电灯在华夏大地问世。26年之后的1905年，四川总督锡良购买蒸汽发电机一台，以成都银元局为"厂房"，具体地点在成都东门金水河流出城的拱背桥处的银元局。锡良在督院内点亮了四川的第一盏电灯，翻开了天府之国用电的历史。

　　但是根据《四川文史资料选辑》第20辑中刘东父先生《四川兵工厂、造币厂的建立》的记载，则应该是在1904年，"开始试行发电，创设电灯，约可照明2000盏左右，成都之有电灯自此始。"

自锡良始，经过了3年时间酝酿，电灯才从壁垒森严的官府进入民众生活，由奇闻奇观成为见惯不惊的日常。1908年，成都的商户看准了电这个时代商机，集资在劝业场成立了四川第一家公用电灯公司——劝业场发灯部。（到1911年，先后建成劝业场发灯部、成都启明电灯公司和重庆烛川公司3个发电企业）。这一新生事物一经面世，便吸引了无数的好奇之心。然而，当这种新奇先进的东西真正推广的时候，人们又觉得难以接受。当"厂设城内，见烟囱之高峙，闻机声之震动，始而惊异，继而干涉，煞费调解，始得相安。"电厂里"立一杆，街众谓妨碍风水，架一电线，用户谓招致盗贼，其对室内装置任意移动或加玩弄，触电伤人……兴诉之事每岁有之。"当地警察不得不发布公告，劝告人们不要相信谣言。

新奇的诱惑与传统势力的对峙，宛如白昼与黑夜的相持，终究时代大势成为主流。每至傍晚，市民扶老携幼，成群结队，齐聚灯下等候"燃灯"。当电灯突然一亮时，欢呼之声此起彼伏，经久不息。

1909年3月初三，南接春熙北路、北抵华兴中街的劝业场正式开业了，场内外彩旗飘飘，鼓乐齐鸣，人们摩肩接踵，热闹非凡。时年18岁的郭沫若拥挤在熙熙攘攘的人流里进入劝业场，场内灯火通明，每家商铺都安装了电灯。郭沫若不禁感慨道："楼前梭线路难通，龙马高车走不穷。铁笛一声飞过也，大家争看电灯红。"

成都老作家谢开体著文指出，1928年，成都的工商业逐渐发达，由陕西人陈维伯承头集资30万元成立的启明电灯公司有了一定的发展，故而在总府街、上东大街、春熙路、商业街（当时各劝业场，今东风商场）开始架设电线，安装电灯。但因种种原因，未能发电。1931年，军政界的大员们逐渐发起筹办电厂的运动，邓锡侯的师，旅长马德斋、谢德堪创办了"新业水电发电厂"，资本号称50万元。彭植先、刘俊逸等在科甲巷成立了"光明电灯公司"。投资10万元，装有24千瓦的电机两部，供给春熙路、城守街、西御街、皇城坝等处的电灯。（《成

都晚报》2009年3月1日)

1931年中秋节前，电灯架设完毕，宣告准备在商业街、春熙路"试灯"。"试灯"那天下午，市民们提前吃了晚饭，抬起板凳、椅子，争先恐后地去劝业场、春熙路占位子，以便观看吹得神乎其神的电灯。

当时流传的对电灯的诸多认识，体现了这个西南内陆城市对科学技术的陌生和兴奋。比如："电灯一不用清油、洋油（煤油），更不用洋火（火柴）去点，它自己会燃。"比如"不用人去淘神费力，只用手轻轻一按，它就亮了，在北京，上海还能演'电火戏（电影）'，人在壁头上走路，飞檐走壁，不费吹灰之力，比成都这儿悦来、三益公演的大戏安逸得多……"众人七嘴八舌，谈论纷纷。有的听了点头哈腰，有的听得摇头晃脑。

家住慈惠堂街的私塾老师熊应举听后，大为不服，接口道："人见稀奇事嘛必定寿命还长，我就不信，这个电灯不用点火就会亮，世间上从来没听说过！"

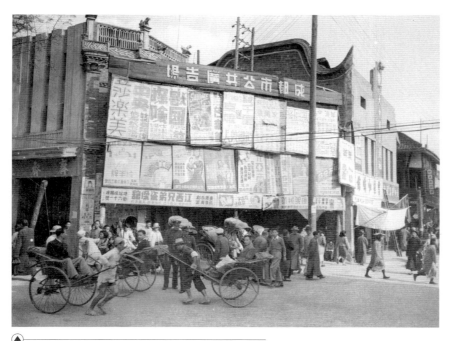

民国时期成都春熙路口上的广告（吴燕子供图）

家住三道拐的鸡贩子马大兴说："世间上的怪事多得很，电灯嘛只是一种嘛，这是大家讲的现代科学，科学，我也不太明。"收荒匠朱天明接着说："现在的怪事多得很，岂止电灯呀？汽车、轮船总比黄包车、鸡公车快好多倍呢。"熊应举更不服气地说："哪个来打赌？如果这电灯不用火点就燃了，我愿输十碗赖汤圆！有莫的人敢来！""我来！"收荒匠把手举起。许多人把他二人盯到，有人相信，有人半信半疑。

突然，电灯一下子亮了，而且真的比清油灯、煤油灯亮很多倍……人们一见，不禁连连"哎哟！"几声，大家都发出潮水般的感叹："亮了！亮了！"

熊应举愣愣地望着电灯，怎么想不通它是哪个点燃的？而且那么多盏一下子全亮了，这个哪个一回事？他久久得不到答案。收荒匠这时笑嘻嘻地站在熊老师的面前："喂，十碗赖汤圆哟，不得放黄嘛？"

"哪个说话不算话嘛？哪个啊！"熊应举同收荒匠走向赖汤圆的店铺。

从此，春熙路算是有了电灯。抗日战争打响后，上述一些电灯公司先后与启明电灯公司合并，直到1949年后改为国营电灯公司。

值得一说的是，当时除了春熙路一带的商家使用电灯外，另外街道的商家多用雪亮的煤气灯。居民家里的照明还是使用煤油灯。因为使用电灯的费用远高于煤气灯、油灯。启明电灯公司逐渐把电价下调了百分之三十到百分之五十，立即吸引了大量顾客。所以春熙路一线的居民率先开始在家里使用电灯了。但由于启明电灯公司装机容量不大，是个烧煤的火力电厂，故发出来的电力不足，即使不停电，灯丝也像细红头绳一样，照不亮三尺远，电灯一眨一眨的，活像是"鬼眨眼"。这样的灯下，最苦的就是学生了，晚间自习不到一个钟头，双眼就感到格外吃力，再坚持片刻即酸胀难忍。

有的居民就开始使用一种叫"轻磅"的灯泡，即买来110伏的灯泡用在120伏线路上，灯光立即稳定了，还很少短路。于是群起效仿，结果是，电压损耗过剧，大家的灯都不亮了。即便如此，安装了电灯的家庭还得自备油灯：锡浇铸的、铁皮敲的、陶釉烧的、墨盘改装的，材质不同，形状各异。

抗战时期，成都也是日寇在武汉会战后实施"政略攻击"的重要目标之一。

在整个抗战期间，成都遭受敌机空袭的损失仅次于重庆。当敌机飞近成都外围上空时，紧急警报拉响（一长声，五短声，约一分钟。）若遇夜袭，电厂立即拉闸，全城实行灯火管制。尽管如此，春熙路的街灯依然顽强地把光明投射在三合土路面……

城市的路灯、空间、建筑、环境、与人形成整体的构成关系，也反映了成都的城市文化特征。用昏暗、赤亮的灯光照亮了市民的生活，夜晚被赋予了色彩，甚至能起到为春熙路画龙点睛的作用。一杆街灯体量小，扩大人们的想象力，进一步完美了灯火的正义形象。正如西方一位犯罪学专家所言："一盏灯就像一个警察"，他甚至还强调，"宁愿这里有更多的电灯和整洁的街道，而不是法律和公共准则"。（王笛《街头文化：成都公共空间、下层民众与地方政治（1870—1930）》，中国人民大学出版社2006年2月1版，204页）明亮的路灯不仅可以为人们的夜间出行带来方便，也可以在无形中增强人们在夜间出行时的安全感。街头路灯的出现，从根本上赋予了一种在本土从未有过的对夜晚的亲近感。

据谢开体回忆，那时春熙路的电灯杆均为原木、原色，没有上漆，高约三丈（约10米），灯泡上有个圆弧形灯罩（后改为搪瓷制品），内涂白色。电灯的光明，不但为城市开辟了一个崭新的公共空间，而且逐渐让夜晚的街区成为了白日生活的拓展和延续，并产生出异样的生活情调。围绕着街头的路灯，小孩子有了玩耍的地盘，小生意人开始摆摊，而地痞、流氓开始了夜间活动……路灯依然孤寂地站在一边不言不语，而一座城市的风华就这样定格在深秋苍凉的风声里……

但旧时的成都，昏暗的路灯与凸凹不平的道路，依然是那时普遍存在的现状。电灯不明，马路不平，烟灯遍街，流氓满市。钟茂煊在《谐联》（《龙门阵》1980年第三期）一文里指出，自己当时尚幼，听父兄谈到过以下写成都实况的对联：

> 上联：电灯不明，夜半深更眨鬼眼。
> 下联：马路难走，拖泥带水踩蜂窝。

这样的艰难状况，延续的时间相当漫长，一些改观也属于小打小闹。

值得一说的，是春熙路第一盏霓虹灯的问世。

锦江区委融媒体平台发布的《春熙路的前世今生》一文指出，20世纪30年代后，春熙路街上办起了一家 "协和钟表行"，钟表行的老板姓潘，很有经济头脑，他去过上海，见识了那里的灯红酒绿。为了吸引大家的关注，他从上海请来了电工，在"协和"这块招牌上动了一番手脚，用霓虹灯将两个字的边勾了个边。然后在门前安了两块木箱子喇叭。于是一到晚上，霓虹闪烁，显得非常漂亮，喇叭里还放着动人的音乐。不要小看这块霓虹招牌和两个木箱子，当时的成都人还没有见识过这种东西，于是一传十、十传百，四处的人都往这里涌。当时的人说，去春熙路是"看电灯照眼睛，听木箱子说话"。人们看着招牌上的灯不停地闪不停地转，觉得神奇得很；一听木箱子也能说话，就更觉得奇怪。正是在好奇心的驱使下，聚集而来的人越来越多，钟表行的生意也异常火爆。

在没有"马路"之前，成都闹市区的路面一般是土夯路，有的在泥里加入了砖头、卵石，由于没有汽车，人力车的通行量也并不稠密，加上市区居民有每日"洒扫"的良好习惯，街道洁净，灰尘并不大。但遇到连绵雨季，这样的泥巴路就使人举步维艰了。

当时，名声远扬的东大街，街边矗立着不少造型典雅、川西风味浓郁的风火墙，整条路面全铺着红砂岩石板，城里人、乡下人都把来逛东大街当成最时髦而快乐的活动，摩肩接踵，石板路上已很有些坑坑洼洼。但李劼人先生在《死水微澜》里却指出：东大街"街面也宽，据说足以并排走四乘八人大轿。街面全铺着红砂石板，并且没一块破碎了而不即更换的。"

而对街道破坏最大的原因，是进城拉货载人的牛车、架子车、鸡公车之类的交通工具。乾隆四十二年（1777），"布政司查榕巢下令通城修砌街道，清理沟渠，不使积水"。这至少提示我们，城市的统治者依然注意到了街道的细节问题。在这样的情形下，成都的街道得到了一定程度的维护和保养。1872年，德国地理学家李希霍芬访问成都回国后，在其所著《中国游记·四川记》一书中写道：成都"是中国最大的城市之一，也是最秀丽雅致的城市之一……街道宽阔，大多笔直，相互交叉成直角……所有茶铺、旅店、商店、私人住宅的墙上都画有

1909 年 4 月，美国地质学家张柏林率领考察团来到成都，在他的镜头里，
出现了一位白胡子大爷坐独轮车。只见他双手紧攥着把手，头上戴着一顶
有弧度的帽子。到春熙路建成后，鸡公车（独轮车）已经不能驶入了

图画，其中许多幅的艺术笔触令人联想起日本的水墨画和水彩画……这种优美在
人民文雅的态度和高尚的举止方面表现得尤为明显，成都府的居民在这方面远远
超过了中国其他各地。"

　　1897年，法国人马尼爱在《游历四川成都记》里，说成都的大街"甚为宽
阔，夹街另筑两途，以便行人，如沪上之大马路然。各铺装饰华丽，有绸缎店、
首饰铺、汇兑庄、瓷器及古董等铺，此真意外之大观。其殆十八省中，只此一
处，露出中国自新之象也。"

　　清代地方官员周询《芙蓉话旧录》描述了清代成都的街道情况：

全城四门及附郭街道，大小五百有奇。时未改筑马路，街面最宽者为东大街，宽约三丈。次则南大街、北大街、总府街、文庙前后街，皆二丈许。其余多不及二丈，惟科甲巷最狭，阔仅数尺。各街面悉敷以石板，两旁有阶，高于街面四、五寸，阶上宽二尺内外。两旁人家屋檐悉与阶齐，雨时行人可藉檐下以避。水沟悉在阶下，平时与街面同覆以石，故呼'阴沟'。每岁春夏间，必启石疏浚一次。

这清楚地说明，在没有"马路"之前，成都的街道以及城市设施的运行情况，蕴含着浓厚的乡谊情怀。

成都市区的石板路，年久失修，如遇大雨之后，行人走在上面，一脚踏上，石板一翘，泥水四溅，立即就变成了泥人。鸡公车推在光滑的石板上，一不小心，失去平衡，坐车人跌个四肢朝天也是常有的事。此后在路中凿了石槽，推鸡公车跌倒的状况才有所减少。

民国十三年（1924），杨森强令沿街店铺向后退缩，加宽路面，并且拆掉栅子，路面一律去掉石板石条，改为"三合土"。"三合土"是由黏土、石灰和砂加水混合而成的建筑材料，在少雨地区多用来打地基，较为牢固经久，也可用来修筑道路。"三合土"的的确确是"打"出来的。先把炭渣撒满路面，再将搅拌好的"三合土"铺开，几个人开始打夯，待基本结实后，又用木头制作的大棒有规律地敲打，使其较为平整。最后，撒上一层石灰和水，用抿子细细抿一遍，就算完工。这样的路面，管个三五年就算不错了，但毕竟投资很少，因此颇受欢迎。

春熙路、东大街就是这样修出来的。不仅如此，到了20世纪五六十年代，连天府广场也仅是一个宽敞的空地，地面都是"三合土"。

马路修起来后，成都有人看到了更多的洋玩意儿，自行车和汽车便是当时成都的明星。那时，成都人称之为"洋马儿"和"打屁房子"。

成都最早出现的自行车是英国进口的男式车，稍后有美国和日本制品。如"邓禄普""三枪""飞利浦"等牌子，"邓禄普"商标是白胡子老头，被人称为"老人头";"三枪"商标是三支洋枪架在一起。自行车没有手刹,刹车要脚板反起蹬,称为"回链刹"。美国的自行车有"红手",日本的自行车有"菊花"。女人在街上骑自行车简直是"匪夷所思"的,所以女式自行车没有销路。那时《川报》有文字介绍:"西人有奇技,能以钢铁制两轮两角之怪兽,人乘其上,行走如飞。"当时,自行车每辆需银圆150元,相当于店员辛苦三年多的收入,人们只能望"车"止渴!后来旧自行车也很俏,一些人去买以旧翻新的"洗澡车子",成都俗话里叫"骑了又漆,漆了又骑"!

春熙路落成后,每日街头吆喝声、车铃声,不绝于耳。马车总站就设在城守东大街口。1924年后,杨森下令不准马车在春熙路、盐市口等繁华区间与汽车同行,马车只能出东门大桥、牛市口,直到龙泉驿的重庆官路。

1929年6月,刘文辉以保护公路为由,不准市郊鸡公车(独轮车)在公路上行驶。并派兵砸烂了几百辆独轮车。独轮车工会在中共成都县委领导下成立了"川西独轮车总工会",3万多会员组织起来,挖毁从成都到新津的公路,使汽车无法行驶。由于交通截断和工人罢工,造成成都市区粮源紧张,引起市民不满,迫使二十四军取消了禁令。

民国初年,成都开始出现黄包车。1913年,留学日本的郭玉珊、韩子葵等人归国后,在包家巷成立四川省立甲种工业学校,生产仿日本式黄包车等,又名

左:20世纪30年代,在春熙路南段"饮涛茶厅"里,有众多汽车运输"经纪公司",凡车主或货主找到他们,包把生意做成,并代办出城手续,其明收经纪费(张建供图)
右:民国三十一年,成都公共汽车股份有限公司的木炭公共汽车行驶在春熙路上(张建供图)

东洋车，民间作坊也纷纷仿造……于是四川老交通玩意儿"轿子"和"鸡公车"风光不再，黄包车逐渐成为主要交通工具，达到上千辆。车价也很低廉，比如牛市口至春熙路，合大洋1角左右，春熙路至少城公园，车价1角5分。20世纪30年代，刘师亮在《师亮随刊》第12期中《哀黄包车夫歌》中，描绘疲于奔命的黄包车夫："黄包车，快点走，先生今天会朋友！先到新化街（注：娼妓街）去玩耍，再到望江楼喝烧酒。转过来，顺到九眼桥，王府公馆推牌九。问问路，二十里，铜钱一串打发走。争多争少欲为何？你把先生看扁喽！先生不是普通人，立刻叫人将你抖！车夫争钱真无耻，给你几个嘴巴子。打得车夫不敢答，垂头丧气面如纸。不见军警干涉坐车人，只见车夫泪眼汪汪流不止……"

夜幕降临了，而在著名的"春熙路大戏院"门口，却是另外一番景象。这个时候停的大都是有钱人家的私包车，轿车很少，偶尔有一辆"推屎爬"（成都话，指屎壳郎）状的小轿车，就知道有达官贵人正在戏院听戏。小轿车自然就比戏剧更吸引路人了。

说到汽车，成都人很容易联想起位于上东大街青石桥北街口的"马裕隆"商号。商号门面堂皇，商品琳琅满目。当时成都尚无像样的百货商店，"马裕隆"的出现，无疑为成都人打开了眼界。这当中最扯眼球的，就数商号卖的汽车了。

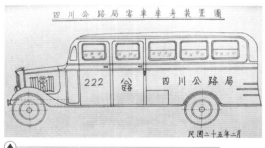

上：1926年，周道刚的"益蜀公司"在春熙路售出的福特T型小汽车（张建供图）

下：四川公路局营业所设于春熙路片区，于民国二十五年发布的客车标准图（张建供图）

1926年，上海马裕隆总店为成都店订购了一辆英国"哈雷"牌巡警用大型摩托车，千辛万苦从长江水运直抵成都。店主老板的大公子正读中学，

左：1949 年，成都市民黄鹄和阐芳如婚庆在春熙路举行，当天他俩的婚庆用车是美制林肯和风 Lincoln-Zephyr 小轿车（黄鸣供图）

右：民国三十一年，成都公共汽车股份有限公司的"东西线价目表"。该表注明了木炭公共汽车的春熙路站（张建供图）

居然无师自通跌跌撞撞能开动了！……街两边青年后生艳羡无比，妙龄女郎秋波频送。不久，"马裕隆"又从上海运到一部"奥斯汀"小轿车。店主两父子大起胆子学开车，结果冲烂一家店铺剐伤了人，赔偿几十个银元才完事。

这辆倒霉的车子被刘文辉二十四军的旅长、"花花太岁"石肇武买去。1929年6月的一天，石肇武带两个美女，从他宽巷子的石公馆直奔东大街，横冲直撞，在春熙路凤祥银楼前，把一个讨口子（乞丐）撞死了。这石肇武继续乱开，又把一个挑汤圆担子的小贩碾得稀巴烂！如此横行市井、掠人妇女、邪恶尤甚的石肇武，1933年川省内战中被杀，悬首示众，真是恶有恶报。

民国时期，仅有一两路公共汽车在春熙路设有车站。每次公共汽车在街头出现，都会引起行人的注目。城内开行区线每两条街设1站，每站车票铜圆100文。

喜欢新奇的市民固然拍手称快，但却遭"五老七贤"的反对，他们说："汽车隆隆其声，巍巍其状，形如市虎……"，有人甚至造谣说："坐公共汽车不吉利，像一口棺材在街上走"等等，还上书当局"请禁止汽车在城内行驶"。督办刘湘为顺"民意"，禁止汽车在城内行驶。当时的"华达公司"只得改开春熙路至百花潭赴花会游览一线，全程收厂版银圆5角。

时人特意作竹枝词记录其事：

便利交通说有年，

汽车今日见吾川，

春熙路到青羊宫，

厂板才收一块钱。

而这样的线路变更，并未让保守者满意。"五老"指责华达公司违抗命令，刘湘遂实行武装制止。

抗日战争期间，日机轰炸成都市区，春熙路也多处被炸。在此后的修复中，进行了几次较大的改、扩建。特别是抗战胜利后的1947年，春熙路由商、民自行集资改铺为水泥路面，又在中心地带修建了小型的中山广场。

到了20世纪50年代的时候，市内交通依然落后，全城只有从北门城门到新南门城门洞一条公共汽车，大概只有两三部客车来回奔跑。其他交通工具主要是人力车，以及运送货物靠板车和架子车。道路除春熙路有一段水泥路外，其他道路大部分是三合土路面和黄泥加卵石的卵石路。当时各单位都没有汽车，外出办公全是骑自行车。

陈毓琼老人回忆说，20世纪50年代的春熙路人气很旺，被称作步行街的这里偶尔也会看见几辆黄包车穿梭，但你绝不会在春熙路的任何一段坐上黄包车。为何？缘于生意太好，所以从无空车。

左：1960 年，成都公共汽车第四线的"松花江"牌车辆每当途经春熙路时，
引来赞许目光，该线获得了全国"红姑娘专线"的集体荣誉称号（成都市
建设信息中心供图）

右："红姑娘专线"的张巧珍是该线先进个人代表，于 1962 年获得成都市
劳模称号。该车行驶在春熙路上（张建供图）

科甲巷的
前世今生

几百米长的科甲巷得名于清乾隆五十一年（1786），名科甲巷正街，民国时改名至今。清代来省试的举子生员多住此巷客栈，"科甲"有"祝考中"之义，因此得名。科甲巷包括正科甲巷、大科甲巷和如今已不复存在、仅留其名的小科甲巷（因建立成都市第一人民医院时，小科甲巷东段被堵，1981年地名普查时并入了正科甲巷）。正科甲巷为南北走向，即南起春熙路东段、大科甲巷交会口接城守街，北止总府路，长291米。大科甲巷为东西走向，东起红星路三段，西止正科甲巷、城守街交会口连春熙路东段，长189米。

本地人知道，这条小街跟专卖皮草的草市街齐名，是成都最新潮的高档时装云集的地方。窄窄的街道两边紧挨着全是一家家时装店，每家店门口都是两三层台阶，跨上去后就别有洞天……

从春熙路北口向南走约100米，左边有个隐秘的路口，那里有一道拱形方柱的门巍然矗立。门上端，有一块黑底白字的牌子上写着"锦华馆"。这是一个长10余米的通道，通道的结构融合了西方古典主义风格。通道内设置了4幅彩绘玻璃，画面反映的是20世纪初春熙商圈的景观。

改造后的正科甲巷，在春熙路街道办事处办公大楼的华德A座转角处，有一条典雅舒适的购物长廊。在西洋建筑风格的基础上加入了时尚元素。里面的建筑

是拱形门窗的西洋风格，设计者却又在立面两侧加上了酒红色的玻璃，一边玻璃
上大书"锦华馆"，一边玻璃上大书"正科甲"，让人感觉到了色彩上的强烈对
比和变化。

如今，成片凌乱、简陋的民房早已被拆除，耸立起的均是奢华的店铺，是那
种貌似古物的仿制建筑。在"做旧"基础上的金碧辉煌，尽管有些抵牾，但毫无
疑问是体现时代门面的美学指标。

清末，成都地区可见的古代雕塑有新都宝光寺五百罗汉堂里的罗汉像，成都
武侯祠三国人物群像，北门城隍庙十殿诸神像以及一些寺庙菩萨造像，这些都是
民间艺人塑造的泥塑雕像。据傅崇矩著《成都通览》记载，晚清时期，科甲巷街
多聚集泥塑艺人、雕刻艺人。如果起古人于地下，看到如今的"作旧"建筑，他
们会作何感想呢？

张伯林拍摄的成都东大街一景

张伯林拍摄的成都东大街。正中的马路上有三道石槽。在"德昌栈房"之上，可见牌坊上的"奏办"二字，这就证明此地昔日就是四川按察使司的大门

　　2005年，正科甲巷改造工程是为配合春熙路提档升级扩容工程而实施的，由春熙商会牵头，名嘉百货、紫微酒店、第一商业广场等商家共同出资近100万元。主要改造的是将小巷的沥青混凝土路面换装成花岗石路面。如今，白麻、红色、米黄色的花岗石、天然石材和火烧板在路面上拼成各种图案，和春熙路步行街路面融为一体。

　　随着太平洋百货春熙新馆、时尚流行会馆名嘉SHOP的开业，"西部第一女人街"的称谓渐渐在科甲巷实至名归。如今科甲巷内大约比邻而居有40余家新潮服饰店、个性店，据说店租十分昂贵。后来随着名店名品的进驻，科甲巷一直是成都时尚制高地。满街流淌着的是最为时新的色彩和总是身材苗条、衣衫时髦的女老板、女顾客。

朱熹是程颢、程颐的三传弟子李侗的学生，与二程合称"程朱学派"。他是唯一非孔子亲传弟子而享祀孔庙，位列大成殿十二哲者。

200多年前，朱熹后裔在此购宇立祠之时，此地尚是成都的荒郊，可以说既无"巷"更无"街"，只有"诸葛庐"之名。清乾隆五十四年（1789年），朱熹的裔孙们以"朱祖文"之名，用700两纹银购得地块建立宗祠，现仍存《杜卖文契》为证。那为什么后来有了"科甲巷"呢？

朱熹第三十一世孙、离休干部朱文国先生指出，明、清两朝的科举，考的都是四书五经，必须写成八股文，而经文的解释必须依朱熹《四书集注》等书为准。朱子后裔立祠，于是取"登科中甲"中的"科甲"二字，作为立祠之巷的名字。也正因为科举考试与朱熹《四书集注》密切相关，所以每逢乡试，赶考者都是蜂拥而至，提前半月住进科甲巷栈房，天天进入"朱祖文祠"朝拜先贤，待乡试开始，才进入贡院"应试"。

在朱氏数十谱牒中，对成都科甲巷总祠都有记述。经考证，首倡创祠时间为清乾隆四十四年（1779）。

在清康熙至乾隆年间"湖广填四川"移民运动中，哲学家、教育家、理学集大成者朱熹的后裔大量进入蜀地。他们刚一站稳脚跟，便开始商议"设立总

朱熹宗祠（半节河宗祠），位于龙泉驿区十陵街道千弓村4组，始建于明崇祯十四年（1641），历代维修，是四川唯一的朱熹纪念拜典场所

祠"及"祠街巷名"之事。经过8年的筹集和商议，最后于1786年8月，由参加"丙午乡试"的朱子裔孙中的举子们确定，购"诸葛庐"范、刘二姓七人之"寨"，立"朱祖文即朱熹总祠"。因左已有"北打金街"，故取"登科中甲"中"科甲"二字作祠巷之名。科甲巷由此得名。乾隆五十四年（1789）6月29日购寨立祠。

首先，与总祠一"篱寨心"之隔的右舍毛氏拆"寨宅"建客栈，兼营祭祀品，这是"正科甲巷"形成之萌芽。其次，左邻况姓拆寨建茶房酒肆。清道光年间，科甲巷进入兴盛时期，修建"科甲巷正街"，将"科甲巷"更名为"大科甲巷街"，"良医巷"改名为"小科甲巷街"。清末民初，成都50余个行帮商会，基本每个帮会都在大、正科甲巷设立有"帮铺"，单是"玉器帮铺"就多达12家；全省著名的"苏广洋货发售所"即"从仁祥号"批发部就设于此巷内；"科甲巷肥肠""科甲巷米花糖"是当年著名的食品店及食品；还有，用牛蹄壳制成的透明冬瓜灯、柿饼灯和纱灯笼灯饰专卖店；神像雕塑和刻字工艺更是全省有名，小孩玩具店也名气不小。在商贾云集、人满为患的情景下，修筑春熙马路缓解了科甲巷之压力，顺应了市场的需求。春熙路受科甲巷辐射而繁华顺理成章。当然，建于1907年的商业场对春熙路的繁华也起到了推波助澜的作用。（《春熙路与朱熹宗祠》，见2006年1月5日《成都晚报》）

1992年，当地政府将朱熹宗祠（总祠）地段土地使用权，转让给了日本邱

张伯林拍摄的东大街上的绸缎店

图中街道两旁，还栽满了行道树，可见初建春熙路后就非常重视步行街的
绿化。熙熙攘攘的人流、老爷车以及黄包车交织在一起，景象十分热闹

永汉集团，总祠房屋被拆，原址上建起了伊藤洋华堂等商业建筑。如今在龙泉驿
区十陵街道千弓村附近的朱熹宗祠，则是一个陪祠。由此可见，"朱熹宗祠是
全球唯一的以朱熹名字命名的朱氏宗祠"，这是世界朱氏联合会秘书长、华东
师范大学博士生导师、朱熹第29世孙朱杰人教授先后两次到朱熹宗祠考察得出的
结论。

2006年11月22日，就在锦华馆的门口，一座3米高、1米多宽的汉白玉碑好像一个飞来之物，突然空降了。它与周围浓郁的商业氛围形成了某种反差，引得行人驻足观看。碑上镌刻有清末文人高旭于1906年托石达开之名而作的五言律诗《入川题壁》：

大盗亦有道，

诗书所不屑。

黄金若粪土，

肝胆硬如铁。

策马渡悬崖，

弯弓射胡月。

人头作酒杯，

饮尽仇雠血。

翼王石达开（1831—1863）是太平天国最富有传奇色彩的人物之一。他16岁便"被访出山"，19岁统率千军万马，20岁封王，遇害时年仅33岁。当年石达开

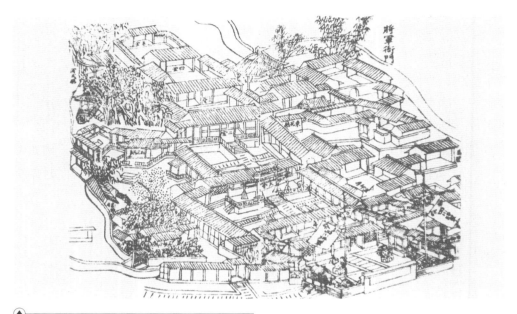

▲———— 成都将军衙门图。原载同治重修《成都县志》

率兵入川，攻成都未成，在石棉县被清军诱俘解至成都，就关押在科甲巷里的衙门里，后又在科甲巷的监狱里被秘密杀害。为了进一步打造人文与历史相结合的景观，春熙路街道办事处向几位历史学家及民俗学家求证此事后，决定打造这样一个汉白玉诗碑。

据说，有关方面以为后两句诗有些"不祥"，命令从碑上删除，因而至今诗碑上只有前面6句。原诗可以参见近代国学家王文濡编撰的《太平天国野史》（江苏广陵古籍刻印社1993年6月版，第299页）。其实想一想就该明白，如是出自石达开之手，"大盗亦有道，诗书所不屑"就是驴唇不对马嘴，石达开不可能自称为"大盗"，何况他曾"应省试，举孝廉，邃于孙吴之学"，显然是深悟学问精髓之人。关键还在于，托名之作诗格太糙，比起石达开的诗心，有云泥立判之别。比如他的"述怀联"："忍令上国衣冠，沦于戎狄，相率中原豪杰，还我河山"，气势沉雄，被《饮冰室诗话》收录，梁启超赞不绝口，认为即使是陈琳的《讨曹操檄》、骆宾王的《讨武氏檄》都不如此联。梁启超说："太平翼王石达开，其用兵之才人尽知之，而不知其娴于文学也。近友人传诵其诗五首，盖曾文正曾召降彼，而彼赋之以答也。""此诗自述履历，兼述志气，所谓名山一卷，著作千秋，盖亦有所自负已。前后四章，皆不免下里巴人之诮，独第三章，即以诗论，亦不愧作者之林。"可见，诗碑不选已有定评的石达开本人作品，偏要选"伪作"，就让人百思不解了。

目前成都有4个地点，被一些学者、文人认为是石达开的遇难之地。例如周询在《芙蓉话旧录》当中记载的凌迟地点在"上莲花街督标箭道"；任乃强在《记石达开被擒就死事》里云："六月二十二日，奉清廷谕，凌迟，行刑于北较场"；以及王廷焕先生在《王家坝官邸与"枕江楼"娱乐场》一文中指出：王家坝街向西与丝棉街接壤，在督院街与龙王庙相交处的一个街口称"院门口"，是指督院街口，这里也曾像北京城的菜市口是一个刑场。清朝时，太平天国翼王石达开从臬台衙门的监狱，从那里提出后被杀害于"院门口"（《华西都市报》2007年3月24日）。

其实，早年李劼人先生在风俗长卷"大河小说三部曲"《死水微澜》《暴风雨前》《大波》里，就持"科甲巷凌迟"之说。比如在《暴风雨前》第一部分《新潮和旧浪》开头，他即描绘说："太平的成都城，老实说来，从李短褡褡、蓝大顺造反，以及石达开被土司所卖，捆绑在绿呢四人官轿中，抬到科甲巷口四大监门前杀头……"

这个"监门"在哪里呢？应该是在臬台大门之外。20世纪90年代，春熙南路9号的全国饮食业50强之一的"龙抄手"所在地，乃是按察司衙门的大门。不过，由于现在东大街街面已大大拓宽，所以这大门还要朝前靠才符合当时的地理位置。

多年以前，我特意征询过四川省文史馆学者李殿元、张绍诚以及成都地方文化研究者郑光路、蒋维明、谢开体等人的意见，他们认为，石达开经几次提审后，即在臬台监狱大门外被凌迟处死。理由在于，在骆秉章等人心目中，石达开显然不是一般意义上的"要犯"。而且，义士要劫法场的市井风声已洞入衙内，那就绝对不能出半点差池。所以，《中国历史文化名城大辞典：成都》（罗亚蒙

入川题壁

大道市宥道，诗书所不屑，
黄金若粪土，肝胆硬如铁。
策马渡巷崖，弯弓射胡月。

屹立在成都科甲巷的石达开诗碑（蒋蓝／摄）

等主编，人民日报出版社1998年10月1版）也记载说："清同治二年（1863），太平天国翼王石达开率兵入川，攻成都未成，在大渡河紫打地（今四川省雅安市石棉县安顺场）被清军诱俘解至成都，同治二年五月初十被杀于成都科甲巷。"

我经过反复比对和对史料的梳理，写有《与绞肉机对峙的中国的身体》（刊发在《广西文学》2009年1期），摘录如下：

1863年6月12日，石达开及5岁的儿子石定忠、曾仕和、黄再忠、韦普成一行被押解到成都，骆秉章会同川省文武官员，提审石达开5次。到达成都当天，石达开一行被关押在科甲巷"臬台"监狱。后来转到距离科甲巷2华里的督院街，提审也在此进行。督院街是成都古老街道之一，又是四川历代统治者发号施令之所。明代的巡抚都察院设于此，清代的四川总督衙门亦设于此。故后人取总督之"督"字，和都察院之"院"字，连结起来，则命名为督院街。

到了25日，见榨不出什么油水，当局决定用刑。凌迟在历代当局的程序中具有不同的刀路。一般是切八刀，先切头面，后是手足，再是胸腹，最后枭首。但实际上比八刀要多，清朝就有二十四刀、三十六刀、七十七刀和一百二十刀四类。据记载，实际执行时，对恶贯满盈者，则可以增加刀数。最多的是明朝作恶多端的太监刘瑾，被割了三天，共四千七百刀，但是否如此，不得而知。我觉得比较真实的是对付袁崇焕的"鱼鳞剐"，剐一万三千七百刀，分三天完成，英雄的肉还被广大百姓分而食之……周实先生在《刀俎》中，为汉语读者详细描摹了袁崇焕遭受"鱼鳞剐"的细节，可以参看。

清末文人周询的《蜀海丛谈》记载的行刑背景是——"当时天色昏暗，密云不雨。"周询描绘说：

就死之日，成都将军为崇实与骆文忠同坐督署大堂，司道以次合城文武咸在。石及两王跻堂，为设三拜垫于堂下。三人者皆跏趺坐垫上。其头巾及靴褂皆黄缎为之。惟石之头巾上，加绣五色花。两王则否。盖即章制之等威也。清制，将军位在总督之右，骆故让崇先问。崇语音低，不辨作何语。只见石昂头怒目视，崇顿气沮语塞。骆始言曰，石某今日就戮，为汝想，亦殊值得。计起事以来，蹂躏数省，我方封疆大吏，死汝手者三人。今以一死完结，抑何所恨。石笑曰，是俗所谓成则为王，败则为寇。今生你杀我，安知来世我不杀汝耶。遂就梆。石下阶，步略缓，两王仍左右侍立，且曰："仍主帅先行。"石始放步先行。是时先太守甫戳取来川，充成都保甲总局提调，所目睹也。

这里再引一段任乃强先生的《记石达开被擒就死记》就够了："石王与曾仕和对缚于十字桩上。行刑人分持利刃，先剜额头皮，上掩双目，次剜双腕。曾文弱，不胜其楚，惨呼。石徐止之曰：'何遂不能忍此须臾？当念我辈得彼，亦已如此，可耳。'曾遂切唇无声。凡百余刀，剜全体殆遍。初流血，嗣仅淡血，最后仅滴黄水。刑终，气早绝矣。"（见西康省《康导月刊》1943年第五卷，第七、八期）

"何遂不能忍此须臾？当念我辈得彼，亦已如此，可耳。"这是石达开生前的最后一句话，也是大实话。对于凌迟，太平军是十分熟悉的。天国发生内

民国初年的"成都市立"医院，此位置即为石达开等4人被凌迟之地。
（选自《巴蜀撷影：四川省档案馆藏清史图片集》）

订的1856年，洪秀全利用韦昌辉杀害杨秀清及亲信6000余人，"醢而烹之，夷其族"。据说天朝还请高级将领分食杨秀清的肉羹。富有戏剧性的是，杨秀清被杀的那一天，后来洪秀全于咸丰九年颁行历书、诏旨中，钦定"七月二十七日"为"东王升天节"，不知道这是对杨秀清的追忆还是对韦昌辉的嘲讽。这两个月总共杀了文武官员2万人。当石达开指责韦昌辉兄弟相残后，韦昌辉说："我虽不欲仇石氏，石氏亦必仇我。怨不可解矣。"他索性派兵围剿翼王府，杀石达开母妻子女等数十人（见王文濡编撰《太平天国野史》，江苏广陵古籍刻印社1993年6月版，326页）。后来，洪秀全又利用石达开来天京靖难，凌迟处死韦昌辉，将其尸体寸磔，割成许多块，每块皆二寸，挂在各处醒目的栅栏处，上书"北奸肉，只准看，不准取"。

以血偿血，以肉偿肉，自然是符合那个黑暗语境中的血性法则。但曾国藩说，"查贼渠以石为最悍，其诳煽莠民，张大声势，亦以石为最谲"；极度自负的左宗棠也承认："石逆狡悍著闻，素得群贼之心，其才智出诸贼之上，而观其所为，颇以结人心，求人才为急，不甚附会邪教俚说，是贼之宗主，而我所畏忌也。"显然，石达开不但是封建统治阶级的心头大患，而且让朝廷大员们一再蒙受耻辱，一旦置之于权力的绞肉机下，也顺理成章地把一己的耻辱记忆细腻地铺排出来。

当时四川布政使刘蓉，本乃桐城派古文大家，也曾在给曾国荃信中称石达开"坚强之气，溢于颜面。而词句不亢不卑，不作摇尾乞怜语……临行之际，神色怡然……"

在有关石达开的各种评价中，最著名的当属美国基督教浸礼会派遣来华的医药传教士、政治观察家麦高文撰写的通讯中的一段评语："在残存的首领中，除翼王石达开外，其余状况几乎一无所闻。这位年轻领袖，作为目前太平军的中坚人物，各种报道都把他描述成为英雄侠义——勇猛无畏，正直耿介，无可非议，可以说是太平军中的培雅德（培雅德是法国著名将领和民族英雄，他率军抵御西班牙殖民主义者的大军入侵，勇猛无畏地捍卫了祖国的疆土）。他的性情温和，赢得万众的爱戴，即使那位采取颇不友好态度的《金陵庶谈》的作者（指谢介鹤的《金陵癸甲庶谈》），也承认这一点。唯该作者为了抵消上述赞扬所造成的美好印象，故意贬低他的胆略。正如其他清朝官方人士以及向我们口述其经历的外国水手所声称的，翼王在太平军中的声望，驳斥了这种蓄意贬低等说法。不容置疑，他那意味深长的'电师'的头衔，正表示他在军事上的雄才大略和性格。他是一个有教养的人，一个敢作敢为的人，这可以从他曾经继承相当巨大的家产推想出来。在他们的集团尚未呈现出政治色彩以前，他就倾其所有，把全部家产投入紫荆山那遭受迫害的拜上帝会——这正是他献身革命时抱有的真心诚意的明证。"

这样的人，用淋漓的血肉，也为成都这座温软的城市，注入了迥异的骨力。我想，这也是有心人，在科甲巷特立"石达开诗碑"的原因所在吧。

如今，行走在这条时尚街道上的熙攘人流，沐浴商潮，如沐春风，显得春情荡漾，还有多少人能记得石达开的英勇与惨烈？但铭记历史，也能感知脚下土地的血性与炽热。

死刑犯之血肉，民间往往不惜花重金予以购买治病，但石达开的遗骸格外特殊，学者们推测，后被倾倒在锦江边挖坑深埋。所以，成都自然成为石达开的坟茔。这个他梦想夺取的大城市，如今却成为温软的"来了就不想走的城市"。

在我看来，诗碑应该安放在成都市第一人民医院住院部的门口，因为那里才是距离石达开殉难较近的地方。如今，游人目光越过诗碑，可以望见一座古老的拜占庭式建筑，这就是成都基督教青年会和基督教女青年会的所在地。建筑中西合璧，风格如此静谧、祥和，就像一个老者，见证着科甲巷的喧哗和风云……

石达开遇难后，在四川民间一直有一个龙门阵广为流传：被杀的是假石达开，真石达开已从大渡河边逃走，而且还高擎太平军战旗，继续同"清妖"作战。偶尔，神龙会露出真容，让目睹他的百姓欣喜不已……

这个所谓的假石达开是怎么回事？传说有很多版本，大体情况是：石达开收有一个义女，时人称为四姑娘，长得聪明伶俐，掌管军机文书。也许是接触生情吧，到了出嫁年纪，她没有看中英武盖世的将军，也不选辅佐天朝的文臣，却看中了一个职位很低的姓马的文书。马文书对天国赤胆忠心，可惜文才武略都很寻常。军营上下为此议论纷纷，消息传到石达开那里，果然，他对这门"鲜花插牛粪"的婚姻也不以为然，四姑娘以哭相谏说："父王将来总会理解女儿的用意。"太平天国讲究男女平等，翼王不便过多干涉，四姑娘终于和马文书结了婚。

新婚燕尔，四姑娘对马文书体贴入微，关怀备至。当西征大军被陷大渡河边，石达开决定到清营议兵的千钧一发时刻，四姑娘在后帐问马文书说："父王待你如何？"马说，"父王和小姐待我恩重如山。"四姑娘又问："天军被困河边，救部队之事大，还是保全你我性命事大？"马文书说："能救全军和父王免难，我万死不辞。"四姑娘就讲了楚汉相争时，汉将纪信替刘邦诈降遇害，争得时间，让刘邦带领汉军从荥阳突围的故事。马文书慨然表示要学纪信，愿替石达开赴营议兵求和。就这样，相貌和石达开相似的马文书，被清军装进囚笼，押解到成都的科甲巷，而真的石达开，却顿开枷锁走蛟龙，混在乱军中远走高飞了。

老百姓说石达开上当地的大洪山修道去了，最后无疾而终。石棉县的大洪山上曾有一座由百姓自发修建的祖师庙，据当地百姓相传，庙中那位耳阔口方的"祖师"颇有当年石达开的风范。

据说，后来还有人专门来到科甲巷，边看边念叨着说："总有一天真石达开和四姑娘会带着太平军进成都，来科甲巷祭奠为国捐躯的那个石达开哩！"

有关文史学资料研究认为，民间的传说似更为准确。当年西南战事刚平息，流散太平军甚多，赴省城道路崎岖，清廷怕途中生变，便密令就地处决石达开。而押赴省城者乃与石达开貌像之替死鬼，当市处决，以达到警示众民之意。民间爱戴石达开之人甚众，都不愿接受石达开取义之事，随即传播他已安全潜逃之说，此说法毫无证据。

有关石达开的传说由来已久。不起于太平天国本身，也不起于民间，而是起于朝廷里的贪功之人。早在1852年，由于清军将帅谎报军情，就闹过一次石达开死而复生的笑话。当太平军撤长沙之围，全军西渡湘江北上，清将福兴谎报打死"翼王石大凯"的消息，钦差大臣徐广缙据此上报清廷。后来徐广缙获罪撤职，向荣继任，在奏报中又提到石达开之名。咸丰觉得奇怪，就在奏章上朱批质问："何又有石达开？是否即系石大凯？"

在我看来，替身是否真有"舍得一身剐"的血气而不声张？这恐怕是很难设想的。周询从他的父辈听说石达开就义时的情况，也认为绝非冒名顶替。周询在《蜀海丛谈》中说："后有谓石未死，当时杀者，乃其替身。且云，光绪中有人于渡江时与同船。已着道装，遗一伞，上有翼王字等语。然以就义时之凛凛生气证之，恐非顶替者所可能耳。"

当然，现在的人们对这样的说法，总在似信非信之间，但要有这样一个传说就足够让人在科甲巷流连徘徊。在日益光鲜的商店、身着时髦服装的男女的衬映下，历史，就匿身在人们脚下的花岗石板之下，护卫着一个梦，难以醒来……

科甲巷的玩具产业

偶然看到邻居家的小孩在玩玻璃珠，我暗自心惊，似乎从玻璃的反光里看到了自己清贫的童年，相信40岁以上的人会有同感。那时，游戏或玩具是陪伴自己度过漫漫长夜的最忠实伙伴，再没有比游戏更能主宰一个孩子灵魂的东西了。从心理学的角度来看，人们因为现实中大剂量的无情竞争转而怀念往昔是很自然的。然而人类的怀旧也往往摆脱不了两种模式：从地缘角度展开的故土情感和从时间维度进行的童年追忆。过去的事实才让我们久久怀念，不能返回的童年，始终是美丽的想象之所。伸向知了的竹竿，弹弓瞄准的小鸟，泥地上的弹珠，风中的纸鸢，五彩缤纷的香烟盒，一切都那么清晰，恍如旧日时光。开启尘封已久的幻想，去演绎其中的种种故事，体会其中丰富的情感，童年便复活在我们的现实之中，童年不再遥远。

因此，这一种清贫的诗意与科甲巷紧紧相连，流淌在巷子里的诗意之光注定会照耀一个人的一生。也毫不夸张地说，科甲巷的玩具市场，几乎是那时成都孩子的"梦工厂"。

在数十年前，这里以卖"过年货"以及"耍玩意儿"的商铺为主。诸如"麻将""纸牌""狮子笼灯纸扎货"等等，更多的是儿童喜欢的手工玩具戏脸壳、箩卜枪，木制的关公大刀、长矛、响簧、提簧、冰铁洋号等等，五花八门，

在这块标有"成都市顾绣业同业公会"字样的牌匾下，本土民俗学者、老作家陈稻心认定在春熙路侧的大科甲巷。"顾绣"源于明代松江府上海县顾名世家的一种刺绣艺术。它以名画为蓝本，技法精湛、形式典雅、艺术性极高。清代四大名绣（苏、粤、湘、蜀）皆得益于顾绣。这是有关成都的最早一批彩色照片。（美国艾伦·拉森、威廉·迪柏两人用柯达相机拍摄）

是成都小娃娃有了过年钱就蜂拥而至的地方。由于品种繁多，琳琅满目非常吸引人。科甲巷于是被戏称为"玩具一条街"。归纳起来有几大类：

其一，动物灯具。如纸马、兔儿灯、龙灯、车车灯等。

其二，面具。如笑头和尚，猪八戒，孙悟空，大花脸，王先生与小陈（20世纪30年代电影中的滑稽角色）等。

其三，兵器。如关公大刀、宝剑、花枪、短刀、金箍棒、铜锤、连枪（盒子炮）、步枪、机关枪、菜油兵舰（以菜油灯对船体内的小铁盒及铁管加热，利用热空气排水的反作用推动小船在水中前进，当时算是相当新鲜的玩意了）、欢喜弹、洋火炮、冲天炮、地老鼠等。

其四，响器。比如锣、鼓、年号、小号、响篁、地转转（儿）等。

这些玩具虽无多大教育作用，但可谓价廉物美，为儿童所喜爱，花钱不多，各取所需，十分抢手。

最吸引孩子眼球的还是卖戏脸壳的店铺。用硬纸壳做的大头娃娃、笑头儿和尚、孙悟空、关公等挂满檐前和店内，那些戏脸壳染得花花绿绿，再涂上一层桐油，光亮鲜活，有一股奇怪的味道。大的如大头娃娃，戴在头上如一个大南瓜，小的如孙悟空，扣在脸上立即生猛活跃，犹如变了一个人。小孩们里三层外三层围在店铺前，嚷着要买关公，要买笑头儿和尚。店主则一脸灿烂的笑，忙得不亦乐乎。孙悟空的戏脸壳当时价格为旧币一千元（相当于人民币一角）；而有木架支撑的大型纸马，孩子还可以骑上去，卖家竟要价一块银元！这只能让绝大多数娃娃们干瞪眼。

20世纪二三十年代流传的歌谣《唱成都》（也称《成都市新景志》）就记载说："科甲巷上亮铮铮，玻璃灯照兔儿灯。"娃儿最喜爱中秋节牵"兔灯"，因为价廉，父母一般会满足。那时这些地方是卖"兔灯"的好去处：春熙路后面的科甲巷、八宝街上的灯笼街、宽窄巷连着的长顺街上，都有着好几家专卖玩具的

▲ 20世纪40年代的成都烟具店。长长的竹烟杆，两头是玉石或金属（白铜）的烟斗和烟嘴。陈稻心先生认为，此店位于大科甲巷。（美国艾伦·拉森、威廉·迪柏两人用柯达相机拍摄）

耍玩艺店。中秋节前竹篾纸糊的兔儿灯，玩具店中早已挂满，只等小朋友前去挑选。今天，这些习俗已不复存在，但我还是怀念过去中秋节的美好时光。

清代以来，成都流传着一句话："男不拜月，女不祭灶。"所以拜月就成了妇女的专利，家中的主妇忙着拜月，小孩子也不愁没事干。中秋节前，街市上都会卖一种专供儿童拜月用的兔儿爷。兔儿爷的起源约在明末。明人纪坤（约1636年前后在世）的《花王阁剩稿》提及："京中秋节多以泥抟兔形，衣冠踞坐如人状，儿女祀而拜之。"到了清代，兔儿爷的功能已由祭月转变为儿童的中秋节玩具。制作也日趋精致，有扮成武将头戴盔甲、身披战袍的，也有背插纸旗或纸伞、或坐或立的。坐则有麒麟虎豹等等。也有扮成兔首人身之商贩，或是剃头师父，或是缝鞋、卖馄饨、茶汤的，不一而足。

> 大头阔嘴笑嘻嘻，
> 彩绘纸壳高耸鼻。
> 刀剑抛光涂银粉，
> 兔儿笼烛走东西。

民俗学者何韫若的这首《竹枝词》所反映的，恰恰是大科甲巷一带儿童玩具店的盛况。这让我想起意大利诗人但丁在《新的生命·前记》里所发的感叹："细心品味童稚岁月里的情感与行为，对于许多人来说，或许有些虚幻，所以，我不便多说什么。我会将许多曾经发生的事忽略，只珍藏下我记忆中不能忘却的事情。"

第三章

春熙路外传

　　孙中山铜像是成都现存最早的城市雕塑，也是成都显著的人文地标。它被称为成都的"传神之眼"，葆有城市记忆、城市故事和城市变迁。毫不夸张地说，孙中山雕塑保留了成都人的群体记忆，反映了城市民众共同的情感和心声。

　　1927年，北伐运动开始后，四川宣布拥护国民政府，并在"春熙路建路纪念碑"上塑造了孙中山先生铜像。时任成都督办的王缵绪，延请上海知名雕塑家江小鹣设计雕塑。江小鹣曾为徐志摩诗集绘制封面，武汉龟山公园的黄兴铜像也出自他手，名气很大。当时考虑的方案是：中山先生身着中山装、一手持手杖的立式铜像一尊，以此纪念缔造民国的功勋，以供市民瞻仰。江小鹣乃名门之后，天禀绝代。当年他享誉上海时，与"诗哲"徐志摩齐名。后来徐志摩太太陆小曼与江小鹣合开的云裳时装公司，每一出品必成为上海的时尚风标；在美术界，江小鹣则与吴湖帆、张大千、刘海粟相伯仲，是中国城市雕塑的开山祖师。所以，他在成都春熙路展示的孙中山雕塑，也是四川宣布"易帜"后的第一个新文化宣传举措。塑像表现的是中山先生两眼眺望前方，双手抱拳，肘挂"文明棍"，忧国忧民，让人肃然起敬。他还为爱国将领刘湘将军塑过像，该像基本完成但没来得及铸造，江小鹣就去世了。1950年以后，江小鹣在美术史上的"被忽略"，显然和他的"上层社会"身份不无关系。

1943 年前后成都的商铺。中心是一家裁衣商店。右边是四川省商会联合会。
左边裕昌源号应该是有名的茶业公司，隐约可见"（蒙）山名茶"的招牌。
陈稻心先生指出，此商店应该在春熙路或大科甲巷一带。（美国艾伦·拉森、
威廉·迪柏两人用柯达相机拍摄）

　　此尊铜像矗立在当时刚竣工3年的春熙路上。铜像所需铜料约1000市斤以
上，是川军28军军长邓锡侯、24军军长刘文辉捐款，由成都造币厂铸塑。因时间
仓促，匆匆于1928年1月铸成。碑前上方刻有"总理遗嘱"，碑的四方刻有"大
道之行，天下为公"八个大字。1928年1月30日，邓、刘两位军长主持举行了隆
重的铜像落成典礼。

　　刘师亮的竹枝词《春熙路》中记述了对这尊铜像的印象：

　　　　　　　路到春熙景物妍，
　　　　　　　中山铜像独巍然。
　　　　　　　笑他妇孺无知识，
　　　　　　　反说先生站露天。

1943年前后，成都城内等候客人的黄包车夫。可见街道有高耸的电线杆，
但没有路灯，应该位于东大街。（美国艾伦·拉森、威廉·迪柏两人用柯
达相机拍摄）

曾竹韶评价江小鹣的雕塑"造型严谨、意境深邃、手法洗练，具有民族特
色"。公允地说，江小鹣的设计并不如人们传言的那样糟糕。不然的话，以刘师
亮的口吻，恐怕不容易讲出"铜像独巍然"的词句来吧。

1943年，余仲英任成都市市长，他对书画、雕刻艺术素有研究，认为原塑
像铸造过于粗劣，铜质氧化快，以至于形象失真，于是决定请适在成都的著名雕
塑家刘开渠重塑一尊手持书卷的孙中山坐像，供人瞻仰。铜像基座为红色花岗
石，高1.8米，孙中山身着长袍马褂，端坐于镶有梅花图案的太师椅上，左手握
展开的《建国大纲》，目光炯炯，凝神深思，神态生动逼真。江小鹣设计的那尊
铜像，则移于提督街的中山公园（成都市劳动人民文化宫）内存放。（魏道尊
《孙中山铜像建立记》，《成都掌故第二集》，四川大学出版社1998年9月1版，
346页）

1948年3月，在安置新铸铜像之前，市政府即派人在春熙路纪念碑四周栽植柏树、杨柳，绿化园地；碑左右两水池由自来水公司蓄满清泉，安置喷水器准备喷水。通知启明电灯公司在周围空间装置电灯数十盏，以供照明。一切就绪后，于3月11日将新铸塑之孙中山先生铜像安置在纪念碑上。

翌日（3月12日）是孙中山先生逝世二十三周年纪念日，又是植树节。新铸的孙中山先生铜像定于是日上午10时揭幕。揭幕盛典由省政府主席邓锡侯、军校校长关麟征、省党部主任委员黄季陆、省参议会议长向传义、成都市市长李铁夫、警备司令严啸虎、省会警察局长刘崇朴、市参议会副议长孙铸颜等十人组成主席团。邓锡侯任大会主席。所有各街商店住户均悬旗鸣炮，参加典礼的机关、法团、学生和市民约三千余人。坐像前满放花圈，充满庄严肃穆的气氛。

典礼开始，仪式隆重。铜像前灯光灿烂，清泉飞舞，乐声悠扬，鞭炮齐鸣，市立男女中学学生列队高唱总理纪念歌。邓锡侯主席引导参加人员向孙中山先生铜像行三鞠躬礼，恭读遗嘱，并致颂词。

颂词的全文是：

窃维铸金垂远，期益寿于河山；勒像铭勋，冀争光于日月。我总理（孙中山先生），德侔天地，识冠古今。维革命之艰难，睹共和之缔造。新邦是建，垂国脉于天穹；薄海同钦，敦景运于靡替。巍巍遗像，俨万民之具瞻；赫赫丰功，亘千秋而不朽。况忌辰是届，令德聿昭。百川怀戴德之忱，举国秉造林之计。民彝攸倬，长仰光哲之威仪；宪方新期，共济大同之郅治。

邓锡侯宣读颂词之后，继由其他官员祝词。最后，邓锡侯登台揭去覆盖在铜像上的国旗。群众欢呼鼎沸，掌声如雷。

但为什么要另外铸造？仅仅是原作粗糙吗？是什么时候另行铸造的？这些问题，一直是成都老百姓众说纷纭的。阳荣龙先生《春熙路孙中山铜像"立"改"坐"之谜》以及黄泽勇《国父孙中山铜像》等文考证说，塑造中山先生立像

江小鹣设计的孙中山塑像

之初，由于资金短缺，造币厂工人在其厂长邓锡侯的支持下自发捐资铸造。但当时又正值造币厂铸造货币铜圆所需的铜筋特别紧缺，许多人就四处高价收购铜器。更有甚者，一些军士在其长官的带领、唆使下亦趁机打砸市内一些寺庙的铜佛像。然后他们再将打砸铜佛像得来的铜筋熔铸成面值为"二百文"的四川版铜钱，5枚"二百文"，当时成都人称为"一吊"。丑闻传出，市井议论纷纷。愤世嫉俗的刘师亮知道这个消息后，义愤填膺，再战江湖，行使了一个知识分子的"牛虻"角色。1928年仲春，他在春熙路孙中山立像前撰联以讽刺之。其联是：

> 两眼瞪着天，准备今天淋暴雨；
> 双手捏把汗，谨防他日化铜圆。

撰联不翼而走，传遍了蓉城，很令当局尴尬和头疼。

再仔细看看该立像，其设计、造型确实有不够令人满意之处；关键在于刘师亮的"化铜圆"的对联流传甚广，又与立像暗合，有损领袖形象；再则此后确实有人去敲了立像的边角，变卖废铜或者铸了铜圆。1945年，为纪念抗战胜利和结合当时改、扩建春熙路，当时的成都市市长余中英等决定请当时在蓉的著名雕塑家刘开渠先生在原地重新设计改塑孙中山先生的塑像为全铜坐像。这时塑造的孙中山先生的坐像，手执象征建设富强国家的《建国大纲》，寓意颇深，遂受到后人的顶礼膜拜、虔心瞻仰。

前些年，建川博物馆馆长樊建川先生意外寻获了当初翻铸"孙中山铜像"的合约书，完整地记载了孙中山先生坐像的铸造经过。

该合约书标明了定、承建人身份，还写清了翻铸铜像所需的生铜数量，建筑所需物品材料及工程造价。由当时的"成都市政府"写给"四川机械公司"的第一封信件中，"查改建国父铜像石膏模型业经塑就所有翻铸事项仍请×托贵公司代×"，表明了翻铸中山先生铜像的承建人是四川机械公司。该公司在当时著名的民营资本家卢作孚创办的民生公司麾下，民生公司是抗战时期我国最大的一个民办公司。根据"成都市政府"与"四川机械公司"之间往来的信件内容可知，翻铸中山先生铜像工程合约的定造人是当时的成都市政府，承造人是四川机械公司。合同书中载明的塑像开工时间为1945年4月9日。合约共十条，第一条就明确写明翻铸铜像"所需生铜为3380市斤"，并标明"不足由政府添补"。第三条谈到了翻铸造价："本工程经双方协定为国币160万元整"。合约中还提到了中山铜像翻铸所需材料和设备包括心骨砂、木料和吊车等，交件日为1945年10月19日。

在合约书的第六条特别提到刘开渠先生，"翻铸期间市政府委托刘开渠随时到公司视察工作"，民生公司恭敬地表示："如有指导本公司应接受照办"。由此可以确定，设计者刘开渠是翻铸铜像的"监工"和技术指导。根据这份合约书，可以计算出当时的中山铜像翻铸工程共耗时6个月零10天。由于材质缺乏，铜像主要由杂铜铸造而成，为防止风化，外表涂以土漆。铜像基座为红砂石，整个铜像比真人比例略大，坐高为1.8米。孙中山坐像呈青铜色，颜色有些发暗，由于成都的气候潮湿，雕像的外表似乎有一层毛茸茸的绿色。（《60年前，卢作孚打造中山铜像》，刊于2005年4月18日《成都晚报》）

因为有孙中山先生的铜像，此地在成都民间也赢得了一个俗称：铜人坝。

　　1939年，四川泸州籍的著名美术家王朝闻再次来到成都，执教于南虹艺术专科学校、复兴艺术专科学校，后又任成都民教馆艺术部主任。在此期间，他创作了汪精卫和陈璧君夫妻的跪像，塑像一出，全国上下拍手称快。

　　汪逆夫妇1938年底背叛祖国外逃，向日本发出投敌的"艳电"时，举国愤恨，激起了当时在成都少城公园（今人民公园）内成都市民众教育馆主管美术的美学家王朝闻的满腔怒火。为揭露大汉奸的罪行，王朝闻先生精心设计，以黄泥为料，在短时间内塑出汪逆和陈璧君的像。因为一时不易找到陈璧君照片做蓝本，王朝闻几番思考，巧妙地把陈璧君塑为以两手掩面低头的侧画像，其下颌搁在汪精卫的左肩上。这样把一对汉奸奴颜婢膝的丑恶嘴脸表现得淋漓尽致。

　　塑像完成之后，首先陈列于当年荷花池西边（今游泳池西）一间大展览厅内，继后移往春熙路孙中山先生铜像下，一时轰动成都，千夫所指，唾沫横飞。旬日之间，这泥巴塑像已经千疮百孔、体无完肤了。

　　在20世纪三四十年代抗日救亡的时代背景下，春熙路也成为了宣传抗日救亡的重要阵地，苗勃然、冯桢、车辐、龚敬威（龚与同）等一批爱国青年，先后两次在春熙北段的基督教青年会内举行"抗日救亡漫画展"；并且创作了几幅大型宣传画悬挂在春熙路口，揭露日寇凶残的"三光（烧光、杀光、抢光）政策"，

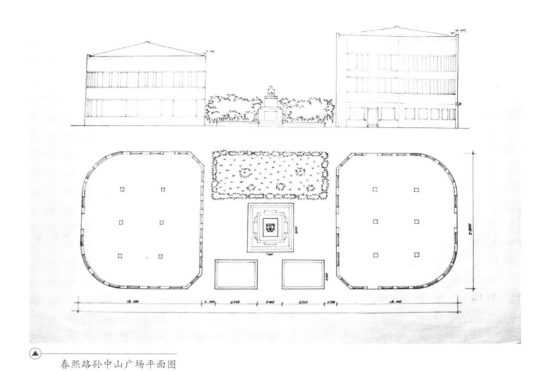

▲ 春熙路孙中山广场平面图

在孙中山先生铜像前悬挂描写"平型关大捷"的实况画等，激励民众同心抗日。

1930年7月，华西大学美籍校长毕启，借口英籍教授苏道业在校内被杀，以"防匪"为名，不经当局批准，擅自在学校四周修筑围墙，断绝交通，禁止中国人出入。8月4日凌晨，工、农、学、商数千人，高呼口号，涌向南台寺，一举拆毁了华西大学围墙。8月15日，成都高等师范学校附属中学（高师附中）学生会主席杨国杰等40余人被捕，当天，杨国杰被枪杀在春熙路孙中山铜像前，激愤的群众用鲜血在铜像下书写"打倒国民党"的标语以示抗议。

叶圣陶在日记里，特意记录了成都人迎接抗战胜利的场面："十四日下午，各报发出号外，说日本已答复盟国，接受盟国之旨，从此投降。欢呼声锣鼓声鞭炮声稀稀朗朗，似乎晚饭后就消停了，只听得卖夜报的叫唤声。我说的是成都城里的情形。直到十五日，晚报才刊出中美英苏四国已同时宣布准许日本投降的消息。十六日下午，各街巷保甲纠集市民，去春熙路孙中山铜像下献花，庆祝抗战胜利。一路爆竹锣鼓，行列中大多是衣衫步履两不整的老年人；小学生还在暑假中，没法集合起来列队应差。"

……

在平凡的岁月里，这个小小的广场依然行使着民间叙事的功能。由于铜像前有花坛和水池，左邻右舍的娃娃都在这里尽情游戏，甚至大搞街头恶作剧，诸如用废报纸塞进人拉车车座后的纸灯笼，使它燃烧起来，一帮孩子开始了他们的街头狂欢；或者向拉客的妓女（俗称"货儿子"）厚着脸皮要零钱，妓女被一帮娃娃死缠烂打，只好付钱了事……晚上等到春熙大舞台散场之前，守场口的人已经习惯性地打开大门，娃娃们便混进场子看戏，顺便拣拾观众的剩余食品……

在金融极度混乱动荡的1949年之前的一段时间里，孙中山广场周围成为了自发的"银圆市场"，这有点类似20世纪80年代在春熙路北段、总府路开始的外汇黑市买卖。平民、投机者在此买卖银圆，价格波动以小时计算，让极少数人一夜暴富，也让更多的人血本无归。

民国二十四年（1935），国民政府实行币制改革，宣布中央银行、中国银行、交通银行、中国农业银行发行的货币为"法币"（纸币）。国家通过法律在全国范围内强制使用"法币"；禁止银圆在市场上流通，并强行收购银圆，以法币1元比价银圆1元收兑。到了民国三十七年8月，法币和关金券恶性膨胀，国民政府再次进行币制改革，发行金圆券，以金圆券1元折合法币300万元

刘开渠设计的孙中山塑像

1924 年 5 月，春熙路商圈逐渐形成

的比率收兑法币。金圆券的发行仍然改变不了当时通货膨胀的厄运。其发行速度之快、发行数量之多令人发怵。不久，又发生严重的通货膨胀，一发不可收拾，最后一文不值，民众拒绝使用。银圆、银角和金子又成为市面上流通货币。

……

当时除了图书交易，这里也有粮票、布票、油票之类黑市票证交易，毛主席像章、军帽、乐器等也是交易中重要内容，以物换物、以物换钱都行。

值得一说的是，孙中山广场上那购书不用钱的办法，用什么换？"流通货币"是细粮票。到20世纪70年代，孙中山广场周围常有换票证的人，逐渐成为一种职业，成都人喊他们叫"书串串"。20世纪五六十年代的老版本《红楼梦》《儒林外史》《聊斋志异》《镜花缘》《官场现形记》等书十分抢手，一本《儒林外史》需要5斤四川省粮票，而那时黑市上的交易是一斤省粮票可以卖3角钱。一本人民文学出版社出版的简装本《儒林外史》定价则只是0.98元，一本标价0.62元的《茶花女》，"由于极度抢手"，需要用8至10斤粮票才能换，显然，以粮票换书要贵得多。

春熙路失去了熙来攘往的景象，所谓"春台"，俨然成为意识形态的舞台和阵地，你方唱罢我登台，早已名不副实了。

由于塑像置放在一个院子里，对此塑像，本地行人匆匆而过，略不之顾。外地游客，倘无人指点，恐亦极少知道成都古籍书店一侧的园中，尚有中山先生铜像。每逢在中山先生逝世及辛亥革命纪念日，可以见到有纪念花圈置于像座前外，平时则人少有问津。

2001年，市政府改建春熙路商业步行街，重建中山广场，广场占地扩大至10亩。孙中山铜像置于广场之中，鲜花簇拥，庄严肃穆。被改造后的中山广场，四周高楼和玻璃幕墙环壁如堵，直指蓝天，孙中山坐像在比例、尺寸上都显得有些矮小。为了与环境协调，孙中山铜像又被高置在浅黄色的大理石台基上，身后为一黑色大理石贴面的弧形照壁，上面镌刻有孙中山先生的手迹：天下为公。

如今，遍布在广场四周的座椅，已经成为游人休息的场所，花岗岩地板与镶嵌在地面的黄铜浮雕，被熙熙攘攘的人们蹭得锃亮。浮雕的内容是展示春熙

20世纪30年代中期，一群市民在春熙路车行门前围观运输客车。（福尔曼·约柏/摄）

20世纪30年代中期，成都蜀绣
店铺的男孩。（福尔曼·约／摄）

路的近百年变化。这样的浮雕，其实是下水道盖，如此美轮美奂，在艺术方面堪称全国各大省会城市的杰作。这让我联想到，春熙路地下发掘出一处珍贵遗存——"唐代地下排水设施"景观，可惜消失在"伊藤洋华堂"商厦下了……

显然，汉语中的"广场"一词，具有评论家藏策先生所独创的"超隐喻"一词的特征。"超隐喻，就是'超级'隐喻，或'过分'隐喻的意思，而绝不是'超出'隐喻或'超越'隐喻的意思。"（《超隐喻与话语流变》，天津人民出版社2006年12月版，281页）希腊语中的广场，本是民主集会的场所，它不需要辽阔威严。汉语里的广场，没有这种民主成分，它往往只与公判、批斗会以及振臂如林的誓师大会以及高音喇叭、口号有关。进入新时期以后，汉语的广场上回荡着双卡录音机的靡靡之音，穿中山服和喇叭裤的男女勾肩搭背，舞作一团。某些地方，广场成为了渴望先富起来的部分人的民间黑市、旧货交易场所……这些努力，消解了广场的挺阔和语法，呈现出了民间的"人迹"。

近年，中山广场安装了6盏高约3米、粗约30厘米的蜡烛灯，每盏灯的身价高达8万元，每到夜晚，这些漂亮的灯饰光耀下的广场，成为了春熙路最为迷人的所在。

传天下 『郑家诗婢』

1981年，"诗婢家"于春熙路北段的黄金口岸恢复招牌。作为字画装裱坊，与荣宝斋、朵云轩、西泠印社四足鼎立，其精湛的木版水印工艺堪称中华一绝。不仅如此，金石印章和文房四宝也广受书画家、收藏家所青睐。

"诗婢家"三字，典故来源于《世说新语》。东汉大儒郑玄，据说他家雇佣的奴婢皆能背诗诵书。一次，一名婢女做事不周，被他罚跪在泥土上。一会儿，另一名婢女路过看见了，问道："胡为乎泥中？"被罚跪的婢女说："薄言往诉，逢彼之怒。"两人一问一答，都是引用《诗经》中的句子，而且恰如其分。婢女如此，主人的博览就可想而知了。因此，"郑家诗婢"就成为一个著名的家学渊源的名典。这也让人联想起诗人陆游《先少师宣和初有赠晁公以道诗云奴爱才如萧》中，就有"奴爱才如萧颖士，婢知诗似郑康成"的名句。

该店于1920年由郑次青先生所创，最初设在仁厚街，后迁羊市街。因主人姓郑，取郑玄史事，似乎天经地义。其子郑伯英早年加入共产党，1930年参加四川广汉起义失败后回到成都，接手"诗婢家"业务，继续从事地下工作。郑伯英开创了木版水印画的业务，其印制的《诗婢家诗笺谱二卷》等便是郑氏利用木版水印技术印制的摹古画诗笺谱，上卷收录了赵之谦等人之作，下卷收录陈半丁、赵望云等近代知名画家作品。整部笺谱印制精良，线条流畅，为郑氏精心之作。

张大千题写的"诗婢家"

1937年，全面抗战爆发后，不少书画名家来到成都避难，诗碑家精湛的装裱得到了名家的青睐。徐悲鸿、张大千、董寿平、赵云、马万里、丰子恺、郑曼陀等许多书画名家均为诗婢家的常客。1941年因日机轰炸成都，诗碑家被毁。不久重新开业，诗人、书法名家赵熙为诗碑家题写招牌。这是赵熙平生首次题写招牌。

1949年后，"诗婢家"老店重现社会，与国内知名书画家多有往来，为四川艺坛所作贡献颇多。1953年，店主郑伯英调往云南工作，"诗婢家"的业务也告结束。1956年，原"诗婢家"和成都市字画装裱行业的艺人们成立了文物水印合作社，恢复和发展了"诗婢家"原有的木刻套色诗笺。这些诗笺以当代著名书画家的作品为蓝本，精工镂刻、印制精良，深受广大爱好者好评。

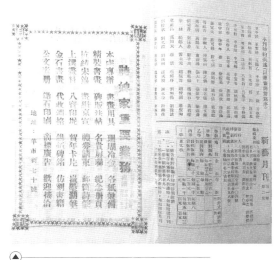

刊载于《新艺》期刊上的诗婢家广告

在20世纪80年代初于春熙路恢复业务之后，又因街道调整，"诗婢家"告别了春熙路。2004年，成都市政府为诗婢家公司在成都著名的文化旅游一条街琴台路提供场所，公司投入巨资进行改造装修。承政府及多方支持，2005年喜入"琴台故径"，堪称千年老成都盛世一瑰宝。百年底蕴，流芳吐纳，为四川乃至全国的文化人、文化产品提供一个交流和展示的场所，成为成都市一张"文化脸"。

近年，"诗婢家"在经营上有了大动作。它将目标瞄准了目前国内炙手可热的书画拍卖行业，力争将自己打造为成都的"荣宝斋"。

大师齐白石与春熙路

国画大师齐白石与春熙路有着不解之缘。这要从"胡开文笔墨店"说起。

胡开文笔墨店的创始人是安徽绩溪县上庄乡人氏胡天柱（1742—1808），原名胡正，字柱臣，号在丰。据说有一次他从老家绩溪上庄村省亲回来，经过一座溪源山。爬到半山腰，天已黑尽，只得摸到附近一座山神庙里宿夜。睡至半夜，忽见一位白发老翁手托一墨，飘然而来。老翁在他面前站定，问道"你就是休宁汪氏墨店的胡天柱吗？"胡天柱说："正是。老翁怎知贱名？"老翁笑道："我便是南唐李廷圭，知你接替汪氏墨店，店业待兴，特来转达神明旨意。"胡天柱从梦中惊醒，朦胧间见庙堂正上方有一块斑驳的匾额"天开文苑"，大为惊喜，回到休宁后，取徽州府孔庙金匾中两字，当天就挂出了"胡开文"招牌。他根据梦中的幻境，融合徽州山水的风光，花了九九八十一天时间制作了一套墨模，用它制出的墨立刻震动了制墨界和文坛。胡开文墨店很快兴旺起来。胡天柱以墨业致富后，曾捐官而匹获从九品意在衔，被赐予奉天大夫，成为正宗绅士。胡氏后人世代制墨，1915年所制作"地球墨"获巴拿马博览会金奖，使胡开文墨业又一次大放光辉。

清代徽墨业制作出现四大名家，即曹素功、汪节庵、汪近圣和胡开文，胡开文墨店作为后起之秀，善于把握时机，在商业竞争中逐渐领先，名列清代四大墨家之首。

　　翰林出身的方旭做过四川提学使，辛亥革命后退隐，此人工诗善文，书画皆精，尤其是书法，连尊经书院的山长王壬秋都赞誉不已。他写字很讲究笔墨纸张，非湖笔、端砚、徽墨、宣纸不写。更奇的是他的墨水是用茶叶水磨出来的。他有一个同乡李润伯，专做笔墨生意，他便出主意叫李润伯在成都开一家"徽州胡开文"的笔墨店。李润伯贩运来许多安徽笔墨，遂于1924年在青石桥开设"徽州胡开文笔墨庄"。

　　1926年之后，成都市商业热点逐渐移至新开辟的春熙路，胡开文笔墨店于是在春熙路开设了分店。不久将青石桥老店停业，专心经营春熙路北段的商店。当时商店除专营"徽墨"外，还经营浙江吴兴（今属湖州）、湖南长沙、北京贺莲青、上海李鼎和等处有名的毛笔，人称"湖笔、徽墨"。胡开文笔墨庄运回之笔，又派专人加工清理，使质量更臻完美，售出之笔如有毛病，免费修理，包掉回换，并可代顾客在笔杆上刊刻名字，以馈赠亲友或作书画留念。此外，还从北京"荣宝斋"采办各种宣纸，在苏杭等地采办各种名绢、八宝印泥，又从北京"翰元斋"采办刊刻精细誉满全国的铜墨盒，还有广东的端砚，安徽的歙砚等名特产品。如此一来，文房用品种类齐全，深得金石家，书画家和知识界的赞誉，胡开文笔墨庄在蓉城亦逐渐驰名。

　　胡开文店为了结纳文人名士及在文化界中有影响的人物，又为金石、书画家代收润例。这对爱好并需求金石书画的社会人士，也起到一定的媒介作用。当时，与该店建立了代收润例的书法、金石、国画等艺坛人士先后有：谢无量、盛光伟、郑曼陀、林君墨、唐耕耘、施孝长、姚石倩、陈亮清、张嵩容、周申甫、木鱼等名家。

　　鉴于齐白石书画的影响力甚大，成都书画爱好者纷纷要求通过胡开文店求索齐白石墨迹。经该店在北京的人和白石老人反复联系沟通后，白石老人同意书字作画，这不仅方便了顾客，也因此使白石老人与成都结下了翰墨之缘。1933年齐白石让三子齐良琨到四川，并以印画交友。1936年5月，76岁的齐白石终于带着小女齐良芷来川游玩，并在"诗婢家"刻印作画。齐老来成都，求齐老书画者络绎不绝。胡开文店的宣纸、画料、笔墨应有尽有，为齐老挥毫提供了方便，满足了需求。之后，齐老还亲临店堂和该店人员亲切交谈，并兴致勃勃地为全店人员作画留念。

1930年，胡开文店或李润伯转营瓷器，将该店牌号连同全部货品出顶与车语龙、李小臣、陈敬容、李韵南（以上四人已故）及汪梦僧等五人继续经营。抗日战争开始后，由于政府及沿海工商企业迁川，成都市场曾一度畸形发展，更由于全国各地书画界名流先后流寓成都，胡开文店因其经营独具特色，成为书画界经常往来的根据地，生意蒸蒸日上。

1936年春，74岁的齐白石入川，住进四川省主席王缵绪的"治园"。（位置在现四川省公安厅的老食堂）

齐白石先生住在文庙后街他的学生王缵绪家中。王家大公馆本就是一座富丽的花园，小桥流水，楼台亭阁，很适合画家求静悟道的习性。齐白石在这儿画画治印，或会见朋友、学生。余中英早年为赵熙弟子，善于书法，精于绘画，后来也成为了齐白石的弟子，齐白石特地为余中英画了一幅长卷《九秋图》（现藏四川省博物馆），还画了一幅《螳螂爬香图》。

这个时期，徐悲鸿、张大千、齐白石、丰子恺等与"诗婢家"来往密切。张大千、齐白石都曾依据传统薛涛笺专为"诗婢家"设计了国画套色笺，美轮美奂，可与北京荣宝斋木版水印笺媲美。比如郑伯英在"诗婢家"定造的"郑氏笺谱"，不但收入了齐白石、何海霞、关山月、赵熙、庞薰琹、郑曼陀、黄君璧等大师的书画为底纹，还有陈果夫、陈布雷、邹鲁、姚鹓雏、王新会、杨千里、张子羽、曾绍杰、刘鹏年等十数人题诗，弥足珍贵。

时任《新新新闻》记者的邓穆卿先生，为人们记录了白石老人游历成都以及春熙路的情况，时隔80余年，依然是那样清晰可感——

齐白石抵省

1936年5月29日《新新新闻》

齐氏已于昨（廿八）日偕赴渝迎迓之王治易与夫人小姐午后五时专车抵省，因齐氏年逾古稀，长途跋涉，颇感疲劳，抵省后即下榻文庙后街王宅休憩。齐与王、余（中英）诸人素有旧，余于昨夜，亦往拜访。

昨晨踏遍春熙路　白石山翁购气炉

1936年5月31日《新新新闻》

白石山翁到成都三天，因身体疲乏，尚未挥毫作画。昨日（三十日）午前八钟，记者刚要出街的时候，恰逢他老架着眼镜，光着头偕其姬人移步踱入本报社来，蓦然看见，高兴至极，便请他老偕其姬人，在本报客室里坐坐。饮茶后，他索本报看，当奉上一份，过目数行，他说一时看不完，便交其姬人带回寓再看。他老向记者说，他要买些零星物件，请为他作个向导，同时也来见见面。

在室里坐了一会儿，谈了些话，他便约记者出街，向春熙路北段走去。他老精神颇佳，步行甚健，只上下阶沿时，姬人恐其费力，稍用手搀扶。

在春熙路上，他老向记者说，成都饮食，他是食得惯的，不过他是在乡里住得久的人，喜欢吃"乡味"，厨师弄的菜味浓又辛辣，有时加入些"味素"更不好吃，且不合养生之道。他很喜欢吃蔬菜，只是放点盐，用水煮熟便是好食品。他说他做客异乡，弄菜殊感不便，他要买气炉、小铁锅，好自己烹饪。

记者知道他要买气炉等具，便同他到春熙路百货店去看。在路上，他问我病好了没有，因为记者前天（廿九日）拜访他的时候，曾着凉头痛，他问清楚后又谈了药方，叮咛珍重，令人感到他老对人的亲切。

在"万利长"百货店买气炉，索价每个十元多，钞价较上海高一倍以上，货又不好。又看了两家后，同他老到"益大"商店，货色稍好，结果他老以六元八角钞购气炉一个，他取中央银行十元钞券一张，嘱商店找补点角票以便坐街车，店中答无角票找补，记者也向店里人说，请找些角票以便此老零用。店里人称实无办法。他老不禁喟然而叹："人人都说成都好，谁知道拿着钱都不好用。"店里人听他老口音是异乡人，才多方设法，找补了五角票六张，二角票一张。他的姬人看中了"益大"的檀香木折扇，想买一柄，他老看见便说，檀香木折扇上截是竹子接成，下截才是檀香木，不耐用，香味也香不多久，他老说竹子折扇要好得多。他的姬人也便未买了。

转身经"胡开文"，记者问他是否购丹青？他说从北平带有画料来。在春熙路北段口，他与记者分手回寓，他缓步街头走回去，他的姬人恐他疲劳，雇好黄包车，他们便向文庙后街回去了。

端午节闲情逸致　白石山翁徜徉春熙路
1936年6月26日《新新新闻》

他偕其姬人散步春熙路，沙白的长髯，手里摇把白纸未书画的折扇。他说他日前曾去新都一游。当天便转成都。他说灌县青城山风景秀丽，暑气稍减时，他是要去一游的。刘君（启明）当时向他介绍成都古迹，诸葛武侯观星台（在天府中学内）、外西抚琴台以及赵子龙洗马池（在和平街）、子云亭等处。他说他一定要去一游，并请作向导。齐说：当时天热，他清晨作画或雕刻。午后一热便休息，作画与治印成时，便为人取去，寓所里无余留，每天必画，从未间断。

谈到吴昌硕、黄宾虹诸氏，他未表示意见，不过在他的谈话间，对吴有大醇小疵之感。谈到一般作画的，他表示失望，他说："作画与读书一样，要读画多，才能有得，动辄下笔实少希望。"他说他的画，一般人恐怕看不来，因为不守成法，不落昔人窠臼，不胜曲高和寡之慨。他很称赞成都余中英。他说余近来画竹甚佳，治印亦好，定有希望。

大家谈到王湘绮先生（他的老师）清末对四川文化之功，他老极尊崇湘绮，他说湘绮真是大家，喜怒笑骂皆成文章。他说他早年湘绮在时，每有疑难，曾多请益于湘绮。

昨天（25日）午又到寓所文庙后街访他，并请他同摄一影，时他有事外出，摄影后片谈匆匆分别。

秋风萧瑟天气凉　白石山翁动归思

1936年8月24日《新新新闻》

记者一提到白石山翁，便有一个须发苍白、神致超逸、和蔼可亲的老人在大家脑子里。他来蓉已三月，除领略三峡、渝、万、锦城风景外，他向记者说对峨眉天下秀、青城山六峰，只有怅惘，只有抱歉，他说因为他老耄之身，这些名胜高峰峻岭实无力登临眺望，言下甚为嗟叹。

他到锦官城，一天到晚忙于雕刻作画，前月足又为蚊虫所苦，溃烂成疮。他说成都当时马路太坏，凹凸不平，乘车行走，亦颠来倒去，致头晕背痛，他极少出外，现在屡得家书，催促返平。他也以游兴已阑，兼秋风初动，倍起乡情，想买舟东下即回北平。昨天他已出洋六十元，托人为他包订汽车到渝，再换舟东去，在这几天内他要别我们而去。他嘱记下他当时北平的通讯处。谈到别情，当时心情上总放不下。

他来川作的东西极多，以这几天裱于春熙路诗婢家一丈五尺之横屏《九秋图》为入川第一杰作。一幅之上，有秋菊、残荷、丹桂、红蓼、海棠、芙蓉、秋兰、老来红、鸡冠花，有粉蝶、蟋蟀、花蛾、蝼蛄、螳螂、蜜蜂、蜻蜓等，用写意法以绘之，神态宛然。

昨天我到他寓所时，谈些话后，他很高兴，便挥毫走笔为他女弟子蔡淑慎作《白菊丹桂图》两幅，用笔着色不同凡俗，一旁观看，极有趣味。

　　2004年5月1日，国画大师齐白石的小女儿齐良芷和外孙女齐媛媛，重走当年齐白石的蜀游之路，并为新画作收集素材。74岁的齐良芷老人一出双流机场，就迫不及待前往春熙路闹市等处，寻访父亲当年入蜀刻印的百年老店"诗婢家"。当晚，齐良芷还和岑学恭等四川书画界名家共同作画。聊起父亲齐白石当年的一些生活点滴，齐良芷感慨万千。

"银楼"故事

随着恒和、谦怡、益州三家参茸庄和宋锦武百货店（专卖精致商品）在春熙路北段相继开业，春熙路更增加了繁盛景象。至于成都本地经营呢绒绸缎、洋广百货的商家陆续到春熙路开业的也达三四十家，其中有代表性的会丰祥、兴利、裕章、福祥4家大绸缎庄都在北段，自然又形成一个"四川帮"。其他还有天成亨金号、廖广东石柜台都是当时响当当的老字号，也开设在北段，为春熙路注入了无限商机。

金融业一直是春熙路一道璀璨的风景线。先后有中国银行、中国农民银行、四明银行在此开设，以及有第七任市长陈炳光的市民银行、第九任市长余中英的官商合资成都市银行，俞凤岗的宝成银楼、凤祥银楼、西凤银楼等都在这里既相互考量，又比邻而居，各自做着一本万利的美梦。这些银行、银楼随着权力的斗转星移，或被权势集团吞并，或被其他官僚军阀取而代之。而北段商家中，宝成银楼在春熙路的经营很有代表性。

宝成银楼是成都最早的金银首饰品店之一，于1927年在劝业场开店。开业当天，曾铸三尺高九层的银楼一座，作为广告，引起巨大轰动，引得上万人蜂拥而至。其老板范光明先生在《我所经营的宝成银楼》一文中介绍：

浙江宝成银楼创办于何时难于稽考，我只知道发轫于浙江宁波，享有盛名，随即发展到各大城市。各地使用这块金字招牌，都加冠某记，以便区分。民国八年（1919），浙江宁波人某某（忘其名）在成都上中东大街开设时，宝成银楼招牌上冠的是"福记"。由于经营者初到成都人地生疏，加之当时军阀混战，社会秩序动荡不安，人民生活困苦，同时成都已有陕西人开的金店和成都人（包括各县）开的大小银楼约百余家，他们历史久、人地熟，以致新开的宝成银楼无法开展业务与其竞争，连年亏折，经营者想脱身回宁波原籍。这时我父亲在商务印书馆任经理，俞凤岗任副经理，与成都军政界、绅商界上层人士多有交往，为解决同乡困难，于民国十一年（1922），我父与俞凤岗合资银圆一万元将整个银楼承顶下来，将"福记"改为"德记"，由俞凤岗负责经营，仍在原地营业。不久，俞凤岗又一人承顶了总府街的浙江凤祥银楼，也改冠"德记"。

民国十五年（1926）成都春熙路基本建成。俞凤岗与我父亲商量决定，于民国十六年将宝成银楼迁移至春熙路北段三层洋楼的新址（孙中山铜像对面）。后因我父亲体弱多病辞去成都商务印书馆经理，寓居成都。这时俞凤岗因春熙路铺房朱佃纠纷迭起，又为沉重债务所累，他经营春熙大舞台和凤祥银楼已感到力不从心，更难兼顾宝成银楼，乃将宝成交我父亲独自经营……

虽然名叫"银楼"，却只卖黄金饰品，江浙帮银楼统一规定黄金纯度不得低于99.6%，被称为"上上足赤"，由于讲求信誉，很受上流人士欢迎。加工工艺方面的镶嵌技术，受西方首饰行业的熏陶，也率先被宝成银楼引进入川。后来受本地风俗影响，才开始出售白银制品。1935年，四川善后督办刘湘委派主任副官胡尚武来银楼交涉，指定宝成银楼按照店内陈列的"银楼"样品定制一座，准备赠送给中央军校成都分校教育长李明灏将军，并刊刻"凌烟阁"楼名和督办、将军的名字。根据有关记载，银楼陈列的"银楼"样品，为一座高三尺、耗银百两铸造的九层银楼，精雕细刻，美轮美奂，一直是精湛工艺的象征。此件刘湘的定品，由宝成银楼的川籍著名技师李国清花费心血制作而成，成为了宝成银楼的一桩佳话。

在范继成之后，范光明出任宝成银楼经理，尽管困难重重，业务终于柳暗花

▲ 1942年9月9日,全国抗敌协会成都分会欢迎冯焕章(冯玉祥)、老舍、
王冶秋、叶麇四先生的合影

明,重现曙光,使得这块金字招牌没有褪去光彩,直到1949年。

但凤祥银楼就没有这样幸运了。由于春熙大舞台的债务越陷越深,新债老账一起发作,凤祥、宝成银楼的"执照票"遭到群众挤兑。俞凤岗走投无路,只好将春熙路的部分房产向银行抵押贷款,应付挤兑。但俞凤岗的"救火"举措,立即又遭到春熙路35家商铺的联合抗议,反要俞凤岗赔偿历年修建费6万元以及口岸费8万多元。俞凤岗无可奈何,只好忍痛花费几万元安抚商家。几经周折,俞凤岗的弟弟经管的凤祥银楼由于亏损巨大,被迫把房产出售给刁文俊和田颂尧等。

尽管如此,俞凤岗还是拥有成都当时最大的私人府第——由商业街一号的衙门旧址迁入到华兴东街"益德里"的巨厦,二进花园再加一个大果园。鼎盛时期,俞府车水马龙,门庭若市,每到开饭时间,少则十几桌几十桌,多则上百桌。成都的军政要员富商巨绅都是俞府常年的座上客。俞府的著名菜肴多是故乡的杭州菜,在成都十分出名,也促进了杭州菜系在成都的普及。

俞凤岗 「大意失荆州」

谈到俞凤岗，就不能不提到胡雪岩。尽管他们没有直接关系，但作为杭州人，俞凤岗心目中的偶像非他莫属。胡雪岩是中国晚清时期的一位传奇人物，关于胡雪岩的传奇故事，至今在民间口耳相传，流传甚广。胡雪岩出身贫寒，却在短短十几年的时间里迅速发迹，成为当时富可敌国的巨商富贾；他替清政府向外国银行贷款，帮助左宗棠筹备军饷、收复新疆，慈禧太后赐他黄袍马褂，官封极品，被人们称为"红顶商人"。他奉母命建起一座胡庆余堂，真不二价，童叟无欺，瘟疫流行时还向百姓施药施粥，被人们称为"胡大善人"。

俞凤岗在成都的经营生涯，有些情形与胡雪岩是颇为类似的，比如从小店员起家、人情练达、开银行（银楼）、四处投资、战线过长、周转不灵、遭到挤兑、被迫出卖地产等等，对于今天，也颇多可资借鉴之处。

他同成都法国领事馆翻译出身的"馥记药房"老板郑少卿（号永馥）合伙做麝香生意，乃是一大败笔。更印证了商界的一句俗话：不可与小人结怨。

憬晗在《商界流星俞凤岗》（《龙门阵》1988年6期）一文里指出：

修建春熙路时，郑少卿仗法国人的势力，坚决不肯拆房，俞凤岗才得以捷足先登。其实，郑少卿也并非想一直硬起不拆，只是想熬一下价钱，哪晓得被俞凤

107

解放初期的成都市百货公司（甘森提供）

岗抢了生意。于此，他恨俞凤岗就可想而知。但是，成大事者都会掩饰自己的喜怒哀乐。这郑少卿当着面一再感谢俞凤岗解了他的围，背地里却伺机报复。俞老板一向精明，这一次，只因是欢喜老鸹打破蛋，便失去警惕，忘记了该盘查一下郑少卿的底细，以至郑少卿提出合资贩运麝香远销国外时，俞凤岗只盘算了一下搞头大不大，便欣然合作。

购进麝香时，俞凤岗聘请检药老手一同验证了货物，哪晓得货到海关，却查出是掺了假的劣药，不能出口，只能在国内贱价处理。俞凤岗只道是受了掺假高手的蒙骗，却万万没有想到是郑少卿买通押运，中途搞了调包计。执掌押运的，是俞凤岗委派的亲信胡又新。老胡在上海把这批假麝香处理后，便日赌夜嫖，把药款耗得光光生生，溜之大吉。俞凤岗只道是误用其人，却万万没有想到是郑少卿派人把老胡拉下水。俞凤岗委托警界朋友抓人，而胡又新通过郑少卿的关系，躲进法租界里，哪里还抓得到。这一次，俞凤岗损失了好几十万元，元气大伤。几年后他得知郑少卿在法国做药材生意发了财，才回过神来，连喊上当，但为时已晚。

俞凤岗挨的第二个大"壳子"是做钢材生意。30年代初，刘湘与刘文辉的矛盾日益加深。刘文辉打算从上海购进一批钢材来制造武器。当时的运输条件，只能从水路入川，经万县至重庆再转运成都。而刘湘就驻在重庆，刘文辉的货物绝对难以过关。刘文辉便要俞凤岗代为进货，并预先付了5万元定钱，说货到后再付全部货款，如货到时局发生变化，定钱不退。俞凤岗生性豪爽，明知事情难办，但也一口应承。为了保险起见，他打通法国驻成都领事馆，拟将全部钢材交法国商船护运。俞凑足25万元，在上海购进了足量的上等钢材，他估计，自己可获纯利近30万元。

哪晓得，这一次又打错了算盘。事情既然经过了法国驻成都领事馆，当然就瞒不过在法领事馆当秘书的郑少卿。他一得到消息，便暗中通知了刘湘。俞凤岗的货船刚到万县，王陵基就奉刘湘之命，将钢材全部没收。俞凤岗也果真算得上一条汉子，闻讯后，只皱了皱眉头，长长地叹了口气，便立即打主意对付将要引起的连锁反应。

俞凤岗做生意再次倒霉的消息一传开，到宝成、凤祥两银楼挤兑"执照"之风便骤然而起……

为此，俞凤岗把春熙路剩余的产业全部卖光，才抵了这笔恶债，抵了债下来还欠刘文辉5万元。他只好向刘文辉摊牌："我赤手空拳到成都，找了钱又赔了进去，虽是如此，我欠军长的5万元还是一定要还，不过请暂缓一些时候。"刘文辉没有落井下石，反而还抚慰说："你在成都修春熙路，对成都的繁荣、商贸都功不可没，当我一走到春熙路就想起你，我的区区5万元算得了什么，你就是现在要还我，我一分钱也不会要，你遭了横事搞得一贫如洗，也不要着急，我会帮助你。不过你也要引以为戒，炒地皮修马路本来无可厚非，是件好事，但你正路不走走歪路，闹到这种地步，这又怪得了谁？"

　　曾在成都呼风唤雨、牛气冲天的俞凤岗，自此破落，尽管他力图东山再起。他又开始全力经营春熙大舞台、俞园和公共汽车公司，但生意再也不像过去那样顺水顺路了，就像一个人眼睁睁看着一座宏大的沙上建筑，逐渐在水流的洗淘下慢慢坍塌。

按察司前绸缎店

如果说，科甲巷专门制作、出售床单、被面，驰名海内外的蜀绣就是出自这里的工匠一针一线绣出的，那么，春熙路的许多商店则是卖绸缎布匹百货、金银首饰珠宝，还有那气势敞阔的钱庄，则体现了一种分工布局。嘉庆乙丑（1805）刊刻的定晋岩樵叟《成都竹枝词》里，有一首这样写道："按察司前绸缎店，最繁华是北打金（衙门以东地段）。"这至少说明，在未开春熙路以前，围绕"按察司"已经开设了不少绸缎铺子。一到晚上，汽灯、电灯交相辉映，悠长的小贩叫卖声声声入耳，穿着各色旗袍和高跟鞋的时髦女郎，浓妆艳抹，后面则跟着三五个梳着"拿波"或"一匹瓦"头式的登徒子……

一些"老成都"把绸缎铺称作"匹头铺"。望九老人陈毓琼回忆说，零星散落的绫罗绸缎铺是现在春熙路没有的，但在当时却兴旺得很。这些铺子吸引了不少顾客光临，量身定制。无论女人男人、大人小孩总能在这里选到自己的衣服色彩、衣服质地。现在想来，春熙路永远是个充满色彩、充满人气的地方。

有一首清代嘉庆年间的竹枝词说："锦江春色大文章，节物先储为口忙。男客如梳女如篦，拜年华服算增光。"说的就是成都人重衣食。而这样的民风，无疑就是绸缎店最坚实的拥趸。

流沙河先生也回忆说，春熙路比较热闹的是百货公司，再过去有一家"协

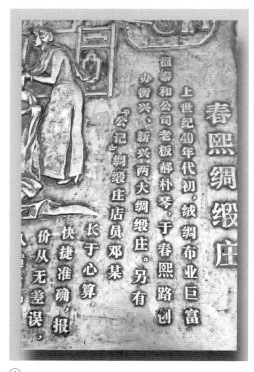

福泰和公司老板郝朴琴，于春熙路创

办衡兴、新兴两大绸缎庄。另有

"公记"绸缎庄店员邓某

长于心算，

快捷准确，报

价从无差

误，

春熙绸缎庄

上世纪40年代初，绒绸布业巨富

春熙路地面铜浮雕

和"，是解放前专门卖高档百货的，从上海、广州进了相当好的货品。此外，还有很多小绸缎铺，专卖一些高档料子。到20世纪五六十年代，那里不光卖绸缎，也卖花布，当时没有进口的东西，最好的货就是上海的，还有不少皮鞋店。

20世纪30年代川帮商人所创"协和百货行"，为参与竞争，在店面首次安装扩音喇叭，播放戏曲，开成都播音风气之先，可谓当时招徕顾客的奇招。加上20世纪40年代初建的"春熙绸缎庄"，以及绒绸布业巨富福泰和公司郝朴琴于此创办的"衡兴""新兴"两大绸缎庄，广受女性追捧的"聚福祥绸缎庄"等，春熙路可谓被时髦女性与绫罗绸缎的丝光辉映得绮色生香。一些"老成都"还依稀记得，当时"公记绸缎庄"有一邓姓店员，因长于心算，快捷准确、报价从无差错，人称"肉算盘"……

乐山生产丝绸历史悠久，唐代已有"水波绫""乌头绫"等名特产品。到清代前期，苏稽丝绸业兴起，所产土绸"俗谓之邓阳绸"，再发展提高，就成为著名的"嘉定大绸"。当时，除了劝业场的"久成元绸缎庄"专售乐山之机制丝绸即"嘉定大绸"外，春熙路上也有两三家绸缎庄售卖"嘉定大绸"。但与苏杭货相比起来，无论是工艺还是成本等方面，都显得竞争乏力。

成都作为西南丝绸之路的发源地，本来一直是丝绸的产销盛地，蚕丛是数千年前蜀地之尊，据说他常穿着青衣到各地考察，教民养蚕，又被尊称为青衣神。黄帝的元妃西陵（即今四川与两湖的交界处）氏嫘祖也曾教民养蚕，被誉为蚕神。三国时，蜀锦作为富国强兵的主要产品，一路销至北魏和南吴，作为丝织中心的蜀都几有代替北方临淄和襄邑之势。蜀锦除销往国内各地之外，还由民间经由传统的古道，与国外进行贸易往来。但在机器文明的时代，却逐渐显露了它的诸多弊端，这是值得人们深思的地方。

值得一说的，是绸缎店里的"免费水烟"。

旧时，成都没有专门出售纸捻儿的店子。纸捻儿燃烧的时间与一支同等长度的香差不多。因为纸捻儿比洋火便宜，抽烟的人自然就用纸捻儿了。更主要的是，抽水烟的人习惯了，都有吹燃纸捻儿的"口功"。

旧时春熙路一带，绸缎铺很多，伙计简直是火眼金睛，客人一进门，就能看出来人的身份、财势，伙计立即把水烟袋双手奉上，显得毕恭毕敬。这白铜水烟袋是他们扒开房顶、刮下"瓦灰"擦出来的，亮如白银，惹人喜欢。这是让客人一边烧水烟，一边给老板讨价还价。但天下有这么白烧的水烟吗？纸捻儿自然是早就点燃了的，但这纸捻儿却是用盐水泡过的，只燃得起"暗火"，客人装好烟，嘴对着纸捻儿"嚯、嚯、嚯"地使劲吹，可是怎么也吹不成"明火"，客人又不好意思问老板，反复几次，兴味索然，只好把水烟袋放回桌子，不抽了。这一来二去，生意也讲得差不多了，客人付账出门，水烟可是一撮也没有损失。由此可见旧时的生意人，精明到了何等程度。

当年的苏货、杭货、广货、洋货，固然已成过往历史，却保存于成都人的方言口语而固执使用。如"苏气""杭式""洋盘"等等，这些方言口语，就是当年春熙路上的商业用语。

在我看来，绫罗绸缎编织出了一种惊艳夸张而戏剧化的符号，但服饰的地域性质，赋予春熙路的时尚是属于大众的。这里的服装款式简洁，线条暧昧，但极强调品质感，且颜色紧跟每一季的趋势。不同的服装方案组合，不同的颜色搭配让人叫绝。在这样的城市浸泡久了，女人想不时尚都难。

资本大鳄郝朴勤

文史学者姜梦弼、姚学杜在《成都绸布业巨头西帮福泰和》里指出："成都绸布业有川帮、西帮，福泰和因有军阀作后台，坐了西帮首席，它的老板郝朴勤从包袱客到后来成为一个资本家，不过三十一二年时间，剥削来的资产总值折合黄金约一万六千两，在工商业基础薄弱的成都算得上一个大户了。"

韩忠智主编的《百年金街春熙路》一书记载了诸多春熙路的轶闻，特意记载了郝朴勤在蓉的商场打拼：郝朴勤出生于山西平遥县，在成都时结识了做北京毡窝帽生意的同乡原效鲁，两人一拍即合，开始合伙经营。后来又认识了专做上海疋头洋布生意的山西人彭上卿。彭上卿在军阀黄逸民的父亲黄绍雍出钱开的"协庆丰"字号当领本掌柜。郝朴勤看见来货生意有搞头，就和原效鲁合伙取了一个不通天的招牌叫"茂盛川"，也做洋布匹头，完全靠同乡彭上卿想办法替他们在上海买货，生意确也得手，慢慢地攒了一些钱。

民国初年，四川军阀混战，如果没有靠山，来货生意就很难进行。郝朴勤、原效鲁是外地人，要想攀附豪力，没得路子，只有央求彭上卿搭桥引见黄绍雍。经彭上卿竭力鼓吹，郝朴勤的殷勤讨好，好不容易才得到黄绍雍首肯。于民国十一年（1922）开始合作在成都暑袜中街三圣祠开设"益晋恒"内庄批发字号，除黄绍雍外，他们都是山西人，大家都称之为"山西帮"。

1927年，成都是邓锡侯、田颂尧、刘文辉三个军的政治中心，商业特别繁荣，银行字号，开得不少，黄逸民当时任江防军总司令，在成都颇吃得开，郝朴勤就利用这块招牌从"益晋恒"拨一些钱在提督街开了一个"惠生"字号，吸收存款，把它搞成邓部、黄部一些军官政客的吃喝玩乐场所。大家知道这是黄司令开的，存款都很放心，很快就吸收了不少存款。郝朴勤利用这些存款，扩大"益晋恒"的经营范围，除彭上卿长期在上海扎庄外，先后又在北京、天津、汉口设庄。

图左为郝朴勤，山西平遥人，成都春熙路绸布业福泰和百货公司、益晋恒的老板

"益晋恒"是专门做匹头内庄批发的。匹头泛指丝纺织品。郝朴勤看见春熙路热闹起来，就想在这块地方插一脚，从内庄批发走向门市。通过努力，从1929年到1933年4年中，他就在春熙路上相继占有3个门市：交通公司、恒兴绸缎庄、新兴绸缎庄。

当时成都电气事业还处于发展的初期阶段，电灯公司开了几家，防区军队多，电话需求量也大，脚踏车是时髦的交通工具，五金器材更是建筑的必需品。郝朴勤看准了这一点，就在上海、天津两地大量买进廉价的日本货，想自开门市，独家经营。1929年春熙路北段口开了一个"交通公司"，楼下卖五金、电料、脚踏车、无线电器材，楼上卖高级呢绒。人事班底清一色是山西人，总经理郝朴勤自谦，经理郝宜斋是他的亲戚，负责楼上呢绒是王竹青，另有职工七八人。店铺布置很讲究，商品也名贵，但是全店都是山西腔，成都人听不懂，只好用手比画，生意很不好做。郝朴勤没法，只得破例先后录用袁邦甫等三个成都人当学徒，换句话说，就是请了三个翻译。

交通公司所卖的商品，有英、法进口货，有日本在中国设厂造的货，也有走私货，成本低，售价高，利润厚，很是赚钱。比如脚踏车进货成本只需十几二十元，卖价就高达六七十元。高级脚踏车为老人头、台顿牌、束林牌、红手牌、红飞马，每部售价都在银圆100元左右。运来一批日本走私脚踏车几百部：每部售价银圆20元，交通公司大肆宣传，买主闻风而至，全城都轰动了，才一两天时间，全部卖光，这一下交通公司的名声传播开了，生意特别兴隆，没有别家能够和它竞争，形成一家垄断的局面。

1930年，春熙北段交通公司的近邻，同泰绸缎庄因受厂杂板泛滥的影响，经营失败，欠了很多债，最大的债权人是"益晋恒"。因为川帮绸缎匹头门市铺子，都没有多少本钱，完全靠来货家上"架面"，一元钱的本钱就赊了三四元钱的货，假绷场面，虚张声势，一有风吹草动，就招架不住。"益晋恒"经常有好几万银圆的货赊给门市铺，"同泰"就欠了好几千，"同泰"要倒账，郝朴勤就有点着急，也想趁此机会，把同泰的口岸拿过手来。于是就安慰"同泰"的经理罗镜明，他说："生意做崩了，不要紧，我来帮你一把。"罗镜明当然感激，不过"同泰"已是资不抵债，郝朴勤提出解决的办法，收"同泰"改为"恒兴"，由"益晋恒"投资1万元。罗镜明出口岸，仍当"恒兴"的经理，郝朴勤任总经理，对于罗镜明的薪水，特别从优，每月银圆50元，红利提人力股二成。这些都是特殊待遇，因为红利的总分配是"益晋恒"提百分之五十五作为资本股的红利，其余百分之四十五都是人力股，郝朴勤提百分之十，其他职工摊分百分之十五，罗镜明一人提得最多，工资也最高，罗镜明很高兴，经理还是经理，不失体面，只分红利，蚀本与他无关，保证了实惠，匹头帮的同业认为郝朴勤为人厚道，都称赞他。实际上罗镜明是一个空头衔的经理，一切都是郝朴勤说了算。他派了一两个心腹就把店上的经济、人事大权掌握了。一年一结算，"益晋恒"就把百分之五十五红利提走，"恒兴"始终只有那点本钱，长不大，几年以后，罗镜明终于离开"恒兴"，口岸终于是"益晋恒"的了。

当时匹头商人成光庭在春熙路开了一个单间门面，做生意此人倒是个能手，但"手长衣袖短"，资金周转不灵。1932年，四川军阀混战，经济萧条，成光庭被债务逼迫，走投无路，只好躲了起来。郝朴勤素知成光庭是个做生意的能手，立即派人将成光庭找回来，表示愿意与他合作，困难帮他解决。成光庭当然感激涕零，二话不说就由"益晋恒"出钱将口岸生财全部顶打过来，重新投资银圆一万元。把招牌改为"新兴绸缎庄"，成光庭原有一班人马全部留用。经理仍由成光庭担任，郝朴勤自任总经理。

由于"新兴"的后台老板是山西帮数一数二的大来货家，有了这个靠山，成光庭在商场的地位和信用都大大提高，为了感恩图报，成光庭特别卖力，配花色、抓季节、掌握销场，各方面都花了很大工夫，仅一年多时间，业务大大发展，赢利超过"恒兴"一倍多。郝朴勤见成光庭经营有方，主张扩大门面。1935年，"益晋恒"增资为银圆2万元，将单间门面扩成4间一通的门面，花了两三千元布置装修，当时春熙路还没有这样大的绸缎铺，职工人数不够，就招收练习生20名，最多时的职工人数达到60人，提升游跃如为副经理，协助成光庭搞业务，派张新三为协理，掌握经济和人事。这样，郝朴勤在春熙北段竟一下拥有了3个大商店。

郝朴勤生意做得十分顺手，几乎每发必中。加之和一些军阀官僚走得近，人缘也好，存款很多，当时刁文俊师长存在"惠生"字号和"益晋恒"的存款就有银圆好几万元。因为常常要买"申汇"和刘文成的"成益"银号、陈国栋将军的"福川"银号及与聚兴诚银行往来非常密切，郝朴勤经济上的活动能力是很强的，尽管有一些抵制日货运动，他都满不在乎，采用"改头换面"，或者依靠军阀武装掩护，都对付过去了。

但天有不测风云。1936年蒋介石借口调整中日关系，允许日本在成都设领事馆，全国舆论哗然。日本派驻成都的领事岩井英一支使先遣人员深川经二、渡边洸三郎、田中武友、濑户尚二一行11人于8月中旬偷偷窜到成都，沿途遭到万县、涪陵、重庆等地人民的强烈反对。8月23日午后，日本先遣人员田中武夫等

4人住进大川饭店。24日数千市民结队游行示威，向省政府递交不准日本在成都设立领事馆的请愿书，数千群众于午后包围大川饭店，捣毁了该店经理室，日本人深川经二和渡边洸三郎被打死，田中武夫、濑户尚二被打伤。一部分群众还涌向东大街、暑袜街、春熙路等地，捣毁了"长期贩卖日货"的"宝元蓉""益晋恒""交通公司"等8家商号。

"交通公司"和"益晋恒"的职工被吓得目瞪口呆，六神无主，赶忙关门，并飞报郝朴勤。爱国群众怒火冲天，冲进店内，霎时就将宝笼货架打得稀烂，脚踏车、收音机、电话机及各种商品都砸成一摊废铁，呢绒、布匹都撕成条条块块，撒了一地。"益普恒"仓库里的货也被拖出来踩扁，暑袜街、春熙路遍地都是垃圾，俨然成了怒火的发泄地。郝朴勤电话上向治安机关求援，反动军警赶来，见众怒难犯，也不敢进行镇压，直到午夜群众捣毁完毕，才各自散去。当晚郝朴勤绕室彷徨，通宵不寐，老奸巨猾的他，竟想出一条将错就错、浑水摸鱼的计策。

翌日，他派亲信清理损失，收拾残局，并令管内账的账房在他公馆里赶做了一套细账，夸大损失为银圆10万余元，然后才约集股东开会，公开报账。其实交通公司有个仓库设在春熙西段一个院落内，单是脚踏车就还有几百部的零件尚未装配，还有其他五金、电料，爱国群众未曾发现这个仓库，所以当晚幸免，但他借此机会一并报了损失，真可谓是"失之东隅，收之桑榆"。店中的股东是黄绍雍老太爷，他历来相信郝朴勤一点也不疑心有其他的问题，所以不但没有意见，反而安慰郝朴勤，其他股东更无话可说，一致支持郝朴勤继续干下去。

但是"益晋恒"和"惠生"字号还有一大批存款，存户们闻风都来提取存款，挤兑就要逼得倒号，怎么办？大家都感到束手无策，郝朴勤就恳求黄绍雍老太爷出面稳住债权人，他保证一年之内就可以搬转来。黄绍雍毫不犹豫满口答应，随即大摆筵席宴请一些较大的存款户，席间黄绍雍说："这次'益晋恒'虽然损失大，但存底还厚，各位的存款我担保偿付，不少分文，请大家放心。"债主们见黄师长的老太爷担保，谁能不卖面子，都无意见。刁文俊正想开口，郝朴勤赶忙抢先说："刁师长放心，'益晋恒'在上海、汉口有大批货物，陆续装船运来，师长的钱只迟几天日子，保证本息全部付清，决不短少。"大家一劝，也就算了。就这样才躲过倒闭的危机。以后郝朴勤把这些存款都还完了，单把刁文俊这个大债主拖了一年多才还清本息。

"益晋恒""交通公司"被捣毁后，名誉扫地，不能不换招牌，经股东决议将"益晋恒"改为"福泰和"，"交通公司"改为"兴业电料行"，一切照旧，继续营业。

抗战爆发以后，郝朴勤到重庆，经宇宙药厂总经理的介绍，结识了上海迁川工厂的一些工业实业家，其中有一位显赫人物是刘鸿生。郝朴勤初步接受了"实业救国"的思想，开阔了视野，也想办一个工厂，一手抓商业，一手抓工业。在刘鸿生的帮助下，郝朴勤向迁川的美亚织绸厂购得电动抽花机20台，提花机10台，一面在成都西门外北巷子将"三新织绸厂"买下改建新厂，安装美亚厂的新式电机，命名为"福福丝织厂"，又将三新厂的木机迁到梨花街成立二厂，一厂是电机织绸，二厂是手工织绸，这些准备工作做好之后，于1940年改组"福泰和"。

"福泰和"改组成立福泰和企业股份有限公司，资本法币300万元，下辖3个门市部，原兴业电料行连同顶过手来的东亚绸缎庄，扩建为第一门市部，"新兴"是第二门市部，五金电料停止经营，一律经营绸布呢绒布匹。一门市部是直属公司，规模甚大，经营的部门也很多，除绸布呢绒外有百货、皮件、服装，成为一个百货公司三门市部照旧经营，还是独立核算。

客观地说，郝朴勤由一个商场走卒，经过各种打拼与艰苦努力，花费30多年时间，成为春熙路崛起的一代巨商，其资产总价值折合黄金1.6万两，这在当时的成都，可谓首屈一指了。1948年，郝朴勤转资于香港，1951年两手空空又回到北京，在东安市场摆摊糊口，了此一生……他的发迹史和沉浮史，正如晚清民国初年在自流井奋斗的盐商们一样，值得如今的人们反思。但无论怎样，郝朴勤的一生都为晋商在成都的奋斗增添了浓重的一笔。

这还使我们发现，20世纪初，晋商中一些有识之士投资民族资本近代工业，但由于当时保矿运动的影响，其资本主要投入了煤矿业，而不是投资少、周转快、利润高的棉纺、面粉、卷烟等轻纺工业，致使资金大量积压，陷入困境。而郝朴勤独到的商业眼光，使其在当时晋商没落的大势下，开创了一条新路。

第四章

春熙路别传

春熙路上的茶馆

唐代封演《封氏闻见记》记载说："城市多开茶铺，煮茶卖之，不问道俗，投钱取饮。"茶馆在唐时已具雏形，延至清代已遍布神州。

成都老报人邓穆卿先生在《成都旧闻》中，收录了《成都茶馆》一文，堪称是一幅春熙路"茶馆指掌图"。文中提到旧时成都茶馆的招牌都很讲究，不像现在有些茶馆扯块蓝布作旗子，在旗子上贴一个白色大"茶"字就算事。在春熙路地段，就提到了十几家茶馆，比如北段的"颐和园""漱泉茶楼""三益公"，孙中山铜像背后的"春熙大茶楼"及对面的"来鹤楼"，南段的"饮涛"和"益智"，以及紧邻东大街的"华华茶厅"与"留芳"，总府街的"正娱花园"和"濯江"等。至今，"漱泉楼"茶馆依然在春熙路北段的二楼上，但现在我们看到的匾额，是流沙河先生写的匾额，因为口岸好，每日高朋满座。距今20年前，"饮涛"茶客盈门，里面有一个天井。一大早就有养鸟的人把鸟挂在天井里，好鸟叫得有节奏，有的好像在"唱歌"，而以鸟为话题，天天都摆不完。如今回眸这段历史，猛然发现，"饮涛茶楼"已经消失十几年了，颇让人追忆。

几百米的春熙路上，茶馆如此密集，彼此之间的生意是否有影响呢？这种此消彼长的影响一直是存在的，竞争也较为激烈。有鉴于此，1947年10月，成都茶社业公会会员大会就决定："今后严格限制新茶社牌号之设立。""不许在同一条街道开设两家茶社，除原有不计外，距离一百户以外者再酌情办理。"（转引自《川大史学（专门史二）》，四川大学出版社2006年8月版，301页）。这样的管理举措，显然是亡羊补牢之举。

流沙河先生说，1949年底，解放军围成都，派战士入老西门侦察动静，见大茶馆桌桌坐满，热闹拥挤，便回去报告说："几百人开大会，转入小组讨论。"当时南下大军，来自晋绥边区，哪里见过茶馆。由此可知成都人的"茶馆情结"。

位于春熙路南段的"饮涛茶楼"，客人主要是生意人，所谓"往来无白丁"，恐不尽然。它卖的"芽茶"，是从一般茶叶铺买不到的，均为特制，因而特别吸引茶客。茶馆的水也颇为讲究。因为用锦江水需要额外雇人运送，成本增大，但茶馆为保证茶味醇正，再贵也要用河水。只有东门外望江楼"薛涛井"的水质，是市内唯一比府、南两河的河水还要好的井水，水井地处砂渍土之上，河水经过天然过滤渗入井内，杂质很少，格外清澈。旧时成都著名的茶馆，如少城公园的"鹤鸣"、东大街的"华华"、春熙路的"饮涛"等茶楼，都是有专人拉运"薛涛井"水，更受到茶客的称誉。成都东郊、如今位于望江公园的一口古井，原名"玉女津"，附近的人以井水仿制"薛涛笺"闻名，久而久之"玉女津"便被称作"薛涛井"；一说是薛涛本人汲玉女津井水制作"薛涛笺"而得名。不管怎样，这样的井水带来的就不仅仅是水质清洌的问题了，显然蕴含了文化的韵味。茶客很容易联想起李绪"千古艳情一井水，许多客绪寄江楼"的历史名句。所以，茶楼自然是以女诗人薛涛的大名以广招徕。

春熙路上一般的茶楼依然使用"沙缸水"来招徕茶客。旧时茶馆里都有四方天井，一般都置放两口雕花石缸。石缸内铺有卵石、棕叶、特意洗淘过的河沙，石缸又叫"沙缸"。河里运来的水倒入沙缸，经细沙、棕叶、卵石过滤才提到瓮子上烧开供茶客饮用。个别茶馆的沙缸是陶制的，小的可装一挑水，大的可装七八挑水。缸里装了小半缸沙子和瓦片，用于滤水。在缸底处有一小眼，插上竹管，滤过的河水就从这竹管里流出。沙缸水生津润口，比井水甘甜清醇，饮茶平添一野趣。老茶馆烧开水的灶不叫灶，叫"瓮子"。两米长、一米宽，上下两

1941年，美国《生活》杂志记者C.麦
丹斯在四川龙泉驿拍摄的乡场茶馆

台。高出的一台是真正意义的瓮子，储存着热水。冬天茶客坐久了脚冷，可以买
瓮子里的热水来烫脚，茶馆备有脚盆，一盆洗脚水折算一碗茶钱。瓮子低的一台
就是烧开水的灶，灶面铺着钢板，钢板上割有壶底大小的圆洞。火苗从洞内蹿出
直烧壶底……

　　但有了自来水，沙缸水就逐渐被淘汰了。这已经是抗战结束以后的事。

　　傅崇矩所著《成都通览》记载说，清末成都茶馆有454家，产茶区则有彭
县、什邡、灌县、汶川等60厅州县，而茶的品种则有红白茶、茶砖、香片、苦丁
茶、苦田茶、毛茶及老鸦茶等十数种。茶馆里是清一色的盖碗茶。盖碗茶成了成
都茶馆里的唯一主语。

　　"盖碗茶"有茶碗、茶盖、茶托子三件套，又称"三才碗"，盖为天、托
为地、碗为人。茶托子，又叫茶船，始为木托，后以漆制。据《资暇录》记载，

是南齐蜀相崔宁之女所发明。它的功能，稳固茶碗，便于端饮，水不溢桌。盖碗茶具上常有名人绘的山水花鸟。碗内又绘避火图。有连同茶托为十二式者；十二碗加十二托，为二十四式。备茶会之用。清代茶托花样繁多，有圆形、荷叶形、元宝形等等。盖碗茶盛行于清代京师，大家贵族，宫廷皇室，以及高雅之茶馆，皆重盖碗茶。盖碗茶宜于保温，故后来各地都流行。高人以为，喝"盖碗茶"有三大好处，比如美食家车辐先生在《成都人吃茶》里说得明白："一、碗口敞大成漏斗形，敞大便于掺入开水，底小便于凝聚茶叶；二、茶盖可以滤动浮泛的茶叶、浓淡随心，盖上它可以保温；三是茶船子承受茶盖与茶碗，如载水行舟，也可平稳地托举，从茶桌上端起进嘴，茶船还在于避免烫手。"

"盖碗茶"的茶碗上，那上面的文字很有讲究，如常见的"清心明目"，在道出了茶的功能，同时，无论顺读倒念，或依次重组，都是一句绝不重复的"四字真言"，值得欣赏。如顺读：

清心明目
心明目清
明目清心
目清心明

如果倒念，则是：

目明心清
清目明心
心清目明
明心清目

再如"生津止渴""可以清心也"，道理亦然。重组排列后的"四字名言"还可以自上或由下而读。这样上下左右便可读出两组不同的十六句名言，看似简单的两组汉字，其实变化无穷，深藏玄机。这是否也是一种蜀人的生存智慧呢？

这让我想起流沙河先生曾戏撰的一副对联：

改革你喝拉罐水；

守旧我吃盖碗茶。

戏谑幽默之中，"守旧"未必就"旧"，而是保持了成都人的一种生活品质，从中也可见成都人被盖碗茶培育出来的性情。只有深入其间，才能深切体味到俗谚"一市居民半茶客"的兴旺。

「吃讲茶」

　　人们注意到一个细节，在成都周边的集镇，小酒馆似乎总比茶馆要多。最有意思的，是那些乡镇上每天早晨必喝三两"早酒"的老人，喝酒就像呼吸空气一样，已经成为他们"生命的一部分"。而那种敢用二荆条海椒拌嫩姜、黄瓜作为下酒菜的蜀地豪气，外省人只有干瞪眼的份儿！进入到市区，茶馆的分布逐渐密集起来，有时走完一条街，你可能见不到一家酒店，却能看到三四家茶馆的布幌迎风摇摆。

　　人们在茶馆里无所不谈。东家猫猫跑了，西家老翁"扒灰"了，一个个鼓起眼睛，竖起耳朵，生怕漏了一个字。另外，听书、嗑瓜子、掏耳朵、修脚、谈生意等等，也是茶馆里的主题，成都人的日子过得好自在！表面上看挺悠闲，但在旧时，茶馆的功能并不仅仅是冲壳子扯把子（吹牛、侃大山），一旦有生意纠纷、邻里矛盾，茶馆就会迅速成为一个用于调停、勾兑的准民事法庭或者准道德法庭，执行起一套名叫"吃讲茶"的民间调解程序。"吃讲茶"的双方相约到某某茶馆，输理的一方，付清到场参加讨论者的茶钱。这就是"吃讲茶"的底线。

　　李劼人先生在《暴风雨前》中描述说："假使你与人有了口角是非，必要分个曲直，争个面子，而又不喜欢打官司，或是作为打官司的初步，那你尽可邀约些人，自然如韩信点兵，多多益善。你的对方自然也一样一一相约到茶铺来。"

尽管如此，民间诸多纠纷不是仅仅依靠语言就能摆平的，谈判不能解决，口水说干，茶已寡淡，就会诉诸武力，以茶馆为战场，坐凳、茶碗作武器的也是常有之事，茶馆也因此遭殃。治安部门频频出面，弄得生意大受影响。因此，在春熙路、科甲巷一带的大茶楼里，往往悬挂有一块"奉谕禁止讲茶"的小木牌，这是茶馆老板预防惹是生非的一种表示罢了。然而碰到"吃讲茶"的人来了，这"禁止讲茶"的效力就等于零。清末成都建立警政以后，曾出文禁止"吃讲茶"，但民间依然故我。20世纪50年代后，"吃讲茶"才淡出主流社会，但在场镇的茶馆里，"吃讲茶"依然横行江湖。

"吃讲茶"不只是成都茶馆的传统，江南一带的城市在旧时都有"吃讲茶"的社会民俗。在很多涉及晚清、民国市井的影视剧里，也出现过很多"吃讲茶"的场景。事实上，"吃讲茶"是当时平民喜闻乐见的事情，江湖中人固然也会参与，但不是事事均要由黑社会出面才能摆平。

老报人金文达先生，生前曾对我回忆说，20世纪30年代，"厚黑教主"李宗吾先生的《厚黑学》惊世骇俗，1935年他将历年所作文字的一部分，融合自己的新观点和想法，重新以随笔文体整理为文，在成都《华西日报》上开辟《厚黑丛话》专栏连载发表，其诟病历史的"伟人"的笔调，引起了广泛争议。有人遂以"薄白学"回敬，于是引起两派激烈争议。但提倡"薄白学"的人物却既不"薄"，更不

成都的茶馆老板。（1941 年，美国《生活》杂志记者 C. 麦丹斯摄）

"白"，竟然是正宗的厚颜无耻。后来由于他厚黑到家，大肆贪污腐败，结果被处以极刑，其尸首被悬挂在成都少成公园示众。

金文达先生说，他某天在"华华茶厅"就亲眼目睹了两帮人"吃讲茶"。双方请来四川大学一位教授予以评判，据说那阵"吃讲茶"还有一套程式，即事先要在茶桌摆两把壶嘴相对的茶壶。双方当事人落座后，"幺师"为每位茶客泡上盖碗茶，给仲裁人另沏一杯上等茶。当"幺师"冲第二碗水时，仲裁的教授把手中茶杯在桌上重重一放，宛如惊堂木，全场肃静，调解开始。双方各自陈述理由，茶客们进行分析、评理、调解，最后由教授做出结论和解决意见。但教授依然无法说服大家，弄得"吃讲茶"成了真正的口水仗，闹得不可开交，无法收场。最后，好像是各自付各自的茶钱……

由此看来，"吃讲茶"无法解决形而上的问题，它只能摆平那些较小的、具体的纠纷。

平民百姓认可"吃讲茶"的一个重要原因是衙门难进，所谓官司太麻烦，从经济上、时间上都划不来。成都人尤其爱讲道理，唾沫横飞当中，喝茶自然成为了"义理"的添加剂。

著名民俗学家钟敬文先生曾经指出："吃讲茶"那种民间自动调节民事纠纷的美俗，就不仅是民族社会文化史的宝贵资料，而且是在社会主义文明建设中特别值得提倡的良好风尚。

茶馆里的
人间喜剧

吕卓红博士《川西茶馆：作为公共空间的生成和变迁》（《民间文化论坛》
2005年6期）认为，川西茶馆的功能复杂丰富，但最重要的是人与人之间、人与
组织团体之间以及组织与组织之间的交往行为。民国时期，茶馆的形态是非常丰
富的，而发生在茶馆里的交往行为就更是五花八门，涉及社会的各个阶层和生活
的各个层面。

茶馆固然是平民的社会交往场所，同样是行帮、会社的办公场地。旧成都被
大大小小的行帮"公会"及封建会社（俗称码头）划分成了若干利益集团和势力
范围，而且这两者往往还互相联系着。茶馆作为社会生活中重要的公共空间，很
快便成了它们的办公室。各行各业有形或无形的"同业工会"，大多以某茶馆为
中心形成一个个松散的组织。同行们经常在茶馆聚会，以便对共同关心的问题交
换意见，如：行情的涨落，原料产品的集散，劳资纠纷的动向，大宗交易的看货
样，小宗买卖的现场成交等。这些有形无形的组织，俗称"帮口"。如春熙路的
"饮涛"属"金银帮"；东大街的"包馆驿"属"棉纱帮"；下东大街的"闲居
茶馆"是纱布业的；上东大街的"流芳"、城守东大街的"掬春楼"、春熙南段
的"清和茶楼"是丝绸帮的；南门火巷子茶馆属"米帮"；安乐寺茶馆属"纸烟
帮"（1949年前被"银圆帮"压倒甚至取代）；安乐寺对面新"商场茶社"、春

熙东段"江楼茶社"、大科甲巷"观澜阁"是印刷业的……

由此可见，茶馆的行帮势力划分，体现了"物以类聚、人以群分"的特色。

同时，茶馆还具有"救济所"的功能。一些生活无着的人，实在走投无路了，到茶馆去求救，往往都会得到一些资助。据说知道去茶馆求救的人，还有一些是"犯了事"的人，求救也就带一定的隐秘性：求救者装着若无其事的样子去茶馆喝茶。堂倌来给茶客掺第二次水时找不到茶盖（掺了茶要帮茶客盖茶盖）。求救者揭起桌上的草帽露出茶盖。堂倌见此即会邀客人后堂说话。与客人对话的就是茶铺老板，问清事由，茶铺老板一般都会助以盘缠，指以前程。

社会上的风吹草动，固然是茶客们的谈资，而发生在茶馆里的稀奇事，自然是手到擒来，更是被茶客们演绎成"一地鸡毛"。铁波乐在《民国成都茶客轶闻》（《成都晚报》2009年1月4日）里，就记载了"睡诸葛"张斯可的趣事。

张斯可，资中马鞍乡人，家道殷实，就读于资州中学堂，上课时爱打瞌睡，可是老师提问他又心知肚明，应答如流，人称"睡诸葛"。他后来考入四川陆军速成学堂，毕业后跟随过钟体乾、刘存厚，后来投奔刘湘，任教导师师长。他虽然贵为"师级干部"，却很少带兵，甚至连军装都很少穿过，其穿着是一袭长衫、一副眼镜、一条手杖、一双布鞋，于是人们又称他"长衫军人"。为了察听民情和联络政情，他经常都要到梁园、鹤鸣、饮涛、枕流等各界社会名流会聚之所的茶馆饮茶。1949年后，张斯可任四川省人民政府委员，四川省人大代表和省政协常委。晚年仍爱坐茶馆，仍爱饮"双碗茶"，以此颐养天年。

女茶房以及女茶客的涌现

成都地处平原，人们难得登高远望，即使仅有二层楼的空间，也很吸引市民。春熙南段口的"益智茶楼"与春熙路北段中的"漱泉茶楼"因而为人瞩目。这两家茶楼都不摆设竹椅子，一张张四仙桌周围全是油漆过的矮矮木椅，尽管坐着并不舒服，然而临街，人们乐意居高临下观看街上形形色色的景致。他们喜欢坐进临窗隔间里张望，看着花枝招展的美女在街上走过来走过去，竟然觉得这就是现实主义的西洋镜！

茶馆的堂倌，又叫么师、茶博士，今称泡茶师。"茶博士"一词，出自唐人笔记《封氏闻见记》："李公命奴子取钱三十文，曰，酬煮茶博士。"这是赐给堂倌的雅号。堂倌有首自嘲打油诗："我在当官（倌）未管民，日行千里（往返穿梭在店堂）未出门。白日里财源（收取茶资）渗出涌进，到晚来（除卖水烟钱归己，茶费上缴老板）身无半文。"堂倌对客的态度，掺水的技术好坏，直接关系到一座茶楼生意的成败，而掺水技术则是堂倌的基本要求。

当时在任何一家茶馆里，做茶房的均属男性。但在20世纪30年代，天津一些电影院、饭馆、茶社和球房等场所，开始出现了"女茶房"，通俗点说就是女招待。后来有的饭馆也以雇用女招待招徕顾客，并在饭馆门口立有"女子招待"的招牌以招徕登徒子。

邓穆卿先生在《成都旧闻》里指出，"饮涛茶楼"对面还有一家茶楼叫"益智茶楼"，茶楼下面有一条清静而幽深的小巷，著名会计师谢霖在此设有正则会计事务所以及附设的学校。茶馆的名字自然表示茶客清心之外还能益智。当年它还开风气之先，首先雇用女茶房（招待员）掺茶，因此惹起官方的问责。此举遭到非议，除茶客抵制外，新闻也大肆渲染，重压之下，"益智茶楼"终于妥协。

这样的举措，在成都并非首创。当时总府街的"新仙林"茶楼，楼下卖闲茶，楼上卖"书茶"。"书茶"安排的是京剧清唱节目，轮流演唱者均为脸蛋靓的年轻女性，红纸白字写着各人的芳名和节目，客人可以任随点唱。

清末民初，文明风气大开，成都的茶馆里涌现出了一些女茶客。在此之前，女人们是不能进茶馆饮茶，更不能进戏园子看戏。首先打破这一禁律的是"悦来茶园"，小心翼翼地试着在茶园中开设了专门的女宾雅座，并将四川军政府都督尹昌衡的老夫人请到园中看戏。老夫人乐得眉开眼笑，大发赏钱，第二天又将她的姐妹、女儿、媳妇等一群女眷带上，大饱眼福。从此上行下效，一些师长、旅长的太太、奶奶、小姐一类的女流之辈也蜂拥而至，笑骂打闹、流言蜚语，后来竟然发展到"男女混座"的场面，热烈的场面让道德家们惊慌不已。

铁波乐先生指出，鉴于当时川戏院子里已开始出现女演员，茶馆也跟风而上，延揽戏曲艺人到店内小打小唱，欢迎女茶客到店内饮茶，听竹琴、清音、评书、金钱板……这是女人们求之不得的美事，客源也更多、更广泛，除了那些达官贵人的太太小姐外，寻常人家的婆婆妈妈姑姑嫂嫂也可以堂而皇之地坐进去，像男人那样跷起二郎腿眯着眼睛一边饮茶，一边剥瓜子（有的还要抽水烟），一边听戏文，派头比男人还够。

到茶馆卖艺的艺人有不少很喜欢喝茶的，内中还有女性，如专唱四川清音的女艺人李月秋，就是唱一会儿便要喝茶水润嗓子，随便唱多久都不会倒嗓。她的拿手好戏是《断桥》《秋江》《拷红》，那一曲"一把手拉官人断桥坐，妻把这从前事细对我的夫君说。你的妻原本不是人一个，白莲洞中我苦把道来学……"唱得一波三折，凄婉欲绝，连和尚听了都会为之动情而潸然泪下。她独创了一种"哈哈腔"，可以将一个字"哈"来"哈"去地抑扬顿挫唱上半分钟，曲调之优美无人能及。

当时，成都市各公园都禁止出售女茶，市政府也有明令："本市提督街中山公园，近因时常发生事端，查其原因，各社售卖女茶，因而有多数娼妓混迹其间，籍名饮茶，暗地引一批无识青年男女，走入迷途，一般流氓弹神，亦闻风而来，混迹其间，在此寻乐，以至时常发生斗殴寻仇等事，现该园管理见此情形，力图设法整顿，特饬各茶社，一律禁售女茶，以免时常发生事端。"

上述整顿和风纪管理，表明了茶馆更多的是被执政当局看作一种社会民情控制的有效场所，他们希望通过新型休闲形式的大众化和规范化来铲除不良的社会习俗。然而，近代都市茶馆不仅是一种公共交往的空间，还解决着一部分人的就业和生计问题。当茶馆的秩序与市民生计之间产生矛盾时，这种公益与利益、政府管理与民众生计的冲突就难以避免，对茶馆的整顿也就很难顺利实行。

"漱泉茶楼"的回忆

马识途先生的《风雨人生》一书，是《我这八十年》（五卷本）中的第二本。《风雨人生》是马识途记录自己人生中最富色彩的20年（1931—1950），他从青年时代告别家园，外出求学，参加革命，与反动势力坚决斗争，一直到新中国成立，自己回到家乡这段人生经历。其中涉及春熙路，为我们展示了一段地下党在成都街头的惊险经历——

我走出百货公司，往春熙路北段走去，在孙中山铜像边转弯时我回头看了一下，果然看到特务跟来了，隔我约10米远。我走到春熙路北段青年会旁边的漱泉茶楼楼梯口，我平时就知道这个茶楼有两个楼梯上下。我便从南边的楼梯上去，到了二楼楼口，我装着无意的样子望了一下，特务也到了楼梯口下边，他怕我发现他，要和我保持距离，没有马上跟我上楼。我转身进入茶楼，飞快从密布的茶座间走过去，到了茶园北边的楼梯口，我正要下楼，看到那个特务刚从南边楼梯口上得楼来。他看我快要下楼，便想急速地穿过茶座赶过来。可是他哪里能行，那密布的茶座坐满了茶客，椅子已经几乎背靠背，那些丢帕子的（给茶客丢帕子擦手揩脸）、卖小吃的、装水烟的、看相的把通道塞住，要想很快通过是困难的。他正在茶座间挤时，我已经顺当地从北楼梯跑下去，来到春熙路北段街上，我从青年会旁边的一个花店走了进去，从花店的后门溜出去，到了科甲巷，往北直奔而去，我走脱了。我预想到那个特务从茶座穿过，下了北楼梯，到了街上，那里有顺大街往北，往南，进青年会，到对面三义公小巷几条可走的路，我到底往哪一条路跑了呢？他绝想不到我会从青年会旁的花店前门进去后门出去，他也绝不知道这花店有一条后门通道。这都是我平时看好了的，紧急时就用上了。我从科甲巷往北走了一阵，在一个相馆门前借橱窗玻璃反光看了一下，后面再也没有人跟来了。我断定已经把盯梢的特务甩掉了。但是我还是怕他从北科甲巷口迎头等我，我马上折转向南边走去，转到棉花街向东而去，他再也不能找到我。不过我为了保险，还是按我平时的规定，一定要走三条僻静小巷，再也没有人跟我时，我才能回到自己的住处去。（《红岩春秋》2005年1期）

如此紧张的一幕，就发生在大名鼎鼎的"漱泉茶楼"当中。文章等于也勾勒了茶楼的详细地理分布和室内结构。漱泉茶楼与原"三益公"（即后来的新闻电影院）遥遥相对，一楼一底，茶楼位于二楼，店面阔达，人声鼎沸，是老成都人钟爱之地。

作家老舍曾说过："茶馆就是一个小社会，这里三教九流，无所不有，天地玄黄，共存俱在。"泡茶馆的人没有高低贵贱之分，却有雅俗之别。

"漱泉"为名典，典出《世说新语》。据《世说新语·排调》载：晋代名士孙楚（子荆）年少时想隐居，便对王济（武子）说"当枕石漱流"，结果不小心说成了"漱石枕流"。王济便反问他："流可枕，石可漱乎？"孙楚将错就错，借题发挥说："所以枕流，欲洗其耳；所以漱石，欲砺其齿。"一错反成妙言。诗人孟郊听琴而写的诗句"回烛整头簪，漱泉立中庭"，把饮茶品茗视同甘泉漱口一般，好不潇洒浪漫。

1939年，中共特别党员杜重石在成都组成了"蜀德社"，他发动"蜀德社"的大学生和青年军官，在力所能及的地方，特别是各大学校园和春熙路的漱泉茶楼等地，大摆龙门阵，散布蒋委员长以最高统帅的身份兼任四川省省主席，一者有失体统，二者无力兼顾，三者也与川人治川的许诺不符的舆论。别看这只是街谈巷议，成都茶楼里的龙门阵影响谁能小视！

如此雅致的茶楼名字，看来意识形态也排闼而入了，"漱泉"已经有变为"洗脑壳"的架势！而且，出入的也并非名流大款。我父亲曾对我说，记得是20世纪70年代，"漱泉"那里有一些流动烟贩，烟贩仍然有货源，只是档次太低，不外乎是"朝阳桥""春耕""黄金叶""金沙江""经济烟"等，那时节，烟枪们老瘾发作，别说卷烟，就是树叶也要点燃抽两口。父亲曾见到烟贩约好5个茶客，点燃一支烟，一人一口，每人出1分钱，吸到第三人时，尚剩约三分之一，他做了几次深呼吸，然后开始猛吸，直到烟头烧到嘴唇也停不下来，急得烟贩赶紧制止，予以"抢救"，烟还剩1厘米长！看来，这是一次亏本的买卖。

张浩明在《春熙路上漱泉楼》回忆自己早年的情形，说自己"在漱泉楼上逛个半圈总有收获，这烟锅巴捡来拿回家剥出黄黄的烟丝，积少成多，半斤'烟锅巴'可卖5到7角，对我来说当算巨款，那时一个白面锅魁才值两分。当然这'烟锅巴'有时也不卖，而是送与隔春熙路不远，住锦华馆的一个瞎眼老人，老人是旧时打更匠。他收了烟锅巴，便会给我们讲'安安送米'和'雷打张继保'等民间故事。总之漱泉茶楼是春熙路昔日最大的悠闲去处。它随意亲切，三分小钱可在这里座磨一天；它更是平民大众的，它可以不驱赶一个穷孩子在这儿喝加班茶、捡'烟锅巴'，它对我来说又是温暖的。现在的漱泉旧址已是一家取着个洋名字的歌舞厅，漱泉虽在春熙路消失了，但它留给我的记忆将珍藏心中。"

著名作家黄裳尤其喜欢成都的茶馆，如人民公园里临河的茶座、春熙路的茶楼等都去过。他说，成都茶馆有很多优点，"只要在这样的茶馆里一坐，就会自然而然地习惯成都的风格和生活基调。"那个时候的茶馆里，都还有民间艺人唱各种小调，打着木板，讲着故事。还有卖香烟的妇女，拿着四五尺长的竹烟管，可以出租给茶客，由于烟管太长，自己无法点火，所以还得替租用者点火。也有不少卖瓜子、卖花生者，他们穿行于茶座之间。修鞋匠也在那里谋生活，出租连环图画的摊子生意也不错，"这里是那么热闹，那么拥挤，那么嘈杂，可是没有一个人不是悠然的"。（黄裳《闲》，见曾智中、尤德彦编《文化人视野中的老成都》，四川文艺出版社1999年版，322—323页）。如今南来北往的人们，仍然可以在春熙路上的茶馆里，感受到特有的温情与故事。

益智茶楼坐落于春熙南段靠近东大街的路段之西，斜对着当时成都市理发业中最高档的"云裳美发厅"。益智茶楼具有在老成都并不多见的格局，是开设于楼上、单体面积最大、且有固定文艺节目演出的茶楼。可能觉得土气了，当时茶楼都不摆设吱吱呀呀作响的竹椅子，密密麻麻的四仙桌，周围均是油漆过的矮木椅。坐着并不舒服，但为了看戏，人们也乐此不疲。

吴虞在1938年6月的一则日记中记载说，他在春熙路的益智茶楼，"见所谓女茶房，令人失笑。"（参见《吴虞日记》下册，四川人民出版社1986年版，第774页）。出现这样的"女茶房"，自然是一个不小的新闻。其实在西方国家的服务行业中，鉴于女招待能够满足顾客情感和幻想的需要，所以她们比男招待更适合。由此可见，当时的成都是敢于与国际接轨的。

茶楼就是万花筒，茶楼就是众生相。

本光法师（1906—1992）俗名叫杨乃光，四川省平武县人，出家后法名叫本光，是取自太虚大师所题的上联"本无一物"以及张大千居士所题的下联"光照大千"而来。

据说，他有一双穿透事物表象直捣本质的犀利眼睛。萧赛先生的长篇纪实小说《费文兆一家人》里记述说：

他回成都以后，除了把"空林佛学院"办得井井有条外，很快就结交了本地的九流三教，上至政坛显耀、五老七贤，下至贩夫走卒、住户人家。他常常带着他几个徒弟去吃叶矮子的抄手、陈麻婆的豆腐、王胖鸭的烧鹅、盘飧市的卤肉夹锅魁等等。据说去时受到店主欢迎，临走商铺不收分文。本光的酒量大，喝多少都不醉，纵然过量，也从不乱性。只告诉徒儿们："为师醉矣！要睡觉了。"

原来本光法师在"空林佛学院"跌坐讲经说法，貌若金身罗汉。出了文殊院的庙门，或是穿家入户，或是到春熙路的"益智茶楼"与新闻记者吴碧澄、巫怀义等门徒喝茶，他还能以看相算命谋生混吃，曾经给警备部、威震成都的严啸虎司令官看过相，说他脑后生有异骨，不宜多杀人，否则将来会招杀身之祸！严司令侍母至孝。严老太太也说："啸虎，你脑后是有根异骨，师父的话你要听啊！"

本光法师看相名声渐大，电影明星白杨也到益智茶社来请教师父。师父一本正经地说她："五官端正，品貌秀丽，合该当明星、成大名！只是鼻梁骨稍微塌了一点，否则能当电影皇后，并且主爱情不专。"

白杨忙说："化妆时把鼻梁骨填高一点，行吗？"

本光摇头说道："不行。项羽的重瞳主乌江自刎，刘备的大耳朵主蜀汉称王，能够用人工的化装修改吗？"

陪同白杨来看相的名导演张骏祥、名演员谢天（后改谢添）情不自禁，掩嘴暗笑。白杨扭头还怨他们："有什么好笑呢？师父的相法是有些道理哩！"

本光法师还被北门上袍哥界的舵把子廖三爷请去家里，看全家人的相，说一句，信一句，好像他家的吉凶祸福，全都掌握在本光师父的手中。师父劝廖三爷："你要多行善事，大过年的时候，给街坊四邻的贫穷人家，送些棉袄，送些米、送些钱去，就能趋吉避凶，脱祸求福，菩萨会保佑你满门无病，全家平安！"

廖三爷急忙给师父摆酒之后，果然听话，按照本光法师的金玉良言，完全照办。左邻右舍的贫穷住户，得了实惠，都说："廖家来了位活菩萨！"

在这段颇为有趣的记载中，我们不但能感觉到本光法师的人情练达，也感到了电影明星们有点儿懵懂的纯良天性。结合演员白杨当时在"三益宫"演出前后的感情起伏来看，本光法师的话，似乎一语成谶！

晚清民国时期，川剧、评书、四川扬琴等民间曲艺没有专门的演出场所，演出地点都设在茶园。当时以演戏出名的茶馆有悦来茶园（建于1905年，20世纪50年代更名为锦江剧场。可以说，是川剧作为一个成型的地方剧种的摇篮）、大观茶园（此处曾开设成都最早的女性电影专场）、位于少城公园内的万春茶园、锦江茶园四家。

这里重点说一说"书茶"。

成都茶馆还设有书场，成都人称为"听评书"，在茶馆听书，叫"吃书茶"，那连续性的故事，会使他们神往，每晚的书茶，少不了他们。书场总是在茶馆生意不好卖茶收入抵不过书场收入的情况下设置的。春熙路、东大街一带的茶馆，因为卖茶收入多，就很少设置书场。书场的茶叫书茶，其茶钱比平常的茶钱高，高出部分是讲书场的人所得。因为利益关系，参加书场的艺人要选择茶馆，茶馆也要选择曲艺品种、艺人和节目。东城根街锦春茶社，不仅长期有竹琴圣手贾瞎子演唱，还有卖炒货的司胖子、掺茶水的周麻子，以"锦城三子""锦城三绝"而闻名。周麻子的掺茶技艺堪称绝技；贾的竹琴演艺是成都首屈一指的；司胖子的花生米颗颗香脆，无人能比；因而锦春书场生意，能长久不衰。至于贾瞎子的竹琴，曾经现场聆听他表演的李思桢、马廷森二位先生写道：台子中央一个瘦弱的瞎子，仅凭两件竹器，就能把千军万马之势带到茶客面前。"瞎子唱到《李陵饯友》时，调子回环婉转，七折八叠，百变不穷，越唱越高。尔时，歌声、琴声难分难解，耳中但闻狂风怒吼，雪雾飞腾，胡笳报警，悲马嘶鸣。接着，又是一阵呜呜咽咽，苍苍凉凉，悲悲切切，直杀得烟尘滚滚，旌旗猎猎，战马嘶鸣，号角呜咽，刀剑铿锵，杀声震天。"

李德才艺名德娃子，1903年出生在成都一贫家小户，父亲李炳福是扬琴高手谢兆松的得意门生。李德才只读了1年私塾，6岁就随父学艺，7岁便登台演出，唱生角。登台的第一天，他那奶声奶气的"娃娃腔"唱的是《梁山伯与祝英台》中的一折《访友》和《玉簪记》中的《船会》，行腔走调高亢而浑厚，不断得到满堂的掌声。一炮打响，在众多的扬琴爱好者中佳话广传，大家纷纷说："这个娃娃，甭看他站起还莫得鼓架子高，唱起来哟硬是'死鱼的尾巴——不摆啰！

他嗓点子腔，表点子情哦，硬是吼咆咳嗽——莫得痰（谈）头嘞！"由于他年龄小，本身就是个娃娃，所以，听众们都喊他"德娃子"。从此，这名就成了他终身的艺名了。

由于种种原因，李德才从14岁起便改学旦角。他善于吸收谢派（谢兆松）、李派（李莲生）等名家之长，具有独特风格的"德"派唱腔。行腔流畅婉转，风格华丽妩媚，处理人物感情充沛细腻，充分发挥和发展了四川扬琴的"哈哈腔"的润腔手法。李德才的唱段，一般都是唱打并重、坐地传情的硬戏。如《香莲闯宫》《醉酒》《秋江》《船会》等经典唱段都是他最拿手最叫座的节目。

1949年后，李德才继续在成都演唱。常在西御西街的"安楠"茶楼，提督街的"如如"茶楼，总府街的"大世界"市场，春熙路的"益智茶楼"，鼓楼街的"芙蓉亭"茶社等地与扬琴名家洪凤慈、张大章等连襟唱琴多年，合作得珠联璧合，丝丝入扣。他在《貂蝉拜月》中与洪凤慈唱的王允的一段唱词："听谯楼打罢三鼓转，为国忘家哪得安？荼蘼架下将身站，仰面我把气象观，见一轮明月光灿烂，彗星冲动斗牛寒，紫微坦中帝星暗，观气数未绝汉江山……"接着就是貂蝉那悠悠扬扬，祝福王允的大段唱词和表露她忧国忧民的内心思想，刻画得细致深入，使扬琴的艺术感染力得到充分的发挥。他们配合得天衣无缝，十分默契。

值得一说的是，20世纪40年代后期，时尚文化进一步涌入成都，市面上涌现出几家咖啡茶座，比如总府街的"紫罗兰"，商业场的"白玫瑰"等。这类茶座堂面不追求宽大，但一般都较为整洁，显得较为高雅。圆桌上铺白台布，摆有花瓶，精致的靠背木椅；加盖的茶盅代替了传统的三件套茶碗；茶叶品种繁多，兼营牛奶咖啡以及西式小糕点、糖果、水果等。留声机不停地播放，尤其是上海滩的流行歌曲，成为了这类商家吸引顾客的妙招，消费者以富裕的时尚青年为主。总府街还有一家"新仙林"茶楼，楼下卖闲茶，楼上卖书茶。书茶安排的是京剧清唱节目，轮流演唱者均为花枝招展的时髦女性，红纸白字写着芳名和节目，任随点唱。这样的点唱模式，其实多年以后也得以重现。

第五章

春熙路奇传

春熙大舞台的神仙世界

在春熙路漫步，细心的游人会注意到地面上镶嵌的铜铸浮雕，内容是春熙路老字号掠影。其中有一块浮雕展示的是"春熙大舞台"。春熙大舞台是成都最早的京剧剧场，曾迎来程砚秋、刘荣升等众多京剧名家。春熙大舞台当年的盛况，确实称得上是明星荟萃。尤其值得一提的是，1929年将剧场建成后，开幕头三天唱主角的是来自汉口的"蒋家班"，"打炮戏"特意邀来海派名家名角100余位同台献艺，是成都梨园之盛事。

看来，梨园界曾有"京角儿不进天蟾不成名"的美谈，那么在成都的春熙大舞台，是否也继承了这一良性态势呢？笔者以为，两者不可相提并论。因为在成都，更多的市民，仅仅是为了来看热闹；老板俞凤岗，则是奔利而来。

韩忠智在《百年金街春熙路》中指出，尽管开始时期观众踊跃，但依然是入不敷出。主要原因是为打点官场、军警、江湖码头等，耗费了不少利润，这也是"防区时代"无法正常经营的一个典型。真是病急乱投医，俞凤岗立马投身于麝香、白银、钢材的炒作，希望一锄挖个金娃娃，摆脱困境。但哪知越陷越深，新债老账一起发作，凤祥、宝成的执照票遭到挤兑，达官贵人拉下脸来，强行收走债款。俞凤岗是耗子钻风箱——两头受气。只好将春熙路的部分房产向银行抵押贷款，应付挤兑，一面又与军阀斡旋。俞凤岗的举措，立即又遭到春熙路35家商

145

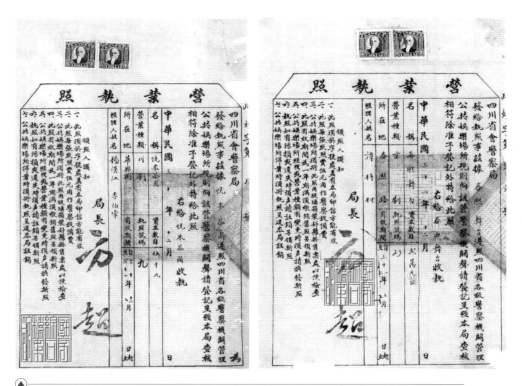

左：1941 年 12 月四川省会警察局给悦来茶园（戏园）颁发的《营业执照》（成都市档案馆藏）
右：1942 年 12 月四川省会警察局给春熙舞台戏园颁发的《营业执照》（成都市档案馆藏）

铺的联合抗议，反要俞凤岗赔偿历年修建费6万元以及口岸费8万多元，其代价相当于13个双间门面的价格。俞凤岗害怕事情闹得不可收拾，只好忍痛花费几万元安抚商家。几经周折，俞凤岗的弟弟经管的凤祥银楼亏损巨大，被迫把房产出售给刁文俊。春熙大舞台被李注东、谢德戡等几人切割。春熙路地产大鳄俞凤岗，最后落得个一地鸡毛的结局。

徐忠辉先生《话说春熙路》指出，春熙南路的全国饮食业50强之一的龙抄手之地，乃是清末按察司衙门的大门。由于现在东大街街面已大大拓宽，所以这大门还要朝前靠才对。在大门进门的地方，还有半圆形的照壁一面，这是因为对面走马街北对按察司衙门，那街上官员们骑马因公来往者甚多，这走马街又临近督院街的都督大衙，晋见官员的马队均要在此街停下。朝前走，进了头门，这是衙门的"经厅"，一直走到春熙北段才算走完前厅。值得一提的是，刚刚走完前厅进入二堂，称为"刑厅"，右边在20世纪80年代时，是中国工商银行成都分行，而那里原为盛极一时的春熙大舞台所在地。1929年，余凤岗在春熙南段路口修起了成都全市少见的三层楼高的春熙大舞台，内部构造全部仿造由英国设计师设计的上海天蟾舞台，又从上海邀来京剧名角蒋叔岩、刘凤霞等艺人，演出京剧，这使地处内地的成都市民大开眼界。此后，舞台几经兴衰沉浮，直到1949年底，方才谢幕。

　　春熙大舞台最早是放映无声电影《火烧红莲寺》的电影院，后改演京剧，曾享誉一时。后来在京剧不景气的抗战前夕，又成为了放映电影的场所。毫无疑问，春熙大舞台是当时成都最大的影剧院。

　　艾芜在《漫说老成都京剧舞台》里就回忆说："步入剧场就像进了地下室，眼前一片黑暗，一股特有的汗气和霉味扑鼻而来，片刻之后才在微弱的灯光下依稀可辨池座状况。池座分官厅、花楼、二楼、三楼和普通五个档次。官厅位于堂厢前十排以内，花楼居正中，两者票价相当高，也难得满座；座上客均系衣冠周

大约 1924 年，刚建成不久的春熙路北段。从画面中可以看出，楼上有些房间还没有商家入住。（〔法〕杜满希提供）

正的大官巨贾，珠光宝气的太太小姐。他们往往迟到早退，引人侧目……回首当年，开戏前的剧场与茶铺极相似，池座里哄闹极了，卖小食品的穿梭往来，又供应茶水热毛巾，呼三叫四。一时间，只见水烟纸烟叶子烟，烟雾弥漫，咳嗽吐痰声，声声入耳；直到闹台锣鼓打响才稍微安静……"（《龙门阵》1998年4期，第130页）

但这样嘈杂的环境似乎并未影响人们的浓厚兴致。巴金的胞弟李济生在《我记忆中的大哥》里回忆，大哥喜爱京戏，自从春熙路新建了个春熙大舞台（据说是凤祥银楼的老板投资兴办的），他就常去那儿看京戏，家里还备有一把京胡放着。有时我们也常跟着他去看戏，往往一家人都去。他在遗嘱上还说过生日那天特别请全家人去看戏。由此可见京剧对巴金几兄弟的影响力。

当时，春熙大舞台的京剧演出是星期日两场，平日只演晚场。票价甚高，不是老百姓所能问津的。毕竟戏剧的观众远没有电影那样普及，这从刊登广告上就分出了高低。春熙大舞台也在《新新新闻》等报纸上刊登戏剧广告，不但数量少，而且多刊登在不显眼的位置。

当时四川大学文学院社会学系学生成兆震所著的《成都娱乐场之调查和研究》论文中，描述了1935年时春熙路京剧大舞台的盛况和衰落："京剧春熙大舞台是民国十八年创办的，在未创办以前，成都已经时常不断的有京剧班的行迹了，不过像京剧大舞台那样宏大的组织，过去是没有的。""营业较旺盛，当时所定票价颇高，不久营业渐衰，尤其是俞氏离开成都之后，无力出资添补办理各类事项，到了现在，营业更是消沉以至极点了。"

抗日战争前后，随着大量演艺人员来到大后方的蓉城，为本地京剧注入了新鲜血液，也使得春熙大舞台获得了转机。

京剧四大名旦中，程砚秋最早到成都（1936）。其后是尚小云（1958），再后是荀慧生（1963）而梅兰芳直到（1961）去世都从未来过。另外，来成都演出和受到热烈欢迎的外地剧团则先后有："山东省立剧院"的师生（赵荣琛当时已是该校学生中的佼佼者）；以《陆文龙》一剧轰动成都的"夏声剧校"师生；金素琴率领的剧团（以演出电影《荒江女侠》闻名的徐琴芳反串老生协助金素琴演出）等等；还有号称"南京梅兰芳"的杨畹农以票友身份由重庆来成都，首次演出了《生死恨》。

1938年以后，由于日机轰炸成都，成都所有娱乐场所很不景气，有的被迫关门。那时，春熙大舞台剩下的演员已经不多了，全仰仗杨玉华、女须生王砚如、茹秀臣和妻子陈俊容苦苦支撑。他们的剧场，设立在新南门外江上村茶铺后用竹子搭建的棚子里，每天仅有中午、晚上各一场。票房很低，不久只好停业以待时日。

1945年8月15日日本无条件投降消息传来当晚，第三次来成都的赵荣琛正在春熙大戏院演出《玉堂春》，观众闻此喜讯，再也无心看戏，欢呼着涌出戏院，汇入到游行的队伍中，欢呼抗战胜利！赵荣琛不及卸装，也加入游行队伍欢呼，成为了他一生中最为热烈的演出！

戴德沄先生在《大舞台枪毙奸商》里，还为我们讲了一个真实的故事：

抗战初期，举国上下，同仇敌忾，全国各地民众，自发组织游行，编演新剧，宣传抗日，并极力抵制日货。成都各校学生、社会团体组成宣传队伍，分赴全市各区，号召全市各阶层人民，用实际行动，支援抗日战争。并在商铺云集的东大街、春熙路、商业场、总府街等地，向各商家进行宣传，要求他们坚决将日本布匹、商品撤出货柜。

时任"重庆银行"（行址在春熙北段）经理的成都闻人娄仲光，联合学生以及社会人士，在孙中山铜像侧的"春熙大舞台"，举行了一次支援前线的募捐义演，演出节目是用娄仲光自己新近从上海购置的魔术道具，结合当时宣传内容，编排的一幕《枪毙奸商》的魔术剧。这天，"春熙大舞台"座无虚席，观众多系经营布匹、绸缎、百货的商家，他们踊跃认购募捐剧票，响应号召，支援抗日。

演出开始，先由娄仲光先生和他的助手，献上了"空笼飞雀"和展现"抗战必胜"醒目横幅的两套魔术节目。接着是身穿"童子军"服、手执"打倒日本""还我河山"红色小旗的少年，由英姿勃勃的青年领队登场。他们高呼口号，绕场转走，然后横排站于舞台右侧，向着"商店"高喊"抵制日货""抵制日货"。《大舞台枪毙奸商》完全使用成都方言，活灵活现地体现了人物心理，让人感动，赢得了全场观众的好评。

『黑牡丹』关丽卿

　　1940年初，春熙大舞台张贴出大幅宣传关丽卿的广告："重金礼聘，全国驰名，程派正宗，青衣花衫，不日登台。"关丽卿于1940年1月20日在成都正式登台，连续3天的"打炮戏"为《红鬃烈马》《金锁记》《玉堂春》，引得蓉城人到了为之迷狂的程度。

　　关丽卿（1907—1970）艺名"黑牡丹"。满族，北京人。自幼爱好京剧，投师学唱旦角。专事程（砚秋）派艺术的传授，教学成绩显著，在京剧界享有较高的声望。

　　周肇西在《关丽卿在成都演出和在山东对赵荣琛的影响》里指出，此时成都的主要旦角春熙大舞台已有杨玉华，"华瀛大舞台"则有醉丽君，和关丽卿一样都是男旦，关丽卿来到成都后，主要旦角遂形成鼎足之势，各有所长。关丽卿与醉丽君在不同的戏院演出，各唱各的互不相涉，但和杨玉华在同一家戏院演出，安排就不免会煞费苦心。好在他们各有自己的拿手戏，同天上台可以一前一后轮流派戏码，当时"春熙"的广告就干脆以刘荣升、马最良、关丽卿、杨玉华、刘奎童、马宏良"六大名角"作号召，以迎来更多观众。再者，杨玉华还擅长小生，和关丽卿合作如《奇双会》之类的戏，便以扮小生演出，配合得很好。赵荣琛从重庆也偶尔来成都短期演出，他们四位遂被成都观众戏称为成都的"四大名旦"。

刚建成的春熙路，摄于1924年。（引自民国《成都市市政年鉴》）

　　作者还说，自己当时正在成都蜀华中学读初中，多次看过关丽卿的演出，最初的印象觉得他扮相不受看，即使化妆后也无法掩盖男性的某些特征。所以有人评论说，如果按声、色、艺给关丽卿打分的话，声和艺给他高分他都当之无愧，但色则只能给低分。

　　陆德枋先生所撰写的《四川的平剧》（载台湾出版的20世纪70年代《四川文献》杂志24—25页），文中对关丽卿的评论颇有代表性："二十九年（1940），笔者应邀往观剧，开锣戏为白芷芬之《行路哭灵》，中出为醉丽君、应畹农之《宝蟾送酒》，压出为孙盛辅之《定军山》，大出为关丽卿之《会审》……丽卿铁嗓钢喉，确为青衣行中上乘之选。兼以行腔吐字，一派大家风范，到川名伶中，除程艳（砚）秋、徐碧云外，应推关之唱腔最佳。顾（但是）人高马大，两颧太突，仅可闭眼听，睁眼看则未必佳也。……关丽卿音域宽，音色美，吐字行腔，珠圆玉润，虽其貌不扬，然艺事确在入川诸伶工之上。惜亦为鸦片所害，自甘堕落，卅三年（1944）露演于重庆得胜大舞台，已无力与赵荣琛一较短长。"

艾芜在《漫说老成都京剧舞台》里就认为，由于成都"盆地意识"重，外来剧种难得稳住，外来演员即使唱红也"红"不久长。如京剧"角儿"孙盛辅、关丽卿等人，就曾经靠典当"行头"度日。京剧则墨守成规，充其量搞点机关布景，加点音乐舞蹈，如春熙大舞台那样，已属"海"得不能再"海"了。

所以，一旦商人急功近利，唯利是图，处于关键时刻，必然会暴露其劣根性。

中华艺剧社当时也在成都传播戏剧，近两年时间里，演出了很多进步名剧，有夏衍的《离离草》和《上海屋檐下》，曹禺著名三部曲《北京人》《雷雨》《日出》，周彦的《李香君》，沈浮的《金玉满堂》，郭沫若的《屈原》《孔雀胆》《棠棣之花》等等，演出的既是名剧，又是由秦怡这样的名演员来演，成都人奔走相告，一时间名声大振。这让主流社会感到恐慌，为抵消中艺社的社会影响，他们也在最热闹的春熙大舞台组织演出了秦瘦鸥的《秋海棠》和陈铨的《野玫瑰》，企图"以正视听"。一见有了对台戏，新闻界立即介入，各派人物纷纷登台，各抒己见，成都的戏剧舞台因为意识形态的介入，成为了时局的一个缩影。

春熙大舞台的生死戏剧

1932年初秋，一位60多岁的老人，经过几天颠簸，由重庆来到成都，下榻于陕西街乔仲泉家的小院。这里顿时热闹起来，人们闻讯前来拜望，门前车水马龙。别看老人其貌不扬，却是鼎鼎有名，他就是京剧乐师、宜宾人陈彦衡（1868—1933）。他擅长京剧胡琴，对京剧生旦唱腔深有研究。当时，他与京剧大腕谭鑫培、梅雨田、孙春山、林季鸿等交往甚密，共同设计创造新颖的唱腔，许多演员的艺术成就也得力于他的指导、传授。他的京胡伴奏技巧造诣很深，配合演员演唱丝丝入扣，相得益彰。梅兰芳、余叔岩、言菊朋、孟小冬等都曾得到过他的指点。

当时，成都众多票社比如"己巳""七三""星六晚会""友联""阳春"等，联名请陈彦衡先生到成都教戏，陈彦衡因此来蓉。听说陈彦衡要在春熙大舞台亮相，立时在蓉城票友中引起了一场震动。戏迷们纷纷朝春熙大舞台涌去，一次别开生面的演出在这里拉开了序幕——陈彦衡亲自拉琴示范，并由他的儿子登台演唱，这是一次难得的父子联袂演出。

陈彦衡谙熟京剧音乐，在京、津、沪、汉、川等地剧院演奏，悬挂"胡琴圣手"或"第一琴师"的匾额。当时一直未有异议者或被否认，由此可见人们对他的认可程度。而且，他对唱腔也颇有心得。圈里的人都尊称他为"陈十二

153

1965春季，群众在广场上唱革命歌曲，现凤祥银楼地段。（甘森供图）

爷"。这是一位从小就有主见的人，父亲明令禁止他学戏，一心要他做官，他就背着家人，半夜三更在自己屋里偷偷地练，一个手法、一个细节都不放过。历经数年，如痴如醉。某一天他一展琴技，竟技惊四座。他后来虽在北京做了个小官，但他根本不把做官放在心上，而是醉心于拉琴击鼓。一天，他和琴师梅雨田在酒楼里酒足饭饱后，照例拉上一段京剧音乐，梅雨田连连叫好。梅雨田不是别人，就是后来京剧大师梅兰芳的伯父，专为红极一时的谭鑫培拉琴。谭鑫培除了梅雨田，他哪个也不要。而当他见识了陈彦衡的琴技后，又惊又喜，视为自己的搭档。

在随后的日子里，陈彦衡还不忘培养后人。他先后辗转于东北、山东、上海等地，每到一地，都招收大量的弟子，余叔岩、言菊朋、刘仲秋等都是他的得意弟子。当时的梅兰芳也得到了他的不少指点。陈彦衡把当时新颖的唱腔毫无保留地传授给他，梅兰芳还经常问他："十二爷还有什么新的唱腔？"两人也成了忘年之交。多年后，梅兰芳一提起此事，还感慨不已。

感于成都票友的热忱，他不顾自己正在患病，答应演出。他与其子连演5天，剧目为《宇宙锋》《二进宫》《回龙阁》《贩马记》《女起解》《孝义节》，家乡人总算是亲见了一次大家演技。在春熙大舞台每一次演出前，四川大学校长王兆荣先生必先登台，讲一遍陈彦衡研究胡琴的经历和他对全国的影响。而这次连轴转的演出之后，陈彦衡就一病不起了。

他在病中写了一首诗（见许姬传著《我所知道的陈彦衡老师》，载《京剧谈往录》三编北京出版社1990年1版，第241页）：

左：20世纪三四十年代的悦来茶楼
右：20世纪三四十年代的悦来戏台

春熙路的春熙大舞台

成都从来鲜飘雪，地系平原气潮湿。

一夜冻龙带雪飞，翠竹滴沥芭蕉折。

我今来此病百日，咳嗽痰涎涕沾鼻。

窗隙壁洞地穴鼠，四方风动眠不得。

坐拥铁衾到天明，鸦声呀呀纸窗白……

先生于1933年12月18日逝世于成都，时年65岁。

陈彦衡先生有一个夙愿，根据多年从艺的经验，想写《中国音乐的特点》和《中国戏曲改革创新的方法》两书，可惜颠沛流离，天不假年，未能如愿。春熙路口上的"大舞台"早已不存。

"三益公"并非成都才有,外地也有,但外地的"三益公"社团,主要是一些慈善组织。成都的"三益公"是雄踞春熙北段中部的一个大型娱乐场所,俨然是时尚幻觉的制造基地。由哥老会头头吴毅侠、徐子昌等合股开设。徐子昌是"成都四大歪人"之首(其余三人是黄亚光、银剑泉、蒋浩澄),是西门同兴社总舵把子,很有势力。"三益公"内部设有楼台亭阁园林式的茶馆,演唱川戏的戏院(后改为新闻电影院),乔仲祥办的模范食堂,张文鼎开的江海浴室,并设有台球室,是成都一个吃喝玩乐俱全的销金窟。

尽管如此,卫道士们在花天酒地之余,似乎并未忘记"正风纪"的职责。开设在"三益公"里的理发店晚上为女人烫发,被卫道士视为妖孽,后被警察部门查封。后来理发店主以向政府呈文的方式请求开禁,但他们的请求没有被批准。这使得一些富家女对时髦发型的追求,被迫转入了地下状态。

当时,著名演员秦怡、吕班等曾在此演出过话剧《离离草》《升官图》等。但这里常年演出的主要还是川剧。其演员如旦角桂蕊(廖静秋)、生角杨玉冰、丑角陈全波等,戏艺均有极高造诣,为川剧舞台增色不少。所演剧目如廖静秋的《归舟》《投江》,杨玉冰的《三尽忠》,尤其脍炙人口。

秦怡是当时成都话剧舞台四大名旦中最年轻、最美丽的一位。她一度离开成都，回来后，"秦怡复出，成都登台"的通栏标题经报纸炒作，成都的话剧迷们立即在"三益公"门前排起了长龙。他们根本不需要给卖票员说买什么票，只说"看秦怡"。由此可见秦怡的号召力。

更有意思的是，在追捧秦怡的观众队伍中，华西大学出现了一个"秦怡追求团"，人数众多，这个组织的成员是以追求秦怡为目的。秦怡虽然不理这件事，却给剧社带来麻烦。"秦怡追求团"中一位西装革履的追求者，在剧场包下一个固定的座位，每晚必来看戏。剧社的人摸不透他是话剧迷，或是洋场阔少，只能表示欢迎。一天戏散后，这位追求者跳上舞台找到秦怡，递上名片，上面头衔一大串，其中最引人注目的是"国大代表"。秦怡一看这个头衔就反感，没有给他好脸色。第二天，这位"国大代表"又跳上舞台来，要请秦怡吃饭，一而再，再而三地缠着不走，大有不达目的决不罢休之势（石曼《写在话剧百岁之际》）。

《秦怡传》记述说，"中艺"租下了繁华闹市区的戏园"三益公"做固定剧场，四十多个演职人员吃、住在剧场后台。饭是大锅饭，睡是稻草铺。戏叫座，收入好，一日三餐仅得温饱。一个星期如能打上一顿牙祭，来一碗回锅肉或麻婆豆腐，真是乐开花了。反之，一日三餐则难得保证。住的地方更甭提了。单身汉一律睡后台，各占一席之地，晚上搭地铺睡觉。夫妻演职人员，年纪大的单身演员，住在楼上用竹篱笆隔成的斗室内，好歹算是有个"家"，也算是特殊照顾。至于薪金，名义上有标准，实际上是不定时给点酬劳，互相略有差异，大体够买点日用品，余下的作零花用。

秦怡在成都一部接一部地演了6部大戏，280天的时间都在舞台上，最后一部戏是《结婚进行曲》。戏中秦怡的表演有了新的发展，她饰主角黄瑛，把自己与角色融为一体，声情并茂，以至于演着演着，角色的台词和动作自然而然地脱离了剧本的设计，出现了新的台词和动作，效果比原剧本设计的要好。能进入这样境界的表演，不是一般演员所能做到的。《结婚进行曲》的演出风靡成都，"三益公"因此连续爆满两个多月，每次全剧演完落幕，观众竟然鼓掌要秦怡谢幕。秦怡后来说："这是我当演员以来得到的最高奖赏和最大的尊重。应先生最懂得观众。这是他含辛茹苦，一步一个脚印得来的经验。在成都我度过了最幸福的280天。"

即便是一个演艺场地，在抗战时期，依然体现出艺人的爱国本色。李笑非《忆抗日战争时期"三益公川剧艺员军训队"》指出，1938年，成都市"三益公"大戏院的川剧艺人们，在"全民抗日一致对外"的口号指引下，成立了"军训队"，又称"防护团"。当时社会上的军训称为"挨门丁"。三益公大戏院的军训队连长是川剧著名须生演员杨玉冰，军训队下属三个排，一排排长是川剧名净张崇德，二排排长是打大锣的李伯康，三排排长是丑行演员卿玉教。军训队共有50多人，全是自愿报名参加，任务有三：一是教育自己，保护自己；二是敌机空袭时维持社会秩序，严防汉奸破坏，严防坏人抢劫偷盗；三是召之即来，出川抗战。体现了可贵的爱国热情。（《四川戏剧》2008年5期，18页）

老作家陈稻心《成都旧警轶事》一文指出，1947年冬，住纯化街延庆寺的青年军不守交通纪律，受到警察干涉，双方发生冲突。青年军全部上街，见警察就打。春熙路一带因为商业繁盛，担任这一带警务的保警大队都有枪支，但青年军人多势大，把值勤保警队的枪也提了。许多青年军又涌到春熙北段的"三益公"来打戏院，旦角紫莲正在台上唱戏，也被抓下来侮辱毒打。观众不晓得是怎么一回事，像天崩地塌一样地夺路逃走。紫莲脱身后装也未下，就从"三益公"后门跑出来，打电话找本管区警察分局长熊倬云想办法。熊到现场后见"三益公"戏院已打得一塌糊涂，桌椅门窗道具等大半毁损，青年军又涌到别处打闹去了……第二天熊倬云在荣乐园宴请青年军的高级军官，向打人的赔礼道歉，事情才暂告解决。

这一次浩劫，使得"三益公"元气大伤，难以为继。1949年后，改名为人民剧场。一些"老成都"至今还记得，演员廖静秋、司徒慧聪在1949年后主演的川剧《屈原》的盛况，场场客满，观众耳目为之一新。

新闻电影院曾经非常红火，由于电影院的票价非常低廉，加上"三益公"内的茶座人气很旺，也是休息的好去处，一度是成都市民看电影的首选之地。那里放映的内容深刻体现了时代的变迁，从八个样板戏到朝鲜电影、罗马尼亚电影和阿尔巴尼亚电影，乃至时髦的好莱坞大片。2002年，随着春熙路再度改造，近百年历史的"三益公"被拆除，引起不少市民的无限留恋。

当地政府投资1亿元人民币，拆迁10余亩土地打通"三益公"片区，建成后，新街后巷子可与三圣祠街直接相连，打通的大道能使联系春熙路和盐市口商圈的"一"字形连接变成"井"字形，从而形成人气和商气的"回水带"循环，让相对沉闷的北（中、南）新街焕发活力。

春熙路上的「孩子剧团」

1938年春，内江的白马镇连遭雹灾、火灾，数千饥民难以生存。地方人士发起"救济灾民募捐游艺会"，以学生为主演出歌舞戏剧。当时，沱江中学文艺宣传积极分子、年仅15岁的进步学生温余波也回乡参加了演出。以后，参加此次演出的学生酝酿组织一个抗日宣传团体，并初步拟名为"内江孩子剧团"。温余波1938年参加革命，在中共地下党领导下任内江孩子剧团团长。至今还被人津津乐道的，是他率领团员徒步数千里宣传抗日，受到社会的关注和热烈赞扬（《四川党史研究资料》总81期）。

1939年9月，中共内江特支建立后，对白马镇孩子们的爱国行动甚为关注，决定帮助筹建"孩子剧团"。在吴汝翙、谢碧芳等共产党人的组织下，"内江孩子剧团"于1939年9月24日在白马镇成立，温余波被中共四川省委派回内江指导工作的吴妆翙指定为团长，有团员30多人。官方为限制其活动范围，改名为"内江第四区孩子战时宣传团"，但群众仍习称为"孩子剧团"。

1938年12月8日，小分队从内江出发，徒步经过资中、资阳、简阳三县城及其所属12个乡镇，沿途演唱，宣传抗日，历时38天，于1939年1月4日到达成都。抵蓉后，受到"星芒社"、四川大学学生会等社团的热情接待。《川康日报》发表一整版《内江孩子剧团访问记》的文章，标题左边还用大号字标明"团长温余波今年才十五岁"；《飞报》发表赞扬内江孩子剧团的评论《学学孩子们》；《华西日报》刊发《内江孩子剧团表演极受欢迎》的通讯。1939年1月17日，冯玉祥将军在四川大学校长程天放陪同下，接见小分队全体人员，高度赞扬他们北上成都宣传抗日之举："这就是抗战抗出来的。现在要讲抗战救国，只怕你们的大学生不如小孩子热火。"

孩子剧团先以金钱板、莲花落及唱抗日歌曲等形式在春熙路等地演出，后又应成都总商会邀请，参加商人为抗日救亡举行的义卖献金活动宣传。他们白天外出到成都附近的乡镇演出，夜晚则在市内繁华热闹的春熙路、东大街、盐市口等地演出。小分队的演出受到成都市民的欢迎和新闻界的赞扬。

《华西日报》1939年1月19日曾报道说："该团抵蓉后，曾分谒各方当局，均获嘉奖。并于每晚春熙路等地表演金钱板、莲花落及抗战小调等，极得广大群众热烈欢迎。该团在蓉尚有十余日逗留，每日昼赴各乡宣传，夜在城市工作，颇为辛苦，至于该团经费，则由团员自己互相凑集，决不向外募捐。"成都一位知名人士在观看剧团的演出后，即兴挥毫，写了一首《献给内江孩子剧团》的诗：

> 一队小英雄，高唱爱国曲。
> 徒步行千里，精神我不弱。
> 有志不年高，年高多堕落。
> 但视孩子们，努力救民族。

1939年1月31日，孩子剧团根据党组织的决定，带着成都各界爱国人士、广大民众的赞誉和祝愿，撤离成都。孩子剧团的稚嫩歌喉，也为春熙路留下了一段佳话。

北
新
街
的
银
行
与
『
新
生
代
剧
社
』

北新街南起三圣祠街东口接中新街，北止总府路，东侧可通春熙路北段。长150米，宽10米。沥青路面，多民居。清光绪初，街南口有小鼓楼，名"小鼓楼北新街"。清光绪三十年（1904）小鼓楼拆除后改今名。

北新街其实是颇有名气的。20世纪80年代声誉鹊起的著名文学杂志《青年作家》，就位于北新街，成为了文学青年们心中的圣地。对一般人而言，北新街街口的民航售票处也许更为著名，那是市区最早的民航售票处，1982年才搬到人民南路。而对于"老成都"来说，北新街、中新街一直是各类银行的聚集地，如成都市民银行、建设银行四川分行、陕西省银行成都分行、天顺祥票号成都分号、胜利银行、新亚银行成都分行、福川银行以及蔚泰厚票号成都分号等等。那里还有一家叫"恒谦"的西服店，价格远没有春熙路上的"新亚西服店"昂贵，很受中等收入的职员欢迎。

由于直通春熙路，北新街在很长时间里一直就像是春熙路的供给站，甚至连赌博也不例外。《成都赌博史话》一文就指出，旧时，南新街的宏开字号，北新街的西南商号，西玉龙街的怡益罐头公司，湖广馆的庆川商行，暑袜街的宏济钱庄，科甲巷的义昌公司等等，这些地方都设有秘密房间，作为供应日夜聚赌的场合。这些常客，都是活动范围不大的有钱人。

一方面，有人醉生梦死，一掷千金；另一方面，也有人做着颇有意义的事情。

著名左翼戏剧家萧崇素1949年初参加侯枫在成都太平街领导的"中国艺术剧社"。侯枫是"剧联"成员侯鲁史的弟弟，与萧崇素彼此知道姓名和经历。他和萧宗瑛在该剧社组织艺术委员会，聘请萧崇素、刘盛亚、肖锡荃等作家担任艺术委员。由于剧社没有成熟的演员，萧崇素就写信动员在重庆民建中学任教的二妹萧宗环、二妹夫位北原前来参加；剧社没有优秀的作曲家，萧崇素就请当年在泸县、达县合作过的郑乾柱前来帮助配曲……排演《大雷雨》《夜店》《富贵浮云》《孔雀胆》《咫尺天涯》等有积极意义的大戏，在成都引起广泛关注。当时生活极为清苦，"剧社"只管食宿而不发月薪，"平常每演一场戏得五分钱报酬，星期日演两场分半个银圆"。尽管如此，青年们的热情从未削弱。

后来萧崇素建议宗瑛、宗环、北原等艺人组建"新生代剧社"。当时，"钢铁巨子"胡子昂的儿子胡克林对剧团工作十分热心，带萧崇素去北新街的"华康银行"，把贴有国民党封条的大门打开，供剧团开展活动。"华康银行"由钢铁巨子胡子昂创办，原名华康钱庄，1944年改为华康银行，并陆续在成都、武汉、上海设分行，是一家比较有影响的银行。此时胡子昂已经进京参加全国政协会议。剧社有了地盘，有了演员，逐渐有了经费，"新生代剧社"就此诞生。这时，侯枫已到"战斗剧社"供职，萧崇素被推选为新生代剧社社长。

1949年12月，刘邓大军在新津机场与胡宗南部决战时，胡珂继续以非党之身从堂兄胡克林处拿到数百大洋的赞助费来组建"新生代剧社"积极排练，迎接解放军入城式的街头表演节目。

1950年2月，"新生代剧社"并入"成都军管会"文艺处"文工一队"，完成了自己的历史使命。

第六章

春熙路后传

在中国近百年的钟表经营史中，可能没有比"亨得利"更老的牌子了。亨得利钟表公司创始于清同治十三年（1874），迄今已有150年的历史，与"亨达利"并称中国钟表二大亨。

亨得利钟表商店一开始就是民族资本家的企业，前身为宁波二妙春钟表行。光绪年间（约1890年前后）因店主骤获巨资，乃另创"亨得利"钟表行于宁波双街（今宁波滨江路），并在南京、杭州设立分行，为了联系业务，还在上海派人坐驻。1915年在现在上海的广东路河南中路西首正式开设"亨得利钟表行"。1928年，"亨得利"在上海南京东路找到店面，成立亨得利钟表总公司，业务蒸蒸日上，到抗战前夕已拥有包括香港在内的本地联营合资的群体60余家。它之所以能在短短的十多年中与"亨达利"并驾齐驱，主要是在经营上利用一切条件，充分发挥了群体的优势。"亨得利"在当时就利用众多的联合企业通过广告扩大影响，各商店发售或修理的钟表实行联保联修，在很大程度上吸引了顾客。

位于成都春熙路北段49号的"亨得利"钟表店，于1915年在成都开办。1949年后改为国营钟表专业商店（全称叫"亨得利钟表商场"）。当时的"亨得利"，除了经营钟表外，还加工制作一些首饰。营业面积一度达到1000平方米，经营商品包括中外名表64个品种，设有维修服务部。1963年，改组为国营成都市

上海及时钟表眼镜公司浮雕

钟表眼镜照相器材缝纫机专业商店。2001年11月，亨得利公司由国营企业改制成有限责任公司后，更加注重现代企业制度的管理，倾力于员工的素质培养，树企业形象、创世界名牌，并以西部开发为契机，建设成为西南最大规模的综合型钟表专业公司。该店系中华老字号。

随着春熙路改造为步行街，"亨得利"白绿相间的建筑风格为百年历史的老店增辉不少。据有关负责人介绍，钟表店还捐赠一面大钟，与设在该店门口处的雕塑《擦肩而过》相映成趣，共同展现时空交错的春熙路街景。"亨得利"以新春熙路开街为契机，对商品结构进行了调整。原来经营范围相对单一，品牌少，款式少，不能满足各种消费层次，尤其是高消费阶层的需要。有关负责人称，他们在商品结构逐步丰富的基础上，继续向高档、精品靠拢，增加劳力士、欧米加、雷达表等国际著名品牌产品的款式和进货比例。

此外，春熙路上的钟表、眼镜业名店，还有始创于1939年的精益眼镜成都精益眼镜有限公司（其前身成都精益眼镜行）、大光明钟表公司等。

锦华馆街说『锦华』

2001年5月，春熙路商业步行街改扩建工程全面启动。这被认为是春熙路百年历史上最具规模、变化最大的一次"整容手术"。几年之后，百年沧桑的锦华馆也焕发新颜。锦华馆街的华丽重现，成为了春熙路步行街中的一条诗意盎然的甬道。由于建筑风格与周边迥然不同，不但引起外地游客的驻足凝思，也勾起了人们对"老成都"的回忆。我的父亲蒋寿昶回忆，曾见过周孝怀书写的锦华馆题额，字在楷隶之间，横画收笔处有挑脚，但体势已具楷书的特点，风格朴厚古茂。

据吴世先主编的《成都城区街名通览》记载，当时的街道宽3米，长12米。后来长度逐渐扩展为180米，旧时为私人小花园及民房，1916年改建为商场，名"锦华馆商场"，模仿对象是不远处的商业场，内部设有理发厅、浴室、缝纫铺、小吃馆等。由于此地旧时是蜀绣刺品的交易之地，名称蕴含繁花似锦之意。1924年春熙路建成后，锦华馆商场渐趋冷落，后改名为锦华馆街。需要指出的是，制作蜀绣的店铺不仅限于锦华馆街，而是遍布大科甲巷、小科甲巷和正科甲巷一带。

韩忠智主编的《百年金街春熙路》记载说，锦华馆最初有进出两个口，东口在正科甲巷，入口西行，大约二三十步北转，到总府路南侧有一口可以出入。全场地盘为迂回式，高楼整齐，道路清洁，洋广头商店云集，进出口均筑有牌楼，

凤祥银楼曾经更名为"工艺美术服务中心"（甘森供图）

道口曲折迂回，显得堂皇富丽。每家铺面之界墙均用彩色石膏塑造出各种飞禽走兽、名花异草予以点缀。后来又开辟了后场一段，通小科甲巷，为廉价拍卖场。其后南端在基督教青年会隔壁又开了一口，与新建成的春熙路北段相连接。在1916—1924年落成后的时间里，馆内生意兴隆，餐馆、服装、照相、浴室等店铺有数十家之多，其中"醉翁意"餐馆、"蜀达"照相馆较大，在市民中具有一定影响力。春熙路开通之后，锦华馆逐渐失去了吸引力，店铺逐次歇业，仅剩几家苦苦撑持。商场沦为从正科甲巷通往春熙路的东西通道。它的西端出口，在20世纪30年代也因新建房屋而被拆除。

但在这条小小的街道里，让人值得回味的历史，却如红酒韵味一般悠长。由于具有民国的建筑风格，成为了不少摄影爱好者的外拍场所，甚至成为一些影楼拍摄写真的外景之地。

清代定晋岩樵叟在《成都竹枝词》九首里，第一首就描绘了科甲巷的民风：

新岁买灯科甲巷，

近添顾绣似三江。

丝丝绣出多花样，

谁嚼残绒唾北窗。

　　要注意最后一句，是指女性用嘴来整理刺绣制品上的线头和绒毛。这又是一幅多美的画面！

　　中国刺绣工艺在秦汉时期就已达到较高的水平，刺绣和丝绸是丝绸之路上运输的主要商品。中国刺绣最突出的有江苏的苏绣、湖南的湘绣、广东的粤绣和四川的蜀绣，并称为"四大名绣"。蜀绣的历史十分悠久，据清代学者段玉裁所著《荣县志》记载："蚕以蜀为盛，故蜀曰蚕丛。"由此可见，在古蜀国的四川，栽桑养蚕业就已相当发达了。常璩在《华阳国志》中指出，当时蜀中的刺绣已十分闻名，并把蜀绣与蜀锦并列，视为蜀地名产。最初，蜀绣主要流行于民间，分布在成都平原，世代相传，至清朝中叶以后，逐渐形成行业，尤以成都九龙巷、科甲巷一带的蜀绣著名，刺绣手工作坊有八九十家。

　　光绪二十九年（1903），清政府在成都成立了四川省劝工总局，内设刺绣科，各县劝工局也设刺绣科。劝工总局聘请名家设计绣稿，同时钻研刺绣技法。当时一批有特色的画家如刘子兼的山水、赵鹤琴的花鸟、杨建安的荷花、张致安的虫鱼等画作入绣，既提高了蜀绣的艺术欣赏性，又同时产生了一批刺绣名家，如张洪兴、王草廷、罗文胜、陈文胜等。张洪兴等名家绣制的动物四联屏曾获巴拿马赛会金质奖章。

　　他们的成功之处在于对刺绣的原有针法进行了一番筛选和改造，在此基础上创造了一些新的针法，其中特别突出的要数表现色彩的浓淡晕染效果的晕针，它是一种适应性最强而又最具特色的在近代使用最为普遍的针法，也是区分蜀绣与其他刺绣流派的主要标志之一。专家认为，晕针技法是蜀绣最具有特色的创造。近年来，蜀绣又在晕针上施加辅助针，使其表现能力更强更丰富了。

据统计，蜀绣针法有12大类，130余种之多，在四大名绣中是最丰富的，而70余道"衣锦线"更是蜀绣所独有的绝技。所以当时来成都的外国人，"多购买数十年外之旧绣品为玩物，能出重价"。蜀绣有自己独特的运针方法和刺绣技艺，具有较强的表现力和艺术效果。由于受地理环境、风俗习惯、文化艺术等方面的影响，经过长期的不断发展，逐渐形成了严谨细腻、光亮平整、构图疏朗、浑厚圆润、色彩明快的独特风格。人们把蜀绣的艺术风格概括为"严谨细腻的针法，淡雅清秀的色彩，优美流畅的线条，中国水墨画的格调"。

一些"老成都"至今还记得，科甲巷中的张老头为"五老七贤"之一的尹仲锡先生六十大寿，一波三折刺绣"百子图"的传奇故事。

"百子图"由于含有大乃至无穷的意思，因此把祝福、恭贺的良好愿望发挥到了一种极致的状态。图案描绘了许多天真烂漫的孩子在亭台楼阁间互相追逐嬉戏，他们有的手执彩旗，好像在站岗放哨，还有的在捉迷藏、打秋千、下棋……每个孩子神态形象都各不相同，表情天真可爱，十分有趣，刺绣者将每一个小孩的调皮可爱之处都表现得淋漓尽致，仿佛让观者也能感受到孩子们的快乐。

据说，尹仲锡先生一见张老头的杰作"百子图"就大为惊叹，决定让张老头训练一批徒弟，专绣"百子图"。但全年生产不过百十来件，而订货者络绎不绝。在这之后，科甲巷绣花铺为了使"百子图"使用范围扩大，将寿幛改为了床单和被面，一时轰动蓉城，人们争相购买。到"七七"事变的时候，科甲巷的绣花铺每况愈下，纷纷关门破产……抗战胜利后，"百子图"床单、被面的生产在科甲巷开始复兴，后又遇物价暴涨，"百子图"逐渐从市面上消失……

这个故事从一个角度展示了科甲巷蜀绣精品"百子图"的嬗变，其实也体现了科甲巷民族手工艺的兴衰。

当时，来自省内各地的举子，为参加科举成为文甲之士，在这里食宿。但巷内的绣花铺女工成列，丝线与蜀绣在阳光下五彩斐然，足以让举子们目迷五色。据说，绣花铺特意出卖一些男欢女爱题材的绣品，借物传情，因此使蜀绣的百态千姿中孕育出妙龄韶华的风情。

千百年来，我国民间把农历七月初七这一天称之为乞巧节或女儿节，是姑娘们最为重视的传统节日，在成都地区同样是一个十分重要的节日。宋田况《七月七日晚登大慈寺阁观夜市》有吟："年年巧若从人乞，未省灵恩遍得无？"是日晚，科甲巷绣花铺的姑娘、媳妇都要洒扫庭院，设香烛、瓜果，拜织女星，以求提高其绣技，民间称之为"敬巧神"。以碗盛清水，将灯草或豆芽截成短节浮于水面，观看水中浮现之水影，以验"乞巧"。用手搅动使其旋转，如有两节相遇，即是如愿得巧，便预示来年会绣出精妙的绣品，自然得到众多女伴的羡慕。清人杨燮《锦城竹枝词》云："豌豆芽生半尺长，家家争乞巧娘娘。天孙若认支机石，块质犹存织锦坊。"（郑蓉《瑰丽精美话蜀绣》，见《文史杂志》2008年第2期）

锦华馆建成后，这里的理发厅洋味十足，成为了成都的时髦一景。门口有十字形自动门，左右两边各站一个唇红齿白、身穿雪白镀金扣子西仔服、头戴法式帽的门童，见顾客来便恭敬地微弯着腰迎接。置身其间，人们有错入十里洋场之感。顾客几乎是高级军官和各种达官贵人，门庭若市，生意兴隆。

据说，刘文辉照例要技师用锋利的土制剃头刀给他剃光头，不许用刮起来哗哗作响的东洋刀。王陵基去理发就麻烦了，他照例身带卫兵，在春熙路北口一边站一个，重庆银行、锦华馆口各站一个，店门口左右各站一个，此外，卫兵还在为他理发的理发师身旁左右各站一个，戒备森严，不但弄得理发师精神紧张，全店上下也为之毛骨悚然。顾主看见店堂内外都安上岗哨，如临大敌，以为出了什么事情，都不敢靠近。

王泽华、王鹤在《民国时期的老成都》一书里记载说，那时成都的报纸上有了赞成女子剪发的文章。终于有女生剪掉长发，露出雪白的后颈，于是新女性的形象在成都出现了，那是有别于传统淑女的另一样韵致，是和干练、果断之类的词连在一起的。有些胆大的，还敢上理发店。偶然在花会或春熙路上见到烫发的，不免令路人大惊小怪。时有竹枝词云：

> 委地青丝七尺长，
> 天然美丽焕容光。
> 如何剪断蓬飞乱，
> 烫起鬈鬈色黯黄。

竹枝词里充满了对新潮事物的讽刺，但烫发的女人，依然是有增无减。为何？这就是文明的诱引。

郑光路先生特意指出，锦华馆建成后，立即成为兵匪烟娼会聚之所，被哥老会控制。每天在这里洽谈枪支、鸦片的人如蝇逐臭，不少乡下少女被骗到这里的茶铺写下卖身文书，从科甲巷送出拉到妓院，坠入火坑。春熙路建成后，商业场就逐渐冷落，商业场、昌福馆、锦华馆和春熙饭店，已由原来的地方势力逐渐转入蒋邦控制，继续干出诬人为盗、逼良为娼、骗赌贩烟、抓拿骗吃的罪恶活动，竞选参议员、贩卖壮丁，抓捕进步人士、操纵金融等黑暗勾当也在这里进行。（见吴世先主编《成都城区街名通览》（成都出版社，1992年版）

不仅如此，成都最早的电影院也诞于此。1921年，成都出现了本土第一家现代意义上的封闭式电影院——新明电影院，从此电影才有了日场。巴金的胞弟李济生在《我记忆中的大哥》里，深情回忆了他们的大哥李尧枚，特别谈到了新明电影院："我还记得，有回白天跟他一道去青年会新民电影院看电影，片名《马介甫》，是据聊斋上故事改编的。我们坐的是楼上正厅包厢第一排，我刚拔过牙，把头枕在他大腿上横躺在椅上，从栏杆空隙看出去，慢慢睡着了，流出一滩口水湿了他的衣衫。他也没怪我。他从上海回来也给我买了一双黄色生胶底的皮鞋，后来还替我跟堂弟一人做了一套西装，去吃一家亲戚的喜酒。这使我感到他做长兄的仁爱的另一面。"（李致、李斧合著《巴金的两个哥哥》，中国华侨出版社，2009年1月版）

但是准确地说，在1921年之前，成都已经上演过电影。清光绪三十年（1904）为慈禧祝寿出版的《成都日报》，在当年农历十一月初三出版的报纸广告栏内，有一则电影放映广告，全文如下："美国活动电戏：本月初三日开演，售女客票、男客票，初四愿观者速来买票，每位五角，仆童减半，住所新街后巷子二十五号门道。华昌公司白。"这说明在1904年的成都就有公开放映的电影了。

在成都的电影史上，季叔平、杨吉甫先生的功劳是不能抹杀的。

季叔平是邛崃人，清末举人出身，1908年曾官费留法，获得过法学博士和政治经济学博士学位。季叔平后来在北京、天津等地倡办过开明戏院、新民电影院等。1922年回川，作过川军总司令刘成勋的高等顾问，办过外语学校，担任过自流井盐务局长，还在重庆与吴特生一起创建过"环球大戏院"。

杨吉甫出生于四川万州白羊乡。教育家，著名民主进步人士。毕业于北京民国大学，受鲁迅、李大钊先生影响，追求光明，先后与乡友刘树德（林铁）、刘静修、何其芳等创办《夜光》《红砂碛》等刊物，并在北平《晨报》、《京报》、巴金主编的《水星》及成都《社会日报》《工商日报》等报刊上发表诗歌、散文和小说，抗日战争期间曾主编《川东日报》副刊《川东文艺》《长城》及成都《社会日报》副刊。1946年10月被国民党特务机关逮捕监禁，坚贞不屈。经各方营救出狱后，继续从事革命活动。解放后，历任万县市副市长、川东行署委员、四川省文化局局长等职，勤于职守，自奉节俭，一生光明磊落。

季叔平、杨吉甫深受文明思想影响，筹资引进西方的电影放映机和影片，租用基督教青年会的体育室开办新明电影院（此即后来的大华电影院），成都市民开始在"光电戏"中，目睹那光怪陆离的大千世界。这里最初放映的影片是《卓别林》式的无声电影。20世纪30年代以后开始放映有声片，但多为美国原版，未用华语翻译配音。为了使观众明白剧情，电影院雇请了翻译人员先把主要故事情节用中文字幕映于银幕，向观众介绍。美国影片惊险而诙谐，这也让成都市民大呼过瘾。

电影院由于在青年会馆里，票价特低，有时还不要钱。据舒新城《蜀游心影》所载：当时"电影座票每位铜圆六百文（合大洋一角六分），包厢则要大洋五角；除包厢外，男女不能杂坐，有军人在售票处和演出时监察。早在清宣统三年（1911），上海颁布的《影戏场条例》中即规定了"男女必须分座"，此规定竟延续至民国时期。其实，在这样的规定之前，旧时成都的电影院几乎均是"男人的世界"。

一个是风化原因。女人无法忍受美国电影中那些火爆的男女搂抱镜头。据说上映美国的《出水芙蓉》时，因为出现了女人身着泳装的镜头，女观众立即双手遮脸，有的失声惊呼。据说，喜欢新奇的成都人为了看一场《出水芙蓉》，人山人海地把电影院围了个水泄不通，已经顾不得"非礼勿视"的古训了。实在买不到票的，就翻墙而入，其中竟然有妇女和小脚老太！为了一个不赚钱的事情而疯狂，成都人破天荒地分享着文明带来的喜悦。

另外，电影院里紧紧相邻的座位，已经改变了千年以来的等级门第观念，只要买了电影票，大家就可以平起平坐。这样的文明进步，却给了市井无赖以可乘之机。女观众频繁遭到性骚扰和恶作剧，即使官家小姐也难以避免。据景朝阳先生《旧电影院轶闻》一文回忆（《市民记忆中的老成都》，四川文艺出版社1999年12月版，

20世纪三四十年代，出入悦来茶楼的少奶奶们。（甘森供图）

168页），有的妇女散场时起身离座，才发现自己的长辫子被后排的登徒子牢牢捆在椅背上！因为骚扰太多，所以成都女性多进戏院看戏，很少进电影院。

但从总体上说，这种比较原始简陋的电影放映方式，却在成都促狭的空间中，营造出一片其乐融融的气氛。电影院对小孩子来说也许永远都是一个神秘的美好所在，电影院的声影光色催生青春期的荷尔蒙。成长之后，时常回忆起来的，还是那黑暗角落与昏暗光影中，久未散去的余温。

崇庆的革命青年刘志高，1937年考入四川大学经济系时，正值全面抗战爆发，他爱读进步书刊，与进步同学往来密切，多次参加抗日宣传。在成都春熙路青年会电影院里，他指挥大众演唱抗日救亡歌曲《大刀进行曲》《黄河大合唱》

等等，其怒狮一般的身音，似乎至今依然回荡在都市的夜空……

1949年后，成都市曲艺团、成都市木偶皮影剧院的旧址也曾在此。1957年在苏联举办的世界青年联欢节获金牌的曲艺表演艺术家李月秋，曾在此上演《小放风筝》《断桥》以及木偶剧《孙悟空三调芭蕉扇》《人间好》，皮影剧《水帘洞》《闹天宫》等等，余音绕梁，似乎回荡在青年会高拱的廊道中。

有一首《锦城竹枝词》这样说：

> 春灯谜子递相猜，
> 惹得迂酸学子来。
> 漏下二更人影散，
> 可怜灯下尚徘徊。

"龙抄手"轶事

　　"抄手"是四川人对馄饨的特殊叫法，抄手一词乃方言，大概是因为包制时要将面皮的两头抄拢黏合，故而得名。

　　成都的"龙抄手"1941年开设于华兴正街，当时只是一个小铺面。当时的华兴正街十分繁华，均为砖木结构的平房，为典型的川西民居格调。20世纪50年代初，迁往华新街的"新集场"，60年代后再迁至春熙路南段（在清代臬台"刑厅"位置）至今，创立迄今已有80多年的历史了。原名为"龙抄手"，1987年扩建后改名为"龙抄手餐厅"，以经营小吃和川菜风味为特色，主要名点名菜有"抄手""白果糕""羊肉粉""菊花鱼翅""三色鳜鱼"等。

　　"龙抄手"筹建时，第一创办人是杨炳森，他本是做棉纱生意的，为了更好地开展业务，便于会客经商，就想开一个餐馆，经营一些地方小吃，见效快，便于打点。有一天，他约请其叔伯兄弟杨松如和张光武，在"浓花茶社"（位置在如今太升路电信大楼对面）商量开店之事，在切磋店名时，借用浓花茶园的"浓"字，以谐音字"龙"为名号，也取"龙凤呈祥"之意，故名。大家一致表示赞成，认为"龙抄手"无论辅以红汤、清汤或是奶汤，有水，这条龙定会活起来，一代名小吃"龙抄手"就这样诞生了。这个说法未免有些传奇色彩。经过一代又一代人的努力，"龙抄手"的制作工艺是在积累过程中逐步完善起来。

由于精雕细琢，"龙抄手"生意蒸蒸日上，杨炳森的棉纱生意也十分忙碌，加上他把本人对于餐饮一道并不懂行，于是他将店铺转让给叔伯兄弟杨松如经营。杨松如感到人手不够，又邀请张光武、黄甫德共同经营，还雇佣了一些小工。张光武、黄甫德早年本就是学厨的，可谓"根正苗红"，使得"龙抄手"顺应潮流，声誉鹊起。

"龙抄手"店开张时，由当时的四川大学文学院院长向楚（1877–1961）题写招牌。向楚既为著名的民主革命家，又被孙中山先生赞誉为一代"儒宗"。该招牌为红底金字，两条金龙围边，书法遒劲，制作精致，成为当时成都小吃招牌中的佼佼者，令世人瞩目。现在的店招为已故四川著名书画家赵蕴玉老先生补书。

"龙抄手"制作上颇为讲究，先把面粉放案板上，放盐少许，磕入鸡蛋，加清水调匀，揉和成面团。再用擀面杖擀成薄薄的面片，切成四指见方的抄手皮备用。接着将猪肉剁成肉泥，加入川盐、姜汁、鸡蛋、胡椒面、味精，掺适量清水，搅成干糊状，加香油，拌匀，制成馅心备用。然后将馅心包入皮中，对叠成三角形，再把左右角向中间叠起黏合，成菱角形抄手坯，将其煮熟，放入原汤，于是大功告成。

值得注意的是，该店的猪肉选料特别讲究，一般是用后腿肉，而且精瘦比例要得当，3成肥肉7成瘦肉为佳。瘦肉太多，吃起来有些干燥，缺乏口感；肥肉过多，则难以下咽。此外，火候也是很重要的一环，要恰到好处，煮久易爆，影响美感。

龙抄手的主要特色：皮薄、馅嫩、汤鲜。抄手皮用的是特级面粉加少许配料，细搓慢揉，擀制成"薄如纸、细如绸"的半透明状。肉馅细嫩滑爽，香醇可口。龙抄手的原汤是用鸡、鸭和猪身上几个部位肉，经猛炖慢煨而成。原汤白、浓、香。

开店初期，主要经营原汤、炖鸡、海味、清汤、酸辣、红油等品种的抄手，20世纪60年代后扩大经营范围，增添了糕饼、点心等品种，由老一辈著名面点大师张青云、刘龙贵主厨，被成都市政府命名为"成都名小吃"。如今的"龙抄手"店已发展为连锁经营，拥有多家分店的大型专业名小吃餐厅。其餐厅布局通常为：一楼为散座小吃、茶点，经营品种以时令小吃为主，价格便宜，最受一般消费者的欢迎；餐厅的二楼为中档小吃和川菜配套供应，丰俭由人，适合宴请亲朋好友；三楼供应高档小吃宴席，并有民乐演奏，就餐环境古朴幽雅。"龙抄手"于1995年被中华人民共和国国内贸易部授予"中华老字号"称号。

至今，一些"老成都"还深情回忆起在"龙抄手"里吃到的4角钱一碗的"大碗海味面"，海味面是本地人喜欢的，有干货的香味，十分鲜美。每碗100克，用精肉、香菌、兰片、龙鱼、金钩、味精、胡椒烹制而成，从开初的每碗8分钱，在物价的抬动下，略有上升。按1996年当时的时价，一碗海味面只卖4角钱，比当时的白面锅盔还要低1角，一碗面亏1.1元，而一天就要卖掉500碗左右，一个月下来就要亏本1.5万元，可"龙抄手"却乐此不疲。但结果却让商界人士甚感惊诧：一年营业额上千万元，靠的就是这"人气"所带来的兴旺。这4角钱一碗的大碗海味面，不得不让人刮目相看。

正是基于优质的服务，使得"龙抄手"的金字招牌屹立不倒。张爱萍将军来此就餐后，笔走龙蛇地题写了条幅："龙抄手色香味美"。

2007年12月18日上午，"龙抄手"两名总厨刘朝新和张伐分别从第三代传人冯朝贵手里接过了金面杖、银柄刀，成为成都老字号"龙抄手"的第四代传人。象征传人地位的金面杖、银柄刀依照两名总厨平时使用的工具专门制作，其中金面杖长63厘米，用名贵黄花梨木制成，外包一层24K纯金箔；而银柄刀的刀柄使用330克纯银铸造，刀刃则用优质黄板钢打造而成。

民国时期，就这样一首《拟成都闺女春游》的竹枝词，精妙描绘了无忧无虑的成都姑娘的天性：

> 端来凉粉两三盘，
> 味调宜辣复宜酸。
> 腮旁嘴角红犹在，
> 就向街前念戏单。

而在另外一首竹枝词里，描绘了与上面一首近似的场景："豆花凉粉妙调和，日日担从市上过，生小儿女偏嗜辣，红油满碗不嫌多。"末尾的那句将成都妹子酷爱麻辣的心态，刻画得惟妙惟肖。读到这样的竹枝词，不能不让人想起老成都的各色美味。

据1909年出版的《成都通览》载，当时四川有菜肴1328种，其中多数属于成都小吃。有一种说法，成都小吃的品种多达300余种，其中一些品种据文献记载可上溯到千年以前。成都人的"好辛香"是显而易见的，否则也发明不了这么多的吃法，同样的原料或者食品，他们就能吃出不一样的方式和风格来，可见他们在吃字上下足了功夫！所以，人们吃的已经不是一般的食品，而变成了文化。2009年，成都的名小吃已经昂然进入成都市幼儿园、中小学国学经典诵读教材。

当年，在成都卖出名的就有盐道街和东御街"蜜桂芳"的花生糖，酥脆化渣，铁箍井的米花糖香甜油润，粪草湖的沙胡豆颗颗酥脆，深得娃娃们的喜爱。铜井巷其地虽偏僻，但价廉物美的素面，仍然使顾客盈门。华兴街的"煎蛋面"面丝细滑，上面是金黄金黄的煎蛋，咬一口，好脆，好香啊！满嘴都是浓浓的蛋香。会府坝街钟聋子的珍珠圆子，馅足油匀，不粘牙、不腻嘴；热腾腾的八宝饭，油嘟嘟的三合泥都是享有盛名的佳肴。但是毫无疑问，春熙路不仅是成都的时尚展示地，美女们的时尚"天桥"，也是美味小吃荟萃之所：钟水饺、赖汤圆、夫妻肺片、韩包子、龙抄手，还有街边的麻辣烧烤和烤黄粑等等，而最让我难以忘怀的还是春熙路上的一个小店——其乐锅盔，锅盔酥酥脆脆，而且还带一点韧劲，夹的红油淋漓的麻辣大头菜丝，香得美女们顾不了风度……

尽管车辐先生在《川菜杂谈》当中，认为如今成都锅盔的制作工艺与过去小摊子上的做法相去太远，"尽管是近乎草率，可是依旧受食客们的欢迎。恢复是一回事，进一步发掘与提高又是一回事。"因为，早年街头"打锅盔"的铿锵节奏，与川剧锣鼓构成了某种美学隐喻。由此可见，在味蕾的满足之外，对本土饮食传统精髓的传承，将是饮食勃兴过程中应该注意的问题。

但俗人管不了这些饮食的形上之道。这些小吃让人们在大快朵颐之余，双眼也没歇着，也是饱餐秀色。让很多人想起一句流传在川内的俗话"不来成都，不知结婚早"，觉得真有道理啊。真可谓是眼睛、味蕾的双丰收。很难想象，如果没有这些刺激味蕾的小吃点缀春熙路，百年金街还能这样活色生香吗？

耀华餐厅的光耀

在春熙路西段22-24号，如今的过往行人根本不会想到，这里曾经不但是有着"中华老字号"声誉的耀华餐厅，而且还是成都第一家西餐厅。20世纪90年代城市改造时拆除，现在，这里一部分成了高楼大厦，一部分成了绿化用地。2001年，耀华餐厅被有港资背景的公司收购。2001年5月，春熙路商业步行街改扩建工程全面启动，在街道改造过程中，耀华餐厅就逐渐淡出了成都人的视野。

耀华餐厅由民族企业家、重庆人赵志成创办于1943年抗日战争时期。赵志成经营的耀华食品厂是当时成都最大的食品企业，他以厂为基础，以厂名命名餐厅，给成都食客提供了一间品尝法式菜品和西式点心的西餐馆。当时叫"耀华茶点室"，是集西菜、冷饮、糖果和早点的综合餐厅。创办初期，经营西洋茶点和西菜遭遇挫折后，转营豆沙包、叉烧包、鸡肉大包、鸡丝面、鲜笋肉片的口菜面、咖喱牛肉面等面食一举成名。此后，以每天三菜一汤、三天一换的形式经营西菜、面点。民国三十六年（1947）后，开办耀华食品作坊、精制白糖作坊、中式糕点作坊、软硬糖果作坊，生产的奶油蛋糕、夹心蛋糕、方块白糖、红白芙蓉糕、海参酥、凤尾酥、奶油花生、奶油球糖等糕点糖果供不应求，成为川西糖果糕点主要的生产厂家。1950年成渝铁路开工后，西南军政委员会指定耀华餐厅为苏联专家制作西点、西菜，受到苏联专家的交口称赞。这在当时是一种难得的殊荣，更加巩固了耀华餐厅的名店地位。当年，政府拨专款8000万元（旧币）扶持其扩大经营。

在成都人的心目中，"上河帮"川菜才是他们的最爱，他们如何看待西餐呢？赵志成请来制作西餐的师傅，但开始生意并不好，因为吃西餐太过"洋盘"，成都人玩不来这个刀刀叉叉的"格"。顾客一般是外籍人员和少数喝过洋墨水的上层人士。看到市民不大买账，赵志成又请了一位专做俄式西餐的徐桂芳师傅主厨，口味尽量迎合四川人的喜好，就餐也不那么讲究规矩了，你用筷子吃都可以，土洋结合，西餐具有了"成都方式"，生意就逐渐好转。

《成都故事》里说，当时有爱慕虚荣的成都人就羡慕耀华餐厅里的"西式生活"，专门去租了一套西装穿在身上，脚上穿着擦得油亮的甩尖子皮鞋，他走进餐厅前，还前后左右地看一番，意思是告诉别人我要到这里进餐了。这种人进去后并不点菜，跷起二郎腿坐上好一会儿就出来了，出来的时候还在嘴角叼一根牙签，好像是在告诉别人：我已经吃过了，其实他的肚子里面正在"闹革命"。在我看来，这个细节也深刻阐释了本土社会底层人士爱慕虚荣的根性，在耀华餐厅上演的这类滑稽剧，如今在春熙路也还看得到。

耀华餐厅曾多次更名，先后有耀华食品有限公司、耀华大众食堂等。20世纪50年代，更名为耀华餐厅，1950年增加了川菜业务。1958年后，餐厅更名为耀华西餐部，又恢复开业时以西菜、西点为主的经营格局。1958年3月成都会议期间，毛泽东主席曾来餐厅用餐，品尝了回锅肉、宫保鸡丁等川味名菜后大加赞扬，并摄影留念。毛泽东的就餐室被长期保留以作纪念，耀华餐厅因此名声大振。1983年，餐厅分成两部分，西餐迁到东大街，取名耀华咖啡厅，后更名为耀华西餐厅，中餐仍在原址。

罗邦本先生曾对我讲，20世纪80年代，成都人只有在"耀华"才能品尝到冰激凌。他以前喜欢在耀华餐厅读报休息。虽说餐厅处在闹市，但一门之内，却一点听不到嘈杂的市声。一楼的快餐厅和西点厅简单大方，二楼的西餐厅温馨舒适，约朋友到这儿谈天论地，在大红烛光下享受晚餐，很有点"梦回唐朝"之感。

1988年成都市饮食公司新建耀华，选址在城守东大街55号，面积达1000多平方米。

"您想吃甜咸皆备，中西结合的美味吗？那不能不去位于春熙路西段的耀华西餐。家具精致、盘盏考究，在清雅舒适的环境里，捧一杯热气腾腾的浓咖啡，真让人心旷神怡。"这是《成都掌故》一书关于耀华西餐厅的介绍，说明了耀华餐厅几十年来在成都商界举足轻重的地位，是一颗光耀四射的明珠。它的经典菜肴俄式牛尾汤、耀华沙拉、大虾布郎酒、法式牛排、红酒猪扒、水果布丁等，成为了成都人怀旧的不朽话题。

饮食最见人性

　　旧时，无论是在成都闹市，还是静僻的小巷子里，卖各种小吃的小贩简直是络绎不绝。他们卖的小吃，不但极大丰富了成都人的口味，而且使这座文化名城，即便是在小街陋巷当中，也留存了它的款款风韵。

　　成都城市群众艺术馆汇编的《成都故事百家谈》（四川人民出版社2008年1月版）一书当中，收有不少忆旧风物文章，读来韵味悠长，引人遐想。《锦城无处不飘香》就记叙说，挑豆花担子的小贩，一手控制右肩或左肩的扁担，一手捏一个小碗，另用手指夹一个调羹（汤匙），边走边摇，无须卖者吆喝，只听他摇出清脆而富有节奏的悦耳之声，也就不容你不来上一碗了。时逢炎热、酷暑难耐之季，独具特色的醋豆花应时而兴。担子前端小火炉上放置一铜皮或铝皮制作的长方形煮锅，锅内放入清水、醋、八角、茴香、苹果、三奈、桂皮等原料，再将一竹编小罩，即成了加罩的小火炉，并能过滤料渣。熬制成汁后，只消沿街飘来阵阵扑鼻的醋香，即可闻醋生津，尤胜望梅止渴。如再亲口品尝，必能舌润喉舒，烦渴顿消。与此同时，凉粉、凉面、凉糍粑、凉粽子、凉黄糕、凉虾、冰粉、刨冰……更是随处可见。糖饼儿摊子也及时增添粑糖，根据买主需要，将熬好的糖汁舀在平滑的石板上，用薄刀刮平，由买主在碗内夹上两、三片用糖水浸泡过的酸杏儿，放在粑糖内，然后再启刮成卷。吃起来绵扯绵扯、甜酸甜酸，那才别有一番滋味在心头。

"穿格子"（转走茶坊、酒店）的小贩所卖更是品类各异，美不胜收。一个身材魁伟却又装束文静的男子，戴一副深度近视眼镜，蓝布长袍上套一件"琵琶襟"褂子（无袖、较短），虽不显华贵，也干净合体，提篮里装着色好样匀的金钩煮花生米和用五香调料煮熟的胡豆，翻转的提篮盖子内分别放上几包以示顾客，穿梭在茶坊之间，边走边慢条斯理地吆喝："五香胡豆、金钩花生，慢慢细吃，很有味道……"小贩转得累了就捡上一碗"加班茶"（别人喝过的剩茶），找个边角的空椅坐下来，再从提篮里取出一盛酒的一小竹筒和已开启的花生或煮胡豆，细嚼慢饮，还真有点味道，还可引起食客的兴致。

卖糖罗汉的掌盘里放着大大小小的、用白糖熬化在模具中铸成形的罗汉"狮子"和"财神"。除售卖外，还有一土碗装一副骰子，如买主有兴趣可以先买一个价格相对便宜的小罗汉、小狮子或小财神，然后再掷骰子拼输赢。买主赢了就可由小到大，逐步上升，直至赢得最大的罗汉、狮子或财神。但买主只要输一次，就连根烂，只付钱无糖吃。所以，提瓜子苑苑，端麻花掌盘的均附有相同的赌具。以类似方式赌输轮赢，一般都是买主输多赢少，空花糖、落花生、毛豆角、薛涛干、花生糖、米花糖也频频悠转于茶馆之中，让茶客随意择取。

我在《成都笔记》曾经写到：春熙路北段"三益公"川戏园子一侧，靠近新街后巷子的矮墙下，有父子二人，专卖现扯现煮的甜水面。面团揉得绵软绵软，又系边煮边捞，火候适当，调味合口，故而担担儿未至，即有一些"好吃嘴"在那里翘首以待，望眼欲穿。只要开锅，就可一鼓作气卖得干干净净。尤其那些太太、小姐们更是吃得嘴角挂红，粉颊生香，意满心足，啧啧连声。这一记载，让我联想起抗战时期客居成都的著名作家萧军。

1938年4月初，萧军与萧红在西安分手，之后他带着19岁的女友王德芬来到了成都。萧军在《新民报》担任副刊编辑，同时积极筹划创办了一所"印刷工人文艺补习夜校"，并自任讲师。从1938至1940年的两年间，他尤其喜欢吃成都的甜水面，经常去的是同一家小店子，位于春熙路边的一条深巷里。店主是一个老头，所卖的甜水面，味道颇为特别。

20世纪80年代，萧军与一个四川的文友谈话间，对于甜水面奇特的感受是这样评价的："你们的甜水面我不大理解，你们在面中加红酱油都是甜味，这在我吃过全国的面食中，也是少见的。甜味中加上辣椒，这就更奇特了，但是吃在口里，却很受吃，好吃，有回味，别的地方没有这样的做法。"直到他在20世纪80年代再度来蓉，并在城北洞子口一气吃了5碗甜水面，但对甜水面蕴含的奥秘还是始终未弄明白。

成都甜水面面条劲道，麦香四溢，其奥秘全在于酱，混合了红甜酱、辣椒油、花椒面、醋和蒜泥等，最鲜明的是甜。甜味浓郁，因而得名。

春熙路西段"五洲公寓"隔壁钟幺爸的金钩豆腐干，既干且香，如不费点牙巴劲，是嚼不过瘾的。安乐寺（今红旗商场）的兔肉丝丝夹锅盔，麻辣香俱备，牛市口的三合泥、艾蒿甜板馍馍，远近驰名。沟头巷口"古月胡"炸紫薇饼（红苕泥与面粉揉合，包入玫瑰、芝麻心子），外酥内甜，秋冬季节供应加冰糖汁煮出的粑红苕，又红又亮，热气诱人。

在《现代川菜在定型时期所取得的成就》里清末的"消夜"（成都话，把"夜宵"作为动词）中的鸡丝担担面，它的买主就是那些打麻将酣战到半夜三更的太太小姐们。鸡丝担担面的担子的两端分别置炖老母鸡汤和炉灶，冬夜里一盏油灯的火苗在炉灶的雾气里忽幽忽幽地闪着，门呀一声，一个妙龄丫鬟用托盘端着几只江西青花瓷碗从公馆的大门里走出来，小贩的生意来了。每一份面条量很少（大约只有一两），面条刚下到去生时，就被挑进碗，取其有韧力。碗里的作料仅放盐、胡椒、少许资中冬菜屑、小葱末、豌豆尖，然后再在旁边炖鸡汤的锅里舀一大瓢香气袭人的汤浇进面条里泡着，面条上面再放些撕得很细的鸡肉丝，这是典型的汤面，可能《梦粱录》记载的"鸡丝面"是其祖先。

无独有偶，笔者的中学老师罗成基先生（1919—1999），曾向我多次谈起自己在春熙路请客、赴宴的情况。1947年8月至1949年7月，在他出任什邡县县长期间，经常在春熙路的锦华馆、华华茶厅宴请官场人员，为什邡县争取一些利益。罗成基先生平素从不打牌，但为了应酬，牌却打得很精。该输必须输，但又不能露出"故意"的初衷，因而每每打到凌晨。他对我说，醪糟蛋、鸡丝担担面是女眷喜欢的，官僚要到隔壁烟馆去抽一阵大烟才缓得过气来。"最妙的不是鸡丝面，而是那回荡在春熙路上的叫卖声。"他试着学给我听，有梦游一般的味道："鸡……丝……面……吔，吔，吔……"在我听来，就仿佛招魂的仪式。

这就涉及"鬼饮食"一词。老成都所谓的"鬼饮食"，系指夜深人静，街上饮食店铺均已关门打烊之后，尚散见于街头巷尾的小食摊、小吃担。"饮食菩萨"车辐在《说说成都的"鬼饮食"》（《四川烹饪》1994年4期，第5页）一文里，深情回忆了旧时春熙路三益公门口的那段"飘香往事"：

过去成都有一种"鬼饮食"，在打二更时（相当于晚上10点钟）开始出现于街头巷尾，夜深了还在卖，有的一直要卖到第二天早上黎明前。这里说的"鬼"，指的是在夜深出现，指的是时间。当年最有名的"鬼饮食"要算春熙路三益公门口那个卖椒盐粽子的，每夜打二更就出来了，不论酷暑严寒，总是摆在那个固定的地方——行人道边三益公戏院出来的门口上。担子上燃铁锅炉子，锅是扁平的，下燃木炭；有的炉上用铁丝网子，放上一块块的红豆椒盐糯米粽子，翻来覆去地烤于木炭上；随时注意火候，一不能焦，二不能糊，要烤成二面黄，使椒盐香味散发出来，让行人闻之馋涎欲滴。更重要而有特色的是椒盐烤味中，喷射出和在粽子里的腊肉颗子的香味，刀工尤好，切成肥瘦相连的小颗子，和在红豆、糯米中，烤到九分九厘炉火纯青时，那香味真如当时"售店"（公开卖鸦片烟的烟馆）门口挂的灯笼，上写"闻香下马，知味停车"。这种"鬼饮食"的"鬼"字，还不能专指它出来的时间，它"鬼"在精细。

除了当年春熙路上的椒盐粽子，车辐先生还对娃娃花生米，各戏院附近针对看戏女宾出售的卤鸡翅膀和鸡脑壳等等，进行了回忆，为我们呈现了一幅绮丽多姿的成都"饮食夜景"。到了20世纪90年代春熙夜市鼎盛时期，在春熙路西段与青年路交会一带，"鬼饮食"摊点密布，我也经常在这里啃两个兔儿脑壳喝一瓶啤酒。时至今日，"鬼饮食"依然存在，如果不是从食品卫生、税收角度而是从饮食风情角度予以打量，谁能说这不是成都文化的构成部分呢?

车辐先生感叹：深夜，在那些走街过巷的"鬼饮食"中，使人难忘的还有卖香油卤兔的、卖卤肉夹锅盔的、卖红油肺片和油酥麻雀的……哎！实在是妙不可言……

　　唐代诗人王建《夜看扬州市》诗云："夜市千灯照碧云，高楼红袖客纷纷。如今不是时平日，犹自笙歌彻晓闻！"夜市灯火，高楼红袖，可以想见扬州夜市的盛况。与王建并世齐名的诗人张籍《送南客》诗云："夜市连铜柱，巢居属象州。"这大概是"夜市"一词在唐诗中出现较早的例证。这说明在唐朝时期的通都大邑已经出现了夜市。夜市的发展使那时的宵禁制度受到了冲击，对封闭式市场模式开始有了一些发掘，但其规模和程度还不足以破除坊市的封闭格局。到了北宋，坊市分区的封闭格局被彻底打破，民居与商业区融合为一体。这是市场制度和市场形势的一次大变革，使得城市景观较之前更为花样繁盛与世俗化，城市的文化基础因为夜市而扩大。

　　在我看来，成都人的生活习性里，具有一种"夜市情结"。最重要的原因，在于夜市商家卖的价格相对商铺里面要便宜很多，吸引顾客也是理所当然的。摩肩接踵地散步逛街，也成为本地人喜欢的、一种激发愉悦心情的身体方式。

　　在成都的历史上，大慈寺一直是游览名区与佛教圣地。根据文献记载，大慈寺在唐宋极盛时，占了成都东城之小半，每逢庙会更加热闹。大慈寺附近商业繁荣，寺前形成季节性市场，如灯市、花市、蚕市、药市、麻市、七宝市等。同时，解玉溪两岸还形成夜市，一直沿袭到近现代。《方舆胜览》卷五十一引

《成都志》记："锦江夜市连三鼓，石室书斋彻五更"，说明夜市的游乐生活在成都已是深入人心。在这个过程中，民国时代即有的东大街夜市、城隍庙夜市则是成都夜市文化的代表。每到傍晚，卖炒菜的，卖烧腊的，卖汤圆醪糟蛋的，卖担担面的，卖凉粉的，卖豆花的，卖油茶的，卖莲子羹的，卖麻糖的，卖炒货的，各种小吃，琳琅满目，应有尽有。拉黄包车的车夫，做杂工的汉子，商店的店员，作坊的工友，他们也可以在这里不分彼此、不分阶级地过一次夜生活。但值得注意的是，夜市上，衣帽鞋袜、古董玩器、文房四宝、腌卤烧腊固然一应俱全，如张绍诚先生指出的那样，"可惜在蜡烛、亮油壶子和微弱的电灯光下，常常买到伪劣产品，甚至有拿吃去皮肉、只留骨架再糊以泥巴涂色冒充的腌鸭子。"

20世纪80年代改革开放后，为缓解就业压力，春熙路再现繁荣，与紧邻的青年路一起，迅速成为中外闻名的"西南第一街"。这其中很大的原因，源自夜市。

1992年9月12日，春熙路历史上的夜市首次开张。那几年，一个夜市摊位转手就可以卖4—5万元。王府井百货出现的超过1万人次的高峰客流是在夜市，春熙路步行街商家全天的营业额中，有一半是在夜晚赚到的。

我清楚记得，当时每天下午4点过，在通往春熙路的几个路口巷道，一车车用钢管做成的活动摊架早已在排队等候入市了。记者羊慧明以《四川成都夜市抢摊目击记》（《经济日报》1993年1月11日）记述了诸多夜市细节：

执勤的大爷告诉记者，夜市要5点钟才放摊贩进场，他们每天都早早在路口排队。下午5点还差几分钟，执勤人员挥手，拉摊架的扛货的便争先恐后一路小跑去抢占位置，手忙脚乱地搭架挂货，其中肩扛钢制货架的还有纤纤女子。老百姓要下海挣几个钱，确实不容易。转眼之间，在不到500米长的地段，平地涌出460多个货摊，服装、鞋帽、工艺品、玩具等应有尽有。在一个卖衣服拖鞋的摊位前，记者问摊主生意如何，这位姓尹的大姐摇着手里的两张5元钞票说：做得走啥子？大半晚上才卖这10元钱，连摊位费税费都交不够。不管你来不来，有没有生意，夜市办公室每晚要收摊位费9元，税费3元，还有这货架，也是夜市办卖给我们的，一个500元，你看这能值500吗？这位大姐还指着旁边没有支起来的货架说，好多人做不走，都不来了，我们也想不干了，但又没有别的生计，只好坚持着，挣一分算一分。不过，也有生意好的。在几个卖新颖的动物造型保暖拖鞋和保健枕腰的摊位前，挤满了顾客，摊贩手里握着收进的大把钞票，乐呵呵的。一位卖保暖鞋的大姐自报家门，她姓郑，是妇联的干部，她说：我还在上班，下午早点溜出来忙这头下海。三个月，收入早超过了我一年的工资。过去你是干部，就有人尊敬，现在你没钱，谁瞧得起你？我也在犹豫是不是不干公差，完全下海，我也知道，下海的人越多，竞争越激烈，生意就越不好做，赚钱就越难。所以，我不经营大路货，钻点新产品来卖点钱。

在夜市摆摊的，有机关干部、工人、教师、体育教练和待业人员，他们大多本钱小，挣点小钱。一位姓于的摊主对记者说：我是研究所的，那点工资不够吃穿，想做生意又租不起铺面。现在成都的好的铺面卖价抬到了上万元一平方米，比深圳还贵，租金一平方米一月就要上千元。现在东西又不好卖，做买卖的人又多，购买力就那么大，能赚点钱没准连房租税费都不够，只好小打小闹，挣几个钱添点家什。虽是苦点，但我们还是想做下去，往后钱越来越不好挣，现在练练摊也可以增强适应能力。

9点过，夜市摊位陆续撤离，生意好的高高兴兴，没赚到钱的悻悻而归，有的人夜市收场后又到街头路灯下摆起麻辣烫、削菠萝之类的饮食摊，在寒风中熬守到凌晨三四点钟。他们就这样日复一日，为了赚钱。

我曾经数十次穿行在春熙路夜市的摊点中。商家播放的震耳欲聋的通俗歌曲，此时也不觉得刺耳，反而觉得它烘托了夜市的气氛。记得昆德拉在《生命不能承受之轻》里说过，"喧嚣有一个好处，淹没了词语。音乐是对句子的否定，是一种反词语！"在夜市的语境中，人们只有满心欢喜地接受，高高兴兴地付钱，回家之后，才如梦方醒。

这样的辉煌，延续到了2001年。2001年4月24日，建市近10年、闻名川内外的春熙路夜市成了明日黄花，春熙路开始进入史无前例的改造。当晚10时30分，事前统一安排好的准时停电歇业。随着春熙路682户夜市经营户的撤离和孙中山铜像前花木店的拆除，春熙路改造工程正式开始，许多夜市摊主不得不洒泪作别。

我清楚记得，当晚春熙路口挂出"别了，夜市"的巨大横幅。这天晚上，我也赶到了春熙路夜市。大约晚上7点，春熙路东西南北四段已被迅速涌来的人流填满。有媒体报道，此时的春熙路上已聚集了至少10万人！

我站在春熙路与青年路交会的地方，我想，春熙路如同上海的南京路，停开夜市也许有一定道理。但10万市民来参与"为了告别的聚会"，可见夜市在平民心目中的重要地位以及它强大的凝聚力。这难道不是"夜市情结"的表露吗？

2001年4月24日晚上，曾经盛极一时的春熙路夜市在这个城市里彻底地消失了。用主流媒体的话来说，春熙路是清爽了，不知道为何，我却有一种失落感。很久以后，我再到春熙路上散步，依然能看到街边卖小吃的，能看到熙熙攘攘的人群，但再也没有撩动一个人灵魂的夜市氛围了。这就如同一个人的命运，在列车上昏昏欲睡，清晨醒来，一切都已经成为了历史。

2002年2月，在万众期待中，经过精心整治的春熙路重新开街：春熙路向西扩张到盐市口，形成近2平方公里的春熙路——盐市口商圈。开街当天，10万游人蜂拥而至，数周内，春熙路的人流量翻了一番，日均人流量约30万人次，周末日均达50万人次，黄金周甚至要达到80万人次，春熙路一跃成为西南地区最有影响力的步行街。

第七章

春熙路补传

春熙路的书店与报社

旧时，春熙路北口斜对面"昌福馆"内的华阳书报流通处是十分著名的书店。"进步的、反动的书刊同展，社会主义、无政府主义的读物并陈。有关新思潮、新文化的图书和报刊，如《新青年》《湘江评论》《每周评论》《东方杂志》等刊物，介绍十月革命、五四运动的图书、马克思列宁主义的理论著作特别引人注目。"文学大师沙汀、艾芜就经常去那里，并首次在书店里读到了令人振聋发聩的泰东书局版的《女神》。

1925年春熙路建成后，尽管商气浓郁，但文化经营者也不甘落后，在这寸土寸金之地顽强登陆，这里立即成为成都文化最丰富多彩的汇聚之地。

比如于1907年建立的商务印书馆成都分馆以及中华书局成都分店一直落脚在著名的祠堂街，后来也到春熙路安营扎寨。于是此地的书店、报馆云集，最初有商务印书馆、中华书局、世界书局、东亚图书公司；继而有广益书局、墨磨人斋、胡开文笔墨店、"诗婢家"以及刘翼严刊刻图章铺、古籍书店等。春熙路东段的最大特色，就是报馆云集，成为街头一景。最早是《新四川日报》、《新川报》、《四川新报》、《川报》、《新新新闻》、《醒民日报》、《大同晚报》、《西方夜报》、《新民报》、《华西日报》、中央通讯社、《成都晚报》、《庸报夕刊》，后来有《兴中日报》《四川日报》《新新新闻晚报》等。

▲ 20世纪80年代，著名的古籍书店

发行时间长、数量较多的有两家，一是中国青年党的机关报《新中国日报》，一是"防区时代"陈斯孝、马秀峰、刘启明合办的《新新新闻》。

值得一提的是，1946年4月《工商导报》在成都正式创刊，该报由中共地下党员王达非任社长，民盟盟员吴汉家任总编辑，蔡梦慰任外勤记者。该报得到《新华日报》驻成都办事处主任杜枎生的大力支持。稍后因民盟组织开展革命活动的需要，8月至9月间，梦慰在成都春熙路西段开办成都现代书报社，任副经理。这个书报社成为民盟的一个地下联络点，更是传播进步思想，联系新生力量的有力阵地，团结了一批爱国青年。

大批文化单位的进入，连店招均出自一流名人之手，大大增加了街道的文化品位。商务印书馆店招由郑孝胥题写。1941年日机轰炸成都，"诗婢家"被毁。后来由羊市街迁至春熙路北段重新开张，店招由清末御史、著名书法家、词章家赵熙题写，字迹雄浑，古意益然。

王大炜先生回忆说，自己毕生难忘春熙路的广益书局，因为1946年至1949年，在上初中的日子里，它成了很多学生星期天和寒暑假课外读物的"阅览室"，他们闲暇时光便多泡在广益书局。那时的书店与现在一样，都允许读者免费翻阅，即使全天候看书，也不反对。书店里店员不多，忠于职守，精通业务。你问一本书，他总是主动地帮助寻找，更不会不理顾客。遇到年纪大一点的店员，还能告诉你某一书已经出过几版，每一个版本有什么特色。其他好的书店（如开明书店）也大抵如此。而且经常一看便是一整天，站累了，坐在地上，坐久了，又起来，或者两脚交替，变换着各种阅读姿势，一门心思只为看小说。

广益书局是一家专售章回体小说的书店，总部在上海。成都的广益书局在春熙路孙中山铜像右侧，具有半月形的门市，面对春熙路的北段与西段交会处。宽敞明亮的店堂里，半人高的书摊板上平放着各种小说供人翻阅，除少量大达书局的老版本《东周列国志》外，多数是广益自己刊印的章回体武侠、仙剑和章回小说，如《封神演义》《隋唐演义》《杨家将》《薛仁贵东征》《说岳全传》《七侠五义》《小五义》《大明英烈》《绿野仙踪》，以及"三言二拍"等，数以百计。几乎历代出版的章回小说在这里都可以看到，当然包括《三国演义》《水浒全传》《济公传》《西游记》等，而且还是木刻水印的绣像插图，封面彩印，精美无比。同时也出售一些古今才子佳人的言情小说，如《西厢记》《红楼梦》《三笑》等。后来，甚至民国时髦小说作家冯玉奇的言情小说《俏姑娘》《歌舞春江》《小红楼》等等也赫然陈列其中。

而位于孙中山塑像一侧的成都古籍书店，在书店"你方唱罢我登场"的时代更替中，却一直保持着作为严肃书店的尊严。

成都古籍书店的前身叫中华书局，创立于1927年，是当时成都最大的书店之一。店名匾额由蜀中著名书法家刘东父先生题写。其建筑为三层小洋楼，房间红黑漆，古色古香，一楼出售新出版的线装书、平装书，二楼售古旧书。三楼是茶楼，名为"来鹤"，茶楼前伫立着一尊白鹤雕像。由于书店生意一直十分兴旺，茶楼的生意自然不错。读书人在楼下买书，觉得累了，就会到茶楼小坐，一边谈书一边看马路上的人世百态，成为绝好的去处。

我近日翻阅老报人邓穆卿先生的《成都旧闻》，发现他在文章和日记里，多次记载自己到古籍书店购书的情形。比如1986年12月22日的日记里，他特意记载自己在古籍书店买到明人张大复《梅花草堂笔谈》的喜悦心情。而我清楚地记得，自己手头这套"瓜蒂庵藏明清掌故丛刊本"《梅花草堂笔谈》，恰恰也是从古籍书店购买的。说不定，邓先生就是当时站在我身边的那位穿中山服的老者！可惜的是，那时我尚不认识邓先生，错过了向他请教的机会。

20世纪80年代，我差不多每月都要到古籍书店浏览半天。那些在书店徘徊的人影，老人自然要多些，书店里也没有像有些书店那样大放流行歌曲，殿堂显得有些冷清，记得我买过《夏承焘词集》、唐圭璋主编的《全宋词》、周询的《芙蓉话旧录》等等好书，尽管那时工资少，可书价低，一个印张至多一毛钱，因此，我也像富翁一样可以饕餮一顿了。

1949年之后，成都一些古旧书店转营新书或歇业，1956年成立了公私合营的成都古籍书店。20世纪80年代后，国家加强古籍图书的整理出版，成都古籍书店逐渐转向经营新版古籍，古旧收售业务逐渐减少。90年代中后期，古籍书店将一楼营业房出租他用，我记得一家是酒吧，一辆吉普车卡在墙壁上做招牌。二楼书店已没有多少线装古籍。1998年前后，据说成都古籍书店的库存已全部转让给中国书店古籍书店了。古籍书店暂时搬到原址斜对面的春熙北路成都新华书店4楼上。而随着经济大潮的深入，这4楼上的书店最终也彻底消失了。成都最后的古籍书店，应该说已经抵近了它的"寿数"。这引得文化人唏嘘不已，但这样的感叹，早就碎裂在春熙路上卖"吼货"的焦急嗓音里了……

　　《新新新闻》于1929年9月1日创刊，终刊于1950年1月13日，是1949年前成都连续出版时间最长的一份报纸。报馆坐落在孙中山塑像背后。报馆名字是国民党行政院院长谭延闿题写的颜体，用黄铜铸成，镶嵌于报馆大门上方，远远望去，堆金砌玉，透出一种牛气冲天的气势。总经理陈斯孝还在大楼的最高处悬挂了一面时钟，昼夜报时，万人翘首，报馆之名伴随钟声远扬。

　　报馆总部是一栋四楼一底的大楼，于1946年夏天建成，不仅为当时春熙路最高的建筑，而且也是成都首屈一指的大厦。不仅如此，其附近还修建了两幢职工宿舍，吸引大量人气，让诸多同行羡慕不已，也足以笑傲江湖。编辑部于是迁回春熙路东段，集编辑、排版、校对、印刷、发行于一地，实行集中管理，这是《新新新闻》最为鼎盛的时期。因《新新新闻》对维护主流社会秩序有功，蒋介石特书"日新又新"全金匾额高挂在大厦文化会堂主席台正中。近代川籍著名学者、诗人、书法家谢无量也书写对联一副："令闻广播，更起高楼临大道；功在吾党，早腾清誉满西川。"黑底金字，挂于大厦文化会堂大门的两侧。文化会堂也成为成都一个重要的文化活动场所。

　　九一八事变之后，《新新新闻》大搞多种经营，开办文化服务部等等，拓宽经营渠道，逐渐奠定了经济基础，从此扶摇直上，这是《新新新闻》发展史上的一大转折点。1949年，估计其资产为100万银圆。

总经理是广汉人陈斯孝。陈斯孝离任总经理之后，曾经兼任成都市民众教育馆馆长兼少城公园管理员（园长），是一位资格的"老成都"，深谙成都人的习性。邓穆卿先生回忆说，当时恰好有一家猛烈反蒋的报纸《白日新闻》，口碑很好，销量也不错，1929年被当局查封。陈斯孝等人不但把《白日新闻》的营业人员聘请过来，而且连出版的中型开版也一模一样，依葫芦画瓢，取名《新新新闻》。成都市民还以为后者是前者的化身呢！

民国三十一年6月21日出版的《新新新闻》旬刊

据说陈斯孝的主心骨戴季陶不以为然，但谁能料到这名字蕴含着诸多玄机！

《新新新闻》立足成都，影响力辐射至四川各地，甚至滇黔陕甘接壤之处、省外、海外也有它的读者。1933年，《新新新闻》成为四川省区内第一大报、西南地区首屈一指的日报。发行量由开始阶段的区区数百份，发展到40年代中期时，达到数万份之多，订户遍及川内外。该报创刊以来，极为重视报纸的广告和发行。抗日战争爆发初期，该报一度还成为国民党统治区内发行量最大的报纸。1950年被成都市军管会新闻处代管下令停刊，报馆被《川西日报》（《四川日报》前身）接收。

《新新新闻》是一份新闻与经营并重的民营报纸。虽标榜"超然"，却既有着平民报人的爱国立场，又有维护既定制度的本质。《新新新闻》曾经自比为中华民国"惊涛骇浪"里的"一叶扁舟"，与京沪各地的"巡洋舰"相比，它显得小而且简陋，然而它却一次次地攀上狂澜之浪尖，在艰难时世里求得了生存与发

左：1949 年 9 月 1 日《新新新闻》20 周年纪念
右：1950 年《新新新闻》记者（右）魏道尊及夫人

展。然而，《新新新闻》虽经全力挣扎，最终为历史的洪流所覆没。

阎纯德在《二十世纪中国著名女作家传——陈衡哲》一书里记录了一件往事，让我们看到了学者们在黑暗时代的呐喊。

1935年9月，任叔永任四川大学校长，妻子陈衡哲（1890—1976）也同去成都，任该校西洋史教授。五四运动后，陈衡哲曾针对中国当时存在的妇女问题，写了许多文章，如《复古与独裁势力下妇女的立场》《妇女问题的根本谈》等，这些文章从不同方面谈及妇女与政治、社会、家庭和子女教育的问题。在四川大学任教期间，她发现有不少女学生是官僚、财阀们的姨太太，这一事实，使她萌发了对四川当局的强烈不满，也更同情那些深受蹂躏、压迫的女性。她在《新新新闻》上发表了一篇揭露四川问题的文章，说这是女性的耻辱，也是大学教育的破产，号召妇女要争取独立自主。在那个时代，正义和真理总是不幸的。她的文章一经发表，便受到四川黑暗势力的围攻，他们企图用"侮辱四川妇女界"的罪名压服她，并要把她驱逐出川。陈衡哲怀着满腔的激愤离开四川，回到北平。她的丈夫任叔永也在1937年6月辞去四川大学校长一职。她对四川军阀的黑暗政治是有着刻骨铭心的记忆的。她在文章里写道："在成都住的人，平均每隔十五天才能见到有热力的阳光一次，每隔四十五天才能见到一次照耀终日的太阳。"她写的是"天气"，而比喻的是现实。她还说不如把四川改成'二云省'，更能名副其实。"朋友说，"云一而已，哪来二云？"陈衡哲说："还有那吞云吐雾'云'呢！我告诉您这句话，为的是要您知道，四川在这二云笼罩之下，是怎样的暗无天日呀！"

陈衡哲的文章之所以产生了较大影响，不仅是观点犀利，直指时弊，还在于《新新新闻》敢于刊发这样的文章，这是需要胆识和勇气的。后来的媒体，无法与之相提并论。

对于重大事件，《新新新闻》从不甘人后。《新新新闻》的老报人魏道尊回忆四川作家郑光路先生在其《川人大抗战》一书中的记载，1937年7月8日，卢沟桥事变爆发的第二天，成都多家报纸均发行号外，将这个震惊中外的消息及时传递给了成都市民。

1937年7月8日12时左右，成都《新民报》记者李竹铭在春熙路东段报馆门前闲看，只见主编李有伦急匆匆跑来："卢沟桥昨天打燃了，抗战爆发了！赶快出'号外'！"编辑、排字、组版、开印……报馆人员全部出动上街叫卖，半小时后，号外便撒遍市区主要街道。成都本地报纸《新新新闻》《华西日报》也在第一时间出了卢沟桥事变的紧急号外。春熙路上，群情激愤。"日本，凶！未必我们四亿多人还打不赢它？！""揍，狠狠地揍！""打倒日本帝国主义"的口号四处响起。

郑光路先生说，七七事变的"号外"是一个民族的记忆，具有非同寻常的意义。时至今日，成都的一些媒体也青睐"号外"，的确起到了及时传播的巨大社会效应。

尤其值得大书特书的，是1938年5月出版的《新新新闻》。该报报道说，1938年5月17日，为祭奠在淞沪会战、南京保卫战、台儿庄战役等战斗中阵亡的川军将士，成都各界10万余人在少城公园（今人民公园）举行了第一次抗敌川军阵亡将士追悼大会，随后将阵亡将士灵位送到忠烈祠入祭，沿途市民肃立街道两侧，均掩面啜泣，场面极其悲壮。追悼大会前，蓉城文教名流李惠生（泽仁）先生应《新新新闻》报主笔之约，写下了《祭川军抗敌阵亡将士文》《悼川军抗敌阵亡将士歌》，为公祭所用，并在5月19日、20日、23日、24日4天由报纸刊出。

载有此两文的《新新新闻》旋即被市民抢购一空。几个月后，写下这两篇祭文的李惠生因为肺病发作、咯血而逝，年仅34岁。（见《成都商报》2005年7月8日）

1944年6月25日端午节当天，成都文艺界抗战协会在虹垣别墅客厅举行了"诗人节茶会"，40余人参会，在会上人们以诵诗、独唱、演讲等形式纪念屈原和宣传抗日活动。成都《新新新闻》及时报道并发表了纪念文章——《诗人节》。该文说："近两年来，文化界又把这一天定为'诗人节'，本年已是第三次了。到了今天，又不禁把二千年前往事勾上心来……我们纪念诗人，应该深体时艰，努力抗建工作，以慰诗人在天之灵。"从这则新闻可知，成都之所以如今成为了世人公认的"诗歌之都"，不仅仅在于成都历史上名人辈出，还在于成都民间诗性薪火相传，一直维系着本土文化的发展。成都自古是诗歌之都，近十年来，每年"诗人节"这前后几天，成都各个区县、酒吧、茶馆都举行了数十场诗歌朗诵会，由此可以发现《新新新闻》对民风的传播和影响。

《新新新闻》对本土的街道、各类小吃掌故也予以了高度关注，比如刊登"牌坊面""中坝酱油"一类的风物文章。这样的报纸风格，无疑对现今的本地报纸有不少影响。

《新新新闻》也经常刊登各类耸人听闻的小道消息，比如曾经刊发了一篇涉及刘文彩的文章。

为进一步套牢刘文彩，继承刘家的产业，三姨太凌君如冒险上演了一出"一胎生三子"的把戏。因自己早已"绝育"，于是她花钱买了3个孕妇为她代生。凌君如则伪装怀孕，用棉花内衬填大肚子，装出各种怀孕征兆迷惑众人。1935年的一天，她暗中派人四处打听，搜寻妇女临产的民间消息，然后用重金收买暗度陈仓，果然一日"生"了3个男婴。依刘家的大排行依次是：刘元瑛（1929年左右出生，占五）、刘元珣（寻）（1930年出生，占六，在成都夭折了）、刘元泉（1931年出生，占七）。

当时，《新新新闻》记者得知后，曾予报道说："税捐总办刘文彩夫人凌君如，一胎生三子，大喜临门"云云，被乡里州县惊叹"人间奇闻"！这事被传得沸沸扬扬，让刘文彩恼羞成怒，但奈何不了报馆，只好把怒火发泄到凌君如头上。

旧时黄瓦街临东城根街的一个独院，住有十户人，有一相爱同居的男女学生，他们私生一男婴，无力缴费读书，计划将亲生子卖掉，这事经《新新新闻》曝光后，一时传为热门话题，人言可畏，不久二人便迁往他处了。

有意思的是，在开启民智方面，《新新新闻》似乎有些过头。抗战时期，美国军人带到中国的不仅有化妆品、舞会，还有军用吉普车。这些都深受当时成都时髦女性的追捧。在抗战时期，青年女性坐美军吉普从成都大街飞驰而过，已是常见的街头一景。对这些女孩，中国人给她们取了一个名字——吉普女郎。1945年5月30日的《新新新闻》上，刊登了一篇题为关于吉普女郎的时事评论，该文说："我们应该打开胸襟，奖励中美的男女社交，这不但对于战事有帮助，也有补于两国的友谊。因为任何的联系，都没有婚姻的联系紧密。"

报纸的"八卦"化，吸引了大批市民，下至贩夫走卒。这在如今的本土报纸上，其风气依然可循。

成都最初出现的几家报纸，比如《蜀学报》等，在传统伦理的格局下，尤其一些"官报"潜移默化的影响，大都把意识形态的功用置于经济目的之上，创办者总是想通过它来普及新思想，传播新观念。但是不管怎么说，由于欧美报业的经验存在，投资者在投资报纸时，仍然明白，办报可以从读者刊登告白、启事中获得收益。清末成都一家较有影响的报纸，在其报上专门列出了刊登启事、告白的价目表：二号字每字收钱八文，三号字六文，四号字四文。1913年，《蜀风报》在成都创刊，"广告"一词正式在报刊上使用（《话说报业广告》，《天府早报》2000年1月21日）。

别的不用多说，单是从报纸广告中，我们就能领略本土报纸对民风的改造作用。那时，广告代理费还有一个奇怪的词汇，叫"饭资"。当时的《成都日报》除四版广告外，还利用中缝登广告，《通俗画报》不仅利用中缝，还在边栏外的报沿刊登广告。张爱萱在《报纸广告对于建国前成都消费文化的建构》（见《青年记者》2008年第16期）一文里指出，《新新新闻》日报一般是16个版面，广告和新闻各占半壁江山。广告内容上，药品、书刊、招生、影讯、其他商业类广告及单位、个人的声明、启事等方面的广告，五花八门，门类齐全。20世纪初，全国各地纷纷掀起抵制洋货的爱国行动，尤其在20世纪30年代达到高潮，加之民族工商业的发展，使得以爱国为号召的国货广告开始大面积出现在报刊上。

《新新新闻》1932年3月1日第7版，用醒目的黑体字标明抗日运动中几种国货，花月牌固齿牙粉、面宫粉、玫瑰霜、美发霜、美颜素。1935年2月15日，刊登了"爱国，经济、美观——足下欲得以上三项的美满唯有到'顺庆新嘉袜店'"。

1941年，抗日战争进入紧张阶段，青年就业十分困难，大专毕业生均有毕业即失业之感。当时，江彰（江油县和彰明县，现合并为江油市）旅省联合学会的部分学员迫于失业危机，为了探索自谋就业的门路，决定在成都祠堂街开设"华西特产商行"，以家乡特产的中坝口蘑酱油为主要商品在成都打开销路。该行开业之日，成都各报记者曾往采访，《新新新闻》发表了新闻报道，"华西特产商行"遂成中坝酱油在成都开设的第一个直销门市，各大餐馆与消费者一致公认为调味珍品，受到普遍欢迎。

药品广告也多见报端。一些精明的广告商不再单纯介绍某种药品的功效，开始侧重品牌，强调公司形象，并且引导消费者。

这些对商品尤其是本土产品的宣传，可以看出，20世纪三四十年代成都的消费主义意识形态已萌芽，广告为其消费文化的生产提供了空间。这也在成都市民中，形成了"看广告、知时尚、买东西"的群体生活习惯。

在当时的成都报纸广告中，刊登婚庆广告的个人特别多。那时，无论城乡年轻人结婚都不兴办理结婚登记，也不领什么结婚证，有亲朋好友参加的结婚仪式就是婚姻的见证。除此之外还有一纸写有男女双方生辰八字的庚帖。当时具有超前意识的年轻人对"八字"一说往往嗤之以鼻，因此他们选择了登报证婚的方式。这样的方式一来可以通报亲友，二来可以留一个白纸黑字的结婚依据。在报上登载结婚广告，可说是三四十年代的生活时尚（《话说报业广告》，《天府早报》2000年1月21日）。

龙池书肆的记忆

　　春熙路上的龙池书肆，据说地名"闻名于唐代"。也许是吧，我倒是觉得，它的兴起，与20世纪六七十年代在广场上群众自发形成的以书易书、以各种"计划票证"换书等交易密切相关。有学者认为，这里的自发交易，应该算是1949年后成都最早的旧书买卖。1976年后，被禁锢的一大批文艺书刊陆续出版，群众开始在此由交换到交易，内容也扩大到科技、政治书籍及美术作品、挂历等，逐渐形成了享誉省内外的书刊市场。可见生意总是相信"地利"的，而孙中山广场南侧一带，总是沾有文气。

　　首先说一说，为何叫"龙池"。

　　前蜀时，王建在现在成都展览馆的地方修建自己的皇宫。唐人卢求《成都记》："隋蜀王秀取土筑广此城，因为池。有胡僧见之曰：'摩诃宫毗罗'，盖摩诃为大宫，毗罗为龙，谓此池广大有龙，因名摩诃池。"王衍时，著名的摩诃池改名为龙跃池，也叫龙池。加上周围的建筑群落和皇宫面积，总共有1000多亩，并正式命名为宣华苑。当时宣华苑的范围南起红照壁，北到后子门，东到东华门，西到人民公园。花蕊夫人当时做了《宫词百首》，描写宣华苑内的风景和生活："龙池九曲远相通，杨柳丝牵两岸风。长似江南好风景，画船来往碧波中。"龙池书肆附近，为龙池至城东汇入油子河（府河）的水道。另外，龙池一词，蕴含"发达""吉祥"之义。

龙池书肆1983年10月由管理部门重建，原名为"春熙书市"。最繁华时，春熙路短短百米的街上就云集了40多家书店，成为一道独特的文化风景线。书肆全长50余米，有统一书亭48个，供书刊经营者租赁使用。由此成为成都读书人最爱光顾的地方。时任成都市市长的刁金祥为龙池书肆题名，著名历史学者谭继和撰文记述龙池书肆的掌故，刊刻于书肆南北大理石碑上。

1987年，锦江区文化局进行整顿管理，登记业主，统一制置书亭，将自发的书刊市场纳入正规管理。1990年，龙池书肆有集体、个体书刊经营者48户。之后，因为春熙路改造，书店陆续关门搬离。"龙池书肆"的消失，让当时的成都爱书族产生了集体性失落。一些读书人建议保留书肆，因为它完全可以与正在建的露天水吧以及周围的"休闲娱乐文化区"相得益彰，共同体现春熙路的文化品位。但这样的建议显然得不到重视。

在我的印象中，龙池书肆的印象依然是没有搬迁时的样子，一长片较为简陋的书店，分布在孙中山塑像周围。那时的中山像不像现在孤零零地耸在路中，那时，塑像周围是一个小花园，里面有树和花草，人们可以在里面坐下歇歇脚，而且不会收钱，这在寸土寸金的春熙路上，简直就是一个奇迹。花园的周围，便是书店，一间接一间，其实也不光是卖书，挂历、画儿什么的也有卖的。记忆中，我在那里买过很多书，比如曹明伦翻译的《英诗金库》，威廉·夏伊勒的三卷本《第三帝国的兴亡》等等。如今，我偶尔在书柜里看到它们，自然就想起龙池书肆，以及那时的我，揣着不多的钱，急急奔走在龙池书肆上的神情……

记得我想找一本金观涛先生的著作，声音一大，七八个老板从铺子里伸出头来，向我大献殷勤，巴望你赶快掏钱，那个场面，既好笑，也颇为感人。还记得王朔的《无知者无畏》刚刚一上市，购买者蜂拥而至，龙池书肆书海书店的老板也告诉我，他第一天进了10本，被一抢而空。后来他又购进20本，半天内就卖光。许多读者几乎是一看书名就做恍然大悟的样子，然后毫不含糊地掏钱买下。

傍晚来临的时候，贩卖盗版CD的小摊贩纷纷出现在龙池书肆的周围，各种声音交织在一起，摇滚的，抒情的，流行的，经典的，新潮的，时尚的，分不清到底是什么了。小贩们热情地招呼着买主，拼命做成每一单生意。当时的CD片并不贵，不足10元一张，相对于音像书店而言，实在是价廉。虽然国家一再强调和保护知识产权，可是对于囊中羞涩的小市民来说，音像书店高价待沽的正版还是一种奢侈品。

当时，龙池书肆还成立了全市唯一的个体书刊业社团组织——锦江区图书经营者协会，拥有会员47人。

1998年2月，根据市政建设的需要，此地的龙池书肆被撤销。

春熙路整修以后，龙池书肆搬迁到了相距数百米远的新闻电影院对面的新营业场内，那是一个小巷子，生意顿时一落千丈，没有了往日的繁华，剩下的只有成都人的回忆。我无数次去过春熙路，却从未进去过新书肆。

让
人
难
忘
的
租
书
摊
儿

租书业据传在民国初年就逐渐开始在成都流行了。1949年之前，一个铜板就可以看两本书，两个铜板可以看 5 本。到20世纪80年代，5分钱还可以租一本书。书架上的书随你挑，《七侠五义》《火烧红莲寺》《杜十娘怒沉百宝箱》等等五花八门，还珠楼主的《蜀山剑侠传》刊出以后，租借者拥挤到了打架的程度。这股风潮从大城市往小城市、乡村迅速推演。租书行道实现了一种知识的"均贫富"——文化，不再是富裕阶层拥有的专利了，因此，租书业在开启民智方面的作用不可小视。

租书业大致可以分两类，一类专门出租连环画。租书人把连环画的封面撕下来，全部贴到纸板上，权作招贴广告和品种目录，再用牛皮纸把连环画包装起来，用毛笔在封面写上书名，字迹蹩脚，但对小读者来讲，已经足够了。看一本连环画，以前收1至2分钱，后来涨到5分到1角，再后来更水涨船高地达到了5角，生意仍是兴隆。

在成都市区，1950—1956年期间，租书店是没有的，直到1957年开始在成都出现。那时，城守东大街有一家规模较大的租书店，除了知识性读物，还有中外名著等各种小说，以及特地为小孩子们准备的连环画，租价一般是每本2分钱/天。因为读者踊跃，东大街的租书店生意兴隆。

在紧邻春熙路的江南馆街以及科甲巷里，20世纪50年代开始即有不少连环画摊子。书店把连环图书的封面撕下来贴在一块纸板上，生动形象的图画吸引了许多小孩，他们沉醉在书中描绘的神话、英雄故事的世界里。这样的无声浸淫，培养了许多成都人一生好读书的好习惯，这种习惯至今在成都街头众的租书店里仍有体现。

几条木板钉的长条矮凳上密密坐着租看图书的人，出租图书的老板以锐利的目光一遍遍在人们身上反复巡视，这主要是将那些不花钱的阅读者清理出列。但常常在他的目光未及之处，仍然有小孩子混在里面"蹭书看"。或扶了膝盖弓着身子，或靠在租书人身旁的矮凳上，脑袋都快把书页挡住了。小人书并非专给小人看的，我理解是画面上的人物看上去小而已。有些大人并不嫌弃小孩子偎在旁边，有的甚至还将下面的文字读出来给孩子听。他们将书架上的图书大半都看了。遇到有拿不定主意的看书人，他们会自告奋勇的推荐哪些书有意思、哪些好看……

在我的记忆里，春熙路周围的大街小巷里散布着许多租小人书的摊点。这种店铺的格局大同小异：十几平方米的店堂，七八条矮长凳，门外铺面和店内墙壁挂满了花花绿绿的小人书封面，一个小小的简陋柜台，柜台后面是所谓的"老板"，其实他们完全不应该叫什么"老板"，因为仅仅是依靠散碎银子过活的生意，根本算不得什么老板。"老板"大都是家庭妇女或是残疾人，穿得破破烂烂，清水脸一张，看看就明白他们的处境。我那时没钱，看看封面也不错。在我的记忆里，自己站着看封面的时候多，十分渴望"老板"能够免费让我看一本书，但这种奇迹一直没有发生过。

有意思的是，父母也给我买过小人书，但在家里独自阅读，当时总是觉得没有在租书摊上读"来劲"。可见，还有一种氛围的东西，被幼小的心灵觉察到了，只不过当时说不出来罢了。

童年时代对连环画的记忆是无法被时光抹去的，那些画面甚至成为了日后的美学范式，决定了一个人的成长向度。这不能不归功于小人书摊。

另一类是出租32开本的小说和16开本的娱乐杂志，租借一天收费1角，但要交纳1元不等的押金。这些书刊以战争小说、武打传奇、爱情神话为多，最能吸引中下阶层的读者。偶尔见到一本反复租借的书刊，其卷角、脏污的模样，就告诉我们这一定是某个畅销作家的大作了。

我清楚地记得，第一次阅读《牛虻》，就是花1角钱租来的，直看得天昏地暗，似懂非懂，次日急忙去归还，因为怕多出一天的钱。但是，我记住了牛虻和琼玛，成为了心目中理想化的男人和女人。

出租图书的人，对图书一道都谈不上有什么研究和爱好，仅仅是一种谋生的手段而已。书店里到了新书，他们就估摸着进一些，瞎子摸象，一如对自己的事业评估。现在，这些租书摊点已经聚集在学校周围和中小城镇上，维护着自己最后的地盘。有一天，我偶然见到一个摊点也在出租化妆术、生意经、开店手册、炒股指南之类的书籍时，就明白一个简单的道理，不论文化档次如何，只要是一个文化的传播渠道，它必然会递送时代的信息，开拓读者的视野，不然，租书业就轻易被时代淘汰了。

有一天，我惊觉那些64开本、仅有黑白两色的小人书已经平静地从书市里消失时，心里涌起一阵复杂的感情。那应该是我的童年和小人书一同消失的时候了吗？关于小人书的回忆，泛着阳光的黄金，温暖而迷人。那些记忆让我们觉得没有虚度童年好时光，因为我们懂得了现在孩子不明白的清贫和诗意……

大慈寺 「震旦第一丛林」

　　进入内陆成都的佛教传播途径有两条：一是从蜀身毒道即后来的西南丝绸之路，自天竺经缅甸、云南而入蜀；二是张骞通西域之后，佛教才经敦煌直接输入，或是由洛阳经长安再翻越秦岭传入四川。而从乐山麻浩崖佛教造像、芦山县汉代佛教石刻、新都宝光寺、新津九莲山等文物可以大体判断，在东汉之际，佛教已经通过川滇道而进入蜀地了。

　　四川大学李思纯教授认为："唐初既继承北周宇文氏与杨隋的政治系统，因而在一切事物上，如政治集团、氏族阀阅、府兵与租庸调制度、宗教信仰、社会风俗习惯等，唐初皆沿袭周隋之旧。宇文周的武帝宇文邕，虽曾一度废除佛教，但为时不过五六年（574—579），便又恢复。四川自萧梁以来下接周隋，佛教盛行，并广建佛寺，遍布蜀土。则唐初四川佛寺，自多继承萧梁周隋之旧有基础，加以改建或扩建，而更以新的命名，自为应有之事。"

　　唐代尤其是中唐以后，寺院已被逐步嵌入世俗社会生活之中，分身为芸芸俗众的文化娱乐中心，不仅普遍兼有交易市场、画苑、杂耍戏场、公园等多种功能，而且普遍成为士庶游冶、交友、消闲的场所。大慈寺毫不例外地曾是唐宋成都的文化艺术中心，建筑、壁画、碑刻以及宝藏，都名震西南。

　　成都大慈寺，也叫古大圣慈寺，始建于魏、晋，极盛于唐、宋，文化深厚、

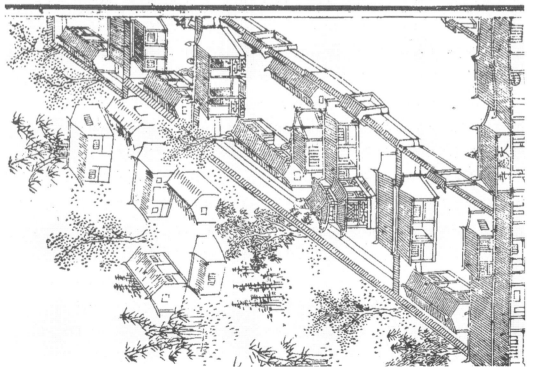

大慈寺结构图

规模宏大、高僧辈出，世传为"震旦第一丛林"。此寺的始建年代，据宋代普济《五灯会元》所载印度僧人宝掌"魏、晋间东游此土，入蜀礼普贤，留大慈"来推算，当为公元3世纪至4世纪之间，距今已有1600多年。

大慈寺建立后，印度高僧宝掌禅师曾弘法于此。传说宝掌禅师是史上寿命最长之僧。

唐武德元年（618），三藏法师玄奘与兄长一道从长安到达成都，随宝暹、道基、志振等法师学习佛教经论。武德五年（622）春天，玄奘在成都福感寺（应是大慈寺得名之前的老名称）律院受戒并坐坛学律。玄奘在成都四五年时间，究通诸部，常在大慈寺、空慧寺（即后来的圣寿寺、石犀寺）等处登坛说法。但玄奘不以此为满足，心怀远大，乃泛舟出三峡，取道荆州抵达长安，实现他赴西天取经之壮举。

唐天宝十五年（756），安禄山攻陷长安，唐玄宗避难成都。内侍高力士奏：城南市有僧英干，于街头施粥以救贫困百姓，并为国家祈福，希望国运再清，克复疆土，准备于府东立寺为国崇福。唐玄宗深受感动，于是为僧人英干敕书"大圣慈寺"匾额，并赐田1000亩。钦点云游至蜀的原新罗国（今韩国）三太子无相禅师亲自督建，成都的王公大臣、富绅百姓纷纷解囊捐助，到至德二年（757）初步建成，建成96院8542间、规模宏大的皇家寺院，当时大慈寺的面积相当于唐代成都城近三分之一。后来唐肃宗（李亨）亲书"大圣慈寺"，大慈寺名声日隆。至今，一些老成都人仍然称大慈寺为"太子寺"，即缘于新罗太子无相。

贞元十七年（801）韦皋镇蜀，长达21载，仅是重修大慈寺就功不可没。他扩修大慈寺普贤阁，铸造了一尊高达二丈五尺的普贤铜像。韦皋《再修成都府大圣慈寺金铜普贤菩萨记》指出了重修的由来："真如常寂，色相假名，法本无缘，诚感必应。大慈寺普贤像，盖大照和尚传教沙门体源之所造也。彼时造像：'仪合天表，制侔神工，莲开慈颜，月满毫相……'"然而随着岁月的流逝，未能及时修缮以至于出现"危栋泄雨，颓墉生榛，狐狸枭鸷，号啸昏昼"的状况。这距离大慈寺之修建尚不足半个世纪，可见大慈寺的破败荒凉已到何等地步了。韦皋发出喟叹："明可以照幽晦，教可以达群迷，何废兴之变阴骘于冥数！昔大历初，有高行僧不知何许人也，曰：斯像后十年而废，二十年而复兴……"于是韦皋决定再修此庙，重塑菩萨慈容。

韦皋是将菩萨和殿堂"南迁百余步，度宏规，开正殿，因诏诣，谕群心。千夫唱，万夫和，奋赖员，岑穹崇，横绳运，巨力拔"。经过一番努力，大圣慈寺再现辉煌雄姿：

"观其左压华阳之胜，中据雄都之盛，岷江灌其前趾，玉垒秀其西偏，足以彩会昌之福地，宏一方之善诱。安得不大其栋宇，规正神居哉！"

韦皋又开凿解玉溪自北而南流经寺前，活水汩汩，树木葱茏，使得大慈寺内外环境更趋完美、肃穆，成为唐代颇具声望的佛教圣地。段义宗有《题大慈寺芍药》一诗可见一斑："浮花不与众花同，为感高僧护法功。繁蕊夜铺方丈月，异香朝散讲筵风。寻真自得心源静，观色非贪眼界空。好是芳馨堪供养，天教生在释门中。"在寺观中广植花木，是唐宋寺观的传统之一，并形成了各自的观赏特色。有人推测，大慈寺之特色花木可能是芍药。

佛教于民众而言，劝善远恶、净化心灵之意甚明，是广大信徒的精神寄托与家园，具有普遍的灵魂慰藉与归依意义。唐穆宗长庆二年（822），高僧知玄（悟达国师）讲经于普贤阁下，听众日逾万人，盛况空前。

唐会昌五年（845），武宗灭佛，大慈寺因有唐玄宗题额，故"不在除毁之列"，是当时成都唯一保存下来的佛寺，也是当时蜀地规模最大的佛寺。

宋初，大慈寺遭到兵灾，毁坏了一部分建筑。北宋政和二年（1112），大慈寺再遭火灾，附近的小院落大半毁坏。成都知府席旦上奏，朝廷拨款建超悟、宣梵、严净三院，符合北宋中期以后开始的禅、律分治节奏。

由于唐玄宗、唐僖宗先后幸蜀，许多著名画师也随之聚集成都，使成都的绘画艺术在极短时间内成为中土集大成之地。在大慈寺中，就有壁画一千余堵，留下作品的全国知名画师多达六七十人，它的名家壁画达到莫高窟的三分之二，后世遂有"南大慈寺，北莫高窟"之称。当时寺内有画像15500壁以上，其中神佛画像及经变等14000壁，山水、花鸟、猛兽、亭台楼阁等1500壁，数量之多，展示了唐宋壁画之精华，具有很高的艺术价值。据宋代成都府尹李之纯《大圣慈寺书记》载：所有画像"皆一时绝艺"，"举天下之言唐画者，莫如成都之多；就成都较之，莫如大圣慈寺之盛"。宋代范成大《成都古寺名笔记》、黄休复《益州名画录》等书，对大慈寺壁画作者及内容也多有记载。宋嘉祐元年（1056），苏轼与其弟苏辙游大慈寺，对唐代佛画大师卢楞伽的作品倍加赞赏，称大慈寺壁画"精妙冠世"。

除了被誉为"佛陀五宝"之一的佛掌骨和精美壁画，大慈寺还有著名的铜佛。大慈寺中有后蜀帝王王衍的高大铜像，后被熔化来铸造佛像。

宋人就认为，第455尊为罗汉转世，是净众、保唐禅派的创始人——宋代道隆禅师。他13岁出家于大慈寺，在寺学成之后，淳祐六年（1246）率徒东渡日本，首传禅法，后嵯峨天皇特召谒见，并敕迁建仁寺。道隆在日本弘佛32年，弟子众多，其名望可与唐代鉴真和尚相比。道隆圆寂后敕赠"大觉禅师"，为日本有禅师谥号之始。

明万历十六年（1588），人文地理学家王士性（1546—1598）到成都监考，顺便游览了成都，后写《入蜀记》提到大慈寺："戊午，与元承至大慈寺。寺阁高数丈，望城中尽。僧出佛牙一具，大于拳，色莹黄，如余家所藏佛顶。"这时的大慈寺，中间有一座高阁，能纵观全城……

明朝入蜀为官3年的何宇度是理性的，他认为这些巨大的佛牙大有问题："诸寺间藏有佛牙，甚至重七斤余者，锦袱朱匣，珍袭严祀，余颇疑之。偶捡《本草》，豹之齿骨极坚，人得之，诈为佛牙以诳俗，为之爽然自失。此可以一洗蜀僧之陋。"（《〈益部谈资〉校注》，西南交通大学出版社2020年版，第47页）这里说的"豹"，其实就是"貘"，即大熊猫。南宋类书《古今合璧事类备要·别集》卷七七"走兽"门"诳俚俗"条："貘齿骨极坚，以刀斧槌锻，铁皆碎落，火亦不能烧。人得之，诈为佛牙、佛骨，以诳俚俗。"

由此可见，大熊猫首先得到世人崇敬的，竟然是牙齿！

大慈寺门旧有高阁雪锦楼。登楼高望，是唐宋时成都士庶常有的大慈寺游乐项目。宋诗人李薰《十五日同登大慈寺楼得远字》："重楼得云气深隐，户牖谁能发关键。楼下轮蹄涣散驰，行人一顾不容返。好游独是我辈闲，褰衣直上相推挽。层轩危槛倚欲偏，更假胡床同息偃。西南繁会惟此都，昔号富饶今已损。填城华屋故依然，孰为君王爱基本。茫茫八表聊纵目，情知日近长安远。白云浩荡飞鸟没，玉笙凄凉红粉晚。梁王吹台得李杜，黄公酒垆醉嵇阮。高峰千载凛莫攀，与世相浊徒混混。荷衣蕙带芙蓉裳，野服犹堪敌华衮。去梯孰复共君谋，杀马毁车从此遁。"七夕前后登大慈寺楼看锦江夜市，更是唐宋成都士庶一年一度的必有游乐项目。

关于唐宋大慈寺市场的热闹情形，李之纯《大圣慈寺画记》有一段简要描述："四方之人至于此者，徒见游手末技，憧憧凑集，珍货奇巧，罗陈如市，只以为嬉戏衙鬻之所，而不知释子隶学诵持，演说化导，亦无虚日。"这一段话，虽有揭示寺庙让渡为市民市场的功用目的，但大慈寺市场之热闹状况也已昭然眼前。

毫无疑问，大慈寺是唐宋时期成都最大的市场与闹市区，三教九流混迹其中，不乏高人。大慈寺俨然成为了一个信息、知识、文化的汇聚之地，唐宋时人们每于其中访求异闻。

大文人文同就常在大慈寺访学。王辟之《渑水燕谈录》卷七记载："成都谯开，博极群书，而不求荣利，简静冲退，好修身之术。日游大慈寺，博访异闻，以广所学，久为蜀中士大夫所称。文同与可尤重之，目曰'大慈仙'。"还有一个非常著名的传闻即是程颐、程颢兄弟于大慈寺中获授易学。度正《性善堂稿》卷十："余闻伊川在成都，一日游大慈寺廊下，有治箆者读《易》书。伊川疑异人，就问，俯而不答。祈之再三，乃得其未济三阳失位之义。"曹学佺《蜀中广记》卷九一的记载略有不同："程颐兄弟侍父游成都，至大慈寺，见治箆箍桶者挟一册，就视之，《易》也。箆者曰：'若尝学此乎？'因指未济男之穷以发问，二程逊谢。箆者曰：'三阳皆失位也。'兄弟恍然有省。翌日再过之，则去矣。后闽人袁滋问《易》，颐曰：'《易》学在蜀，盍往求之。'"这恰恰说明，智慧就在市井间！

成都最古老的"茶馆"，恰是大慈寺禅茶堂，早在1200年前的唐代就已经出现了。成都的禅和茶是由一位叫无相禅师的"洋和尚"普及开的。据说他嗜茶如命，将茶叶视为灵芝、仙草，还写了一首《茶偈》："幽谷生灵草，堪为入道媒。樵人采其叶，美味入流杯。静虑成虚识，明心照会台。不劳人气力，直筐法门开。"

大慈寺藏经楼旁栽种的曼陀罗与佛门有缘。据佛经记载，曼陀罗是一种宗教术语，有坛场的意思，代表了一切圣贤功德的聚集之处，相传当佛说法时，天空会降下曼陀罗花雨。

大慈寺的规模在宋代以后一次一次由于战争和火灾而减小，现在的大慈寺可能只相当于唐代大慈寺的几十分之一。

而大慈寺遭遇的最大劫难，还是在明末张献忠建立大西国的短暂时期。

《蜀乱》记载：张献忠"调各学生员听考，到，即禁之大慈寺。"这一特科事件发生的时间，有不同说法。如道光八年《新津县志》卷三三《忠节》记该县生员蓝炜奉调参加特科，1645年"十一月初十日，同多士死于东门外"。康熙年间西充县人李昭治《西充凤凰山诛张献忠记》则记载："乙酉十二月十五日，收杀绅士，自进士以至生员二万二千三百有零，积尸成都大慈寺。"刘景佑《蜀龟鉴》记载1646年："献复勒绅士入省。远近乡绅、各学生监，调拘大慈寺……"

令人痛惜的是，大慈寺所有的壁画均毁于战乱，现今无一幅存世。

大圣慈寺香火鼎盛、僧侣医卜众多（北糠市街右端就有一条街叫和尚街），这也缘于大慈寺是蜀地最为著名的"药市"，一年四季探病买药者不绝。晚唐诗人张宾曾在大慈寺借景抒情题过一首颇有名气的诗《夏日题老将林亭》："百战功成翻爱静，侯门渐欲似仙家。墙头细雨垂纤草，水面回风骤落花。井放辘轳闲浸酒，花开鹦鹉报煎茶。几人图在凌烟阁，曾不交锋向寒沙。"勾勒出墙头细草、水面落花以及浸酒、煎茶等生活画面，足见当时大慈寺的闲情逸趣及风光美景。

明人曹学佺《蜀中名胜记》描述说，到宋明时期，大慈寺香火仍然非常旺盛，附近街区也相当繁华，遇有庙会、节日更是分外热闹。大慈寺附近商业繁荣，寺前形成季节性市场，如夜市、灯市、花市、蚕市、药市、麻市、七宝市（七宝市虽然来自佛教，但在成都应与孟昶有关）等。白天的市场延续到晚上，也照样人头攒动。成都夜市的习俗，一直沿袭到近现代。

关于大慈寺的逸闻车载斗量，这里讲一个真实故事——

风送花香。风送初凉。风送落叶。风，也可以送来阵阵鹤唳。

风送幽魂。风，也可以送来抓不住的爱情。

前蜀时期的成都大圣慈寺，银杏崛立。儒者侯继图，出身书香门第，仰天俯地，却是稀松平庸。中秋节这天，侯继图独游大慈寺，欲赋新辞强说愁，挺身于大慈寺高楼凭栏观景。一阵风起，送来一片巴掌大的木叶，飘到了他的脚下。叶上有诗："拭翠敛蛾眉，为郁心中事。搦管下庭除，书成相思字。此字为书石，此字不书纸。书在桐叶上，愿逐秋风起。天下有心人，尽解相思死。天下负心人，不识相思意。有心与负心，不知落何地。"

大圣慈寺有大小96院，雪景楼是观赏季节里的登临远眺之地。说不定侯继图就是在此酒酣耳热，目迷五色。

银杏叶小，梧桐叶脆，桑叶太弱，桤木叶不着墨。剑南节度使段文昌之子段成式在成都生活过，其《酉阳杂俎》"广动植物之三"中有记载说，"贝多树出摩伽陀国，长六七丈，经冬不凋。此树有三种，……西域经书，用此三种皮叶。"说不定，题诗的"木叶"即是此物。

题诗有点长，情丝比叶脉更清晰。字体清秀，寓意浓厚。

历史上的幽怨之诗，一般是顺着宫墙御河而漂，那才是怨女们发表情诗的主要渠道，民间的浩渺野水不易负载这样的猩红之物。流水有情与无情，全在拾取之人的命定。

侯继图十分珍爱，把树叶带回家珍藏。

五六年之后，侯继图与成都一大家闺秀任氏结为夫妻。任氏容貌姣好，且通诗文。侯继图不过是个默默无闻的小官，常有罩不住的慌乱。一次，任氏偶然发现了侯继图收藏的那片桐叶题诗，万分惊讶，这正是她几年前游大慈寺所题，随手放飞。落叶因为文字的加持而骤然抬升，风送渺冥，等于目送飞鸿。

任氏问侯继图，这片桐叶怎会在此？侯继图承认，风送。他并不知道眼前的妻子就是这片桐叶的题诗人。自此，任氏对侯继图倾心相待。侯继图也一路青云，后来官至尚书，深得王建赏识。

蜀地写作人频频引用此典，均说出自宋代《玉溪论事》。可是我查不到这本书。查《太平广记》卷一百六十之定数十五，收录"侯继图"条，出处为五代时蜀国佚名者（有人认为作者是前蜀的金利用）之作《玉溪编事》。后来徐渭采用这个故事编为《四声猿》里的《女状元》杂剧，遂广为人知。

"红叶题诗"历来是国粹。唐朝诗人孟启《本事诗》里早有大同小异的记载。但最早应该出自唐僖宗时江苏吴县人范摅的笔记小说《云溪友议》。可见，这则本事应为诗人孟启根据《云溪友议》改编而来。至于宋代《玉溪论事》是否是根据此的再创作，那是另外一回事了。既然落红不是无情物，作者能够把木叶从水里提到风中，予以隔空传送，这个想象自然是蜀地的想象。

蒲含中先生曾经为大慈寺撰写一联，把侯继图的故事写入其中：

三藏建法筵，饱飧高僧满座；

侯生蒙佛泽，结缘黄叶飘诗。

大慈寺另外还有一个逸闻，主人翁就没有侯继图的好运了。

《益州名画录》记载，元和（806—820）年间，相国武元衡尝请著名画师、成都人李洪度在大圣慈寺绘制帝释、梵王两堵，笙竽吹鼓，天人姿态，笔踪妍丽。观者如堵，时称之为"妙手"。

秒到毫巅的李洪度所画之像，呼之欲出，让人惊叹不已！

黄休复《茅亭客话》卷四"勾生条"记载，某年中元节，勾公子约两位友人同游大慈寺。三人精通音律，走到维摩堂中画师李洪度的画前，从画中乐女的手势上，他们一致推断所奏的乐曲是"霓裳羽衣曲第二叠头第一拍"。这简直不得了啊！

勾公子反复端详，为画中乐女栩栩如生的造像所沉醉，开玩笑地说："我的确不爱音乐，但只愿能够娶到像这样的美女为妻。"一边说一边还动手，他掐下墙面美女脖子上的一小粒土把玩不已，念兹在兹，最后干脆吞咽进肚。

各自尽兴而返，当晚，勾公子顺利入梦。很快就梦到在维摩堂画作里的那个玉女，她"明丽绝代，光彩溢目"，"引生于牖下狎昵"，两人相见彼此心心相悦……此后，勾公子每夜就会在梦中与该女子约会。而且无论勾公子到哪里，玉女总会黄夜而来，甚至在寺宇中缱绻。这一记载，也可看出成都唐宋之际的风化。

大约过了一个月，勾公子的舅舅觉得他与往常有异，怀疑勾公子被妖精缠住了，最终通过勾公子父母说服勾公子，同意服符药并找道人作法来驱妖。

该夜，女子对勾公子很感伤地说："我本来是天神'帝释'身边的侍女，被你曾许下娶我作妻子的玩笑所感动，为此经天神同意，来到这里，帮助你实现你的愿望。可是你现在却怀疑我。我得走了，你也不必服什么药。以后我会永远记住你，也请你多珍重，从此永别。"她边说边取下衣带上的装饰物：一对玉琴瓜交给勾公子，留作信物。勾公子捧着玉琴瓜无言以答，两人只是相对流泪。

芳踪一逝，勾公子相思成病，日渐消瘦，不到一个月就去世了。他也许追随"帝释侍女"而去了。

黄休复在文中，称勾公子的家人将天女的玉琴瓜一直保存到王小波、李顺起义之时，因战乱才丢失。而大慈寺壁画中乐女脖子上的指甲痕，在宋代仍然尚存。

这些人神相恋的逸闻，自古不绝如缕。从这一记载分析，既然有实物可证，有人认为勾公子是与成都民间少女产生的恋情，可能是因为最终未能结合在一起，引发了后人的感慨，而将成都少女附会成天上的仙女，并流传成另一个版本的"天仙配"。

"三苏"与宝月大师惟简

苏东坡与成都大慈寺的佛源甚深。究其根底，除了他自幼受苏洵影响雅好佛画艺术以及青年时代在中岩寺读书耳濡目染，加之母亲程夫人本就是虔诚的佛教徒，还有一个重要原因：苏轼与大慈寺胜相院的住持惟简（1012—1095）堪称为生死莫逆之交。

惟简俗姓苏，眉山人，是苏轼的宗兄。古人称之"无服兄"。"无服"，系古丧制，指五服之外无服丧关系者称"无服"。他9岁出家，19岁得度，29岁宋仁宗赐紫袈裟。"赐紫"值得一说：唐宋时三品以上官公服为紫色，五品以上官公服为绯色，官位不及而有大功或为皇帝所宠爱者，特加赐紫或赐绯、以示尊宠。而僧人亦有时受紫袈裟。到36岁时，又赐号"宝月"大师，直到84岁圆寂，从未离开过大慈寺。宋仁宗至和二年（1055），苏轼和父亲、弟弟，到成都拜谒了益州知州张方平，利用机会又拜会了大慈寺的文雅大师惟度和惟简，他们均为同门。

嘉祐四年（1059），苏轼在眉州服程氏母丧期满，到成都与惟简过往较多，关涉佛事者如"要绣观音""借浮沤画"等。他离开成都返回汴京时，惟简还远山相送"至刻厚意"。

后来苏轼、苏辙随父举家离蜀，北行赴京，与惟简相约在嘉州（乐山）

集苏东坡手迹的"精妙冠世"照壁

相会，"及至嘉州亦五六日间，延望不至，不知何故爽前约也"。（苏轼《与宝川大师三首》）对这次未能与惟简见面，苏轼感到非常遗憾，怅惘之情溢于言表。

几年之后，苏轼应惟简之请，为大慈寺胜相院（原名中和院）写了一篇《中和胜相院记》。记中回忆说，苏轼游历成都大慈寺，见到他所爱戴的两位高僧：文雅大师惟度，气质高尚，纯朴忠厚，他还能回忆许多唐末、五代史书没有记载的史事；宝月大师惟简，精明敏锐，礼敬佛祖，他管理僧众严厉谨慎而颇具威望。记中又说，胜相院壁上，有唐僖宗和陪同他西迁而来的文臣武将共75人的画像。画中人物精妙绝伦，栩栩如生，令人神往。这里最早的住持，是京兆长安人广寂大师希让。希让传了六代衣钵，传到惟度和惟简。惟度圆寂之后，惟简顺理成章担任大慈寺胜相院住持。

宋仁宗嘉祐元年（1056）三月二十八日，苏轼与弟弟苏辙再游成都大慈寺极乐院，这次成都之行就是观赏壁画，他对唐代著名佛画家卢楞伽的绝作倍加赞赏，称其为"精妙冠世"。

英宗治平四年（1067），苏轼在川居父丧。惟简前往造访，恰遇到苏辙出示唐人摹本《兰亭》，惟简大喜过望。九月十五日，苏轼为苏辙送给惟简的唐人摹本《兰亭》书写了一篇跋语《书摹本兰亭后》。苏轼早对《兰亭》烂熟于心，他对唐代书法基本持否定态度，是指盛唐以来重"法"的风气。黄庭坚《山谷题跋》卷五曾指出："东坡道人，少日学《兰亭》，故其书姿媚似徐季海。至酒酣放浪，意忘工拙，字特瘦劲乃似柳诚悬。中岁喜学颜鲁公、杨风子书，其合处不减李北海。"这一论断是基本符合事实的。

这一唐人摹本系苏辙从河北带回蜀中，惟简见后爱不释手，持归成都，特请绵州僧人意祖摹刻于石碑。同年苏洵去世，苏轼、苏辙自开封扶父枢以及苏轼妻子王弗枢归眉山可龙里安葬。丧事完毕，兄弟二人专程到成都大慈寺拜谒惟简，捐赠了苏洵视为至宝的四菩萨门板像。

对于这一稀世之宝，惟简许诺："以身守之。吾眼可霍，吾足可斫，吾画不可夺。若是，足以守之欤？"

宋神宗熙宁元年（1068）十月二十六日，苏轼撰《四菩萨阁记》，叙述了四菩萨像的来历和建阁的曲折：长安有唐明皇时建造的藏经龛，经龛四方开门，八扇门板上都是吴道子的亲笔画作，正面画菩萨，背面画天王，一共16幅。在唐僖宗广明元年（880）"广明之乱"之际，藏经龛毁于兵燹。

当时有一位僧人，深知吴道子画作的无上价值，在乱兵大火中拆下4块门板仓皇出逃。门板的木料厚重，他背不动，又怕贼兵追上，于是将门板挖孔做成一副担子，最终流落到陕西凤翔府。这个僧人在乌牙僧舍（南山又名乌牙山，亦名南乌崖。山上建有峰顶寺，又名灵峰寺，是圆证祖师手建的说法道场）圆寂。延宕到180年后，有一位古董商人花了10万钱将门板画买下，并以原价转卖给了苏轼。苏轼知道父亲深爱古画，就把门板画献给了父亲。苏洵一见大喜，在他收藏的上百幅古画里，这4块门板画无疑是他的最爱。

苏轼把门板画捐给大慈寺后，惟简大师筹集了100万钱，还不够，苏轼又捐了5万钱，如此才建造了一座楼阁，特绘苏洵像于其上，名之为"四菩萨阁"，专藏四菩萨像。

苏轼与惟简，在俗家为同乡宗亲，在佛门为虔诚信徒，族谊深厚，志趣相投。苏轼宦海沉浮，无论官居礼部尚书，还是贬为琼州别驾，都与惟简长期保持书信往来。苏轼给惟简送去了吴道子所绘的四菩萨像后不久，又慨然相送出另外一幅吴道子的绝作：绢画释迦佛像。这是他在黄州期间得到的宝贝。

苏轼在致惟简的信中写道：

某有吴道子绢上画释迦佛一轴，虽破烂，然妙迹如生，意欲送院中供养。如欲得之，请示一书，即为作记，并求的便附去。可装在板子上，仍作一龛子。此画与前来菩萨、天王无异，但人物小而多尔。

宋神宗元丰三年（1080），苏轼为惟简撰《胜相院经藏记》。当时，苏轼因反对王安石推行的"新法"，以作诗而获"谤讪朝廷"之罪，被贬谪为黄州团练副使，因此苏轼在此记中隐去了名字，说："有一居士，其先蜀人，与是比丘（指惟简），有大因缘。去国流浪，在江淮间，闻是比丘，作是佛事，即欲随众，舍所爱习。周视其身，及其室庐，求可舍者，了无一物。"尤其是"求可舍者，了无一物"一句，极为形象地叙述了当时生活处境以及心情。

在这篇记中，苏轼对当时佛禅界鱼龙混杂的现状作了严厉的批评，此文一向被认为是"苏轼前期一篇重要的辟佛名作""是苏轼辟佛文章中最尖锐的一篇"。其实，苏轼在这里主要是辟伪劣之僧，而非一般意义的"辟佛"。

宋哲宗绍圣二年（1095）六月二十二日，宝月大师惟简在成都大慈寺圆寂，寿84岁，戒腊六十五夏。六月二十六日，惟简的灵骨奉入成都城东智福院之寿塔中（现在的锦江区塔子山公园区域内）。当时，苏轼谪居惠州，惟简的弟子士隆、绍贤派他们的徒孙法舟、法荣，不远万里从成都赴岭南惠州，请苏轼为惟简撰写塔铭。

历史与现实总有千丝万缕的感应。2003年，在成都塔子山公园还相继出土了三苏的残碑三通，即苏洵《提举监臣帖》、苏辙《雪甚帖》和苏轼《中山松醪赋》。根据苏轼《宝月塔铭》"锦城之东，松柏森森"的记载，足见三苏与宝月的情义，可证这一段交往史。也在这一年，成都塔子山公园与眉山三苏祠在成都共同举办了首届"东坡文化节"。

当时，苏轼已年近花甲，连续遭到贬谪，亲友遽亡，倍感悲伤。乃用当时最名贵的纸、笔、墨来书写《宝月大师塔铭》。苏轼《题所书〈宝月塔铭〉》曰："予撰《宝月塔铭》，使澄心堂纸，鼠须笔，李廷珪墨，皆一代之选也。舟师不远万里，来求予铭，子亦不孤其意。绍圣三年正月十一日，东坡老人书。"

《宝月大师塔铭》撰写完成，苏轼又请法舟、法荣给惟简的弟子士隆、绍贤带回《慰疏》。疏中有云："某谪居辽琼，无由往奠，追想宗契之深，悲怆不已。惟昆仲节哀自重，以副远诚。谨奉疏慰。"同时他再致书一封。书云：

"舟、荣二大士远来，极感至意。舟又冒涉岭海，尤为愧荷也。宝月塔铭，本以罪废流落、悲玷高风，不敢辄作，而舟师哀请诚切，故勉为之也。海隅漂泊，无得归望，追怀畴昔，永望凄断。"

次年，60岁的苏轼被宰相章惇再贬海南岛儋州。直到宋徽宗建中靖国元年（1101），方获赦罪，得以北归。同年七月二十八日，苏轼病逝于常州，算起来，他在惟简圆寂后又活了6年。

明朝吴门华山寺沙门明河撰写的《中华佛典宝库·补续高僧传》卷二三当中，载有宝月大师传记。惟简能诗，可惜散佚太多，《全宋诗》收录惟简诗《偈》一首。如下：

莫离盖缠，莫求佛祖。
去此二图，以何依怙。
江淹梦笔，天龙见虎。
古老相博，月不跨五。

大慈寺的盂兰盆会

　　唐宋以来，大慈寺周围就是成都最大的集市，比如闻名遐迩的药市，大慈寺也成为了成都最大的文化场所。历史记载，大慈寺一带每月都要办集市。更重要的是还有夜市。有人说到成都的庙会，最早的庙会自然是大慈寺庙会。

　　大慈寺更少不了举行佛教节日，如浴佛节、放生会、盂兰盆会、观音会等等，其中以盂兰盆会和观音会最为热闹而隆重。黄休复《茅亭客话》卷四"勾生条"提及人们中元节游大慈寺，这本来就是成都的一大民俗。而成都的中元节之所以隆重，还在于据张唐英《蜀梼杌》第二卷《前蜀后主》及吴任臣《十国春秋》卷三七《前蜀后主纪》所载指出："中元节乃王建之子王衍之生日"。虽然前蜀后主仅仅在位7年，但毕竟赋予了成都中元节以别样的色彩。

　　盂兰盆会在每年农历七月十五日中元节举行。"盂兰盆"系梵文的译音，意为"解救倒悬"。也就是通过念经来解除人们苦难。这一节日出自于《盂兰盆经》，该经中有如下记载：佛祖释迦牟尼的弟子目连，见其死去的母亲在地狱中受苦，如处倒悬，恳求佛祖超度解救。释迦牟尼令其在七月十五日僧众安居终了之日，备百味果实供养僧众，方可使母解脱。目连照办了，将母救出。从南朝梁武帝时起，佛教徒据此举办盂兰盆会。在每年七月十五日当天，各大寺庙便念《血盆经》等经文，以超度亡魂。清代时，四川官署还集资请僧道念经，超度狱中的犯人。民间的善男信女积极参加这一佛教节日，还要请僧人赴家中诵经，为死亡的亲人超度苦难。

值得一提的是每年七月十八日，大慈寺散盂兰盆，宴于寺中的方餐厅。宴席一过，就在华严阁下散盆。人头攒动，香火鼎盛。

这涉及"盆草"。

黄休复《茅亭客话》也提及"蜀人每中元节，多用盆益生五谷，俗谓之盆草，盛以供佛。初至时，介意禁触，谓当有雷护之。既中元节后，即弃之粪壤。"可见在宋代开始，用盆钵栽种五谷类供养神佛，并称之为盆草。出现于宋代的盆养石菖蒲类也属于盆草一类。盆草是为了表现山野草木景观，在盆盅中艺术地种植各种花草、竹子等小木类的盆栽。该类盆栽山野草，在日本又称"下草"。

成都平原上民间烧纸，从七月初十开始，一直持续到七月十五，以七月十二日烧纸的人为最多。但为啥成都的中元节在七月十二日呢？

老成都口口相传，以前川西坝子烧袱子也是在七月十五的，到了明朝末年，张献忠剿四川后，天府之国变成了赤地千里……清朝重新振城乡建设，推行"湖广填四川"。此后四川居民绝大多数为外来移民，考虑到故亲先祖庐墓都在湖广或他省，来往路途遥远，如果十五当天烧纸祭祖，怕不能在晚上十二点的地府关门前赶回来。有人就想到了提前三天烧纸迎接，让祖先从容方便，这一做法很快流传开去……川西坝子的中元节的时间，就变成了"七月十二日"。

2018年，在锦江区春熙路旁的城守街一处考古工地面貌逐渐清晰，街道纵横交错、排水系统"盘根错节"，这与两百多米外的成都江南馆街唐宋街坊遗址风格颇为相似。江南馆街唐宋街坊遗址曾因唐宋时期古城街道、房址和完备地下排水系统获得"2008年度全国十大考古新发现"称号，而此次发掘的街坊遗址从晚唐五代一直延续到了南宋早中期，同样属于富春坊一带的商业中心，它对于复原古代成都城市面貌、了解它的建筑方式、分析城市功能分区都有重要的意义。在成都市中心陆续发现了大规模的唐宋重要遗存街道，江南馆街唐宋街坊遗址出土了大量铺砖道路，已经类似现在铺设着彩砖的步行街广场。负责遗址发掘的成都考古研究院学者认为，中国古时城市道路，在南宋以前全是土路，这4条铺砖古街建造时期就是南宋，可见当时成都的城市经济实力。这些主次街道、房屋、排水渠（城市下水道）规划科学，布局合理，充分反映了唐宋时期成都已具有很高的城市规划和建设管理水平。唐代末期高骈扩筑罗城，使成都城从原来东西（大城、少城）并列的"日"字形向内城外郭的"回"字形转变，江南馆街遗址唐代晚期街坊正是这一时期规划设计的体现，纵横交错、长达数十余米的铺砖街道在中国城市考古史上十分罕见，为研究中国古代建筑、城市规划等方面提供了宝贵材料，江南馆遗址填补了成都城市建筑考古的一大空白。一言以蔽之，江南

江南馆街唐宋街坊遗址

馆街唐宋街坊是目前全国发现的唯一保存完好的砖铺古街，堪称世所罕见、独一无二。

江南馆街东起中纱帽街，西止红星路三段（正对大科甲巷），北侧跨兴业里，虽然现在仅长二百多米，但它的故事却多之又多。昔日多为平房建筑，有不少汽车配件商店，成都市服装鞋帽工业用品公司及北糠市街小学也在此。到清代，江苏、江西、安徽等省长江以南旅居成都的人士联合在此修建江南会馆，街以此得名。

清中叶以后，成都的会馆逐渐林立。紧邻浙江馆之外，有江西、安徽、江苏三省合建的"江南会馆"，位于大慈寺的西侧，里面神位极多，戏台多达7座，随时都在办神会——演戏。名谓"乐神"实为乐人，因而冠盖云集，在成都堪称人文荟萃之地。同治六年（1867），江苏盱眙人吴棠出任四川总督，后署成都将军，他特意从江苏昆山训练一批唱昆曲的科生，来成都供官场宴乐，号"舒颐班"，取"开口而笑"之义。这个戏班后来留在了成都，蜀地有昆曲自此肇始。"舒颐班"的演唱逐渐与川剧融合，对川剧的发展起到积极作用。到了光绪末年，"舒颐班"日渐衰落，他们"专唱昆曲，然曲高和寡，雇演者甚少"。后来有的艺人加入到其他戏班，有的改业做了小贩。

成都的官场每遇团拜、彩觞演戏，必召"舒颐班"唱堂会，"游燕之娱，一时倾成都"。"舒颐班"在演出之外，还教习昆曲技法。据《华阳县志》卷十五记载，光绪年间，有洪兰楫，字用舟，官至山东东昌知府，"家居服阕时"（服阕，守丧期

▲ 太古里商业区的字库塔

满），"益召昆山部名者舒颐，选垂髫童子廿余人，日夜教歌舞"。

王闿运尊经书院弟子、大作家费行简就颇看不起吴棠，他后来说吴棠任四川总督期间不问政事，"托言与民休息，百度尽废。蓄梨园，日演昆剧，其宠婢为伶人盗之去，不问也……"连自己的小老婆被戏子拐走了也不闻不问，足见吴棠的"心宽体胖"了。

清末文人周询《蜀海丛谈》卷三写道：咸丰（1851—1861）年间，四川总督吴棠"妙解音律，尤精昆曲，以川省无习此者，乃在苏州招昆班佳伶十余人来蜀"，以成"舒颐班"。还有书记载："舒颐班"在成都除入署演戏外，曾开办科班，"选垂髫童子廿余人，日夜教习歌舞……游燕之娱，一时倾成都。""舒颐班"巨擘周浩然传子辅臣，两代名净，擅演《闹朝》《扑犬》《达摩渡江》《醉打山门》《单刀赴会》《饭店认子》《祭坟》《北钱》《北诈》《闻铃》《龟年弹词》《冥判》《醉隶》《坠马》等传统昆曲剧目。报界名士冬心看了周辅臣演唱《闻铃》，曾以诗赞曰："一曲霓裳老泪横，开元遗事记华清。伤时颇有新亭感，肠断淋铃夜雨声。"

王闿运在成都的娱乐活动，主要就是饮酒与看戏。如1883年7月26日他的日记："申正至江南馆，顾家山设饮，朱小舟、幼耕、凤弗堂同集，甚热，亥散。"可见那个时候成都官场的饮酒、听戏的公共活动空间，会馆已经峭拔其上，构成了达官贵人"出尘"的高台。

考古专家称现在发现的江南馆古街是"成都第一街"，与旁边的"成都第一路"春熙路相映成趣，两者皆为繁华商业区，同处城市中心路段。成都古有千年唐宋街，今为驰名春熙路，成都自古繁华如斯！

第八章

春熙路新传

街
道
眼

　　街道是一个城市最主要的器官，也应该是城市最有活力的公共生活场，这样的空间存在着无形的"眼"。街道上的"眼"，是街道的守望者，它关注着空间里人们的饮食起居，无形之中给人以保护和乐趣。街上的"眼"，不是专职的监视者，而是街道的自发主人，他们和众多的行人一起保障了街道的安全，抑制了犯罪和不文明举止。而一个安全的具有公共生活活力和趣味的街道，也是儿童成长的重要环境。可以说，"街道眼"正在成为如今打量街道的一个重要尺度。

　　2016年，法国动态城市基金会曾以此为主题发起了一项国际巡回展，从巴黎开始，解读城市的街道，通过视听体验、个人参与、图像、建筑和城市的设计项目，展现各个城市的街道生态。

　　早在60多年前，美国女记者简·雅各布斯以一个城市规划和建筑的局外人的身份，于1961年出版了《美国大城市的死与生》一书，首次提出"街道眼"（Street　Eye）的概念，主张保持小尺度的街区和街道上的各种小店铺，增加街道生活中人们相互照面的机会，旨在唤起人们对城市多样生活的热爱和邻里之间的关怀而获得一种安全感。20世纪60年代初，正是美国大规模旧城更新计划甚嚣尘上的时期，这一理念的提出，引起当时美国社会的强烈关注。如今，传统意义上的街道——城市中最主要的公共生活场所，在现代的中国城市中也正在消失！

随之而来的是，城市中每个人生活的改变。

1998年，《纽约时报》评价《美国大城市的死与生》："这或许是城镇规划史中最有影响力的一部作品"。总结这部书的重心有三点：唤起人们对城市复杂多样生活的热爱；对"街道眼"的深度发现；反对大规模旧城更新计划。

春熙路自建立以来，经历了多次"变脸"，近年步行街的打造使得街区建筑面貌全新。建筑风格固然新潮，但依然依稀可寻"老春熙"的影子，更关键的是街道格局基本未变，依然还是那么宽、那么长，进出通道依然延续了过去的方位和布局。因此，成都人会觉得虽然一切翻新但仍是熟悉的。即使是那些偶尔才来一趟春熙路的外地人，也并没有因为春熙路的改造而"找不到北"。

如果细心一些，还会发现，和重庆那种满街高架桥横空而去的构想不同，成

1937 年 2 月三庆会编演的《济公活佛》剧照（锦江区档案馆提供）

都新建的下穿式隧道提高了汽车通行能力，既没有破坏城市街道的布局，又为市民提供了步行空间，这在与春熙路紧密相连的红星广场上就可见一斑。

正因为春熙路保留了街道的尺度和历史格局，使得春熙路的"街道眼"成为了历史的见证。"街道眼"是安全之眼，公共生活之眼，城市乐趣之眼。

2004年，为了挖掘春熙路深厚文化底蕴，从12月5日开始，春熙路街道办事处以一等奖3万元的奖励，公开在全国征集春熙路"街标"。活动受到广泛关注，收到来自全国近千条建议和600多份方案。经过专家初评，11份春熙路"街标"方案脱颖而出，获得一等奖。在国务院国资委商业网点建设开发中心副主任廖伟阳的主持下，专家组最后敲定一个特别奖方案。

中标者刘国元来自杭州，让人意外的是，他并没有到过春熙路。刘国元的设计很独特，春熙金街标识是将"春熙"两字组合成一个整体，"春"字的"日"和"熙"字中的"臣"相重叠，简化为一个方形，方形内有"1924"字样。标识中的方孔代表古钱币，是财富的象征。标识下的四点则象征着熙来攘往的人群，寓意步行街上人气兴旺。标识背面则写有"春熙"来源的典故——"众人熙熙，如登春台"8个字。

春熙路街标刚一亮相，便受到市民的追捧，纷纷与其合影留念。"街标"如同一张量身定做的名片，让人过目不忘，有助于向世界推荐春熙路。在我看来，这样的"街标"与"街道眼"无疑构成了深刻的隐喻，或者说，"街标"正是"街道眼"的具象。

伴随百年春熙路的改造升级之后，进一步彰显了"安全之眼、公共生活之眼、城市乐趣之眼"，才是"街道眼"的要旨。毕竟在城市规划建设的进程里，春熙路依然保持了多样性居住、烟火气浓郁、交流感十足的韵味。

春熙路上的消防单位

"消防"一词，系日本语，诞生于江户时代，最早见于亨保九年（清雍正二年，1724年），武州新仓郡的《王人帐前书》里，有"发生火灾时，村中的'消防'就赶到"的记载。到日本明治初期（清同治十二年，1873年）"消防"一词开始普及。但"消防"的根在中国。"消防"一词不仅字形与汉字完全相同，字义也无差别。"消防"一词的出现，充分反映了中日两国文化交流密切。

清末期的民间消防组织，大多称"救火会""镇安局""水会"等。当时经济较发达的江浙城市，一般是由商会出面组织消防组织。经费由各受益的商会募集，队员则雇用身强力壮的贫民充当。各种救火组织的人员多少不等，多则百余人，少则四五人。其中有些在全省颇有名气，有的被商会市民称为"护财神"。

成都的首家消防单位是春熙路各个商家联合成立的"消防委员会"。当时春熙路上共有大小商户200多家，商家们鉴于1917年一场大火将劝业场主体的木质建筑全部烧毁，便自发地组织起来，建立了一支义务消防队，队员有20多人，铁龙头土水龙两部，震旦灭火水龙一部，也叫洋车式水龙，简称"洋龙"，即"腕力龙"，又称"蝴蝶龙"，装有轮盘推动，仍用人工腕力出水，

后发展至马达发动出水，称之为
"机龙"，另外还有十多只水枪
和水桶。由于防范得好，春熙路
从来没有发生过大的火灾。不像
劝业场1918年烧过一次，1933年
又烧一次，烧得各个商家焦头烂
额，元气大伤，深悔未像春熙路
那样防患于未然，悔之晚矣！

　　而在东大街上，从乾隆四十九
年起经过几次大火灾后，这条街的
商家也防患于未然，街边隔不多远
就摆着挠钩、刀锯、斧凿、杠索等
救火设备，那是前清丁葆桢丁制台
命商铺制备的，此风延续到民国时
期！当时，春熙路、东大街的街
边，隔不多远便摆有一些三尺多
高、盛满清水的长方形石缸，是用
来贮水灭火的，叫太平缸！

春熙路上的街车（摄于 20 世纪 40 年
代，成都市建设信息中心提供）

　　在春熙路民间防火组织的影响下，成都各街各巷开始出现义务消防组织。
铁流先生回忆说，还有两人用力压的火龙（即消防车）。这种救火车是个大圆木
桶，加上铁制压盖梢条，再接上水管，下面有四个轱辘，遇上火警义务消防队员
拉着救火车拼命向火场飞跑。一次华西大学遭遇火灾，就是义务消防队扑灭的。
义务消防不要国家发工资，也不用单位供养，全是公益善事。

　　民国时期，虽然北洋政府和国民政府都曾制定颁布过《义勇消防组织大
纲》，但由于战乱和经费不济，各商埠市镇的民办消防亦未举办。

　　民间消防组织的出现，称得上是考察近代成都社会与国家的一个精细个案，
同时也为研究近代成都的"市民社会"提供了一个有参考价值的区域性案例。官

府也承认这种街区自治组织的地位，并通过这一基层自治组织维护秩序。有学者指出，这进一步表明，对城市社会控制发挥作用的非官方社会团体有四种类型，即街坊组织、商业行会、士绅结社、慈善及公益社团。这些非官方社团在成都地方社会变迁中扮演着重要的作用，尤其在管理地方公共事务和地方自治方面的影响不可或缺。

「大哲学家」
霞飞女士

民国时期，春熙路拥有店铺、商号、报馆、银行等30多个行业，200多家单位，还有一些灰色、黑色生意在此聚集。比如卡尔登鸦片烟馆、赌馆、茶馆里的人口买卖等等，看相算命者也在此沐猴而冠，大显神通。"超然居士""逸仙女士""法眼通大相士"之类也横空出世。

魏道尊先生在《民国成都江湖异人》（《成都晚报》2008年4月20日）里，特别提及了一些江湖"异人"，如今读来颇有趣味。

当时，术士们的拆字摊正中悬挂了个布招，上书"善观气色"四个字，桌下还有一副对联："一枝铁笔分休咎；三角金钱定吉凶。"当时天灾人祸经久不息，对善良淳朴的成都人来说，拆字算命具有极大的诱惑。

1949年之前，看相算命打卦，属于本地七十二行中的一行，成都还成立了"星相业公会"，俨然与绸缎业、家具业平起平坐。大街陋巷都有术士们为利益"猛烈奔走"的身影，其中有名的当推福兴街的吴道宽、少城公园的小神童、春熙饭店的"大哲学家"霞飞女士和三乾行馆的百空山人。这些著名人士也是丑闻不断：有一次，小神童为一个军阀的姨太太算命，用手去摸这个姨太太的胸脯，结果招来了一颗子弹，立即送命。1945年冬，百空山人因将一少女假扮成男子带在身边，上下不离，被人认为有伤风化向警方检举。警察八分局鼓楼街分驻所乃

243

将其拘留，解送总局司法科讯办。百空山人本名张福荣，荣昌县人，曾在杂牌军队当过团长，下台后从事星相业……

在这当中，算命较为出名的，还是著名的霞飞女士。为何著名？一来在于是女流之辈，二来她还颇有几分姿色，三来她高标自己是科学论相。所以，来人无须开口，只需要分把钟，便可以洞悉凶吉祸福。韩忠智《百年金街春熙路》记述说，霞飞女士主要下榻在春熙路西段的西川公寓，自诩是精通命相的"大哲学家"，经常为人摸骨。店门口悬挂着她的大字布招："霞飞女士精通易理，摸骨神相"。一些"老成都"对此并不买账，认为她是个暗娼。看起来，所谓的大字布招，不过是艳帜高张罢了。

但无论怎样，鉴于春熙路北段是老成都最繁华的所在，春熙饭店住的都是一掷千金的豪客，霞飞女士摸的就是他们的骨，她的名头很响，财源滚滚而来。三教九流，蛇路蟹行，促成了春熙路的畸形繁荣。

恒义升袜衫厂

张文魁（1904—1967）是江苏川沙王港乡（今上海市浦东新区）人。初为上海"恒义升"百货店学徒，后独立经营，并沿用"恒义升"店号及"蝴蝶"牌商标。1932年"一·二八"事变后，改名恒义升袜衫厂。但不设工厂，以批来货品贴"蝴蝶"商标出售。时值国人提倡国货，故营业大盛。后在天津、青岛、重庆、杭州、成都等地设立恒义升分店。

邓逊谦开设的恒义升袜衫厂在旧时春熙路十分引人注目。成都商业绝大多数是男子经营，女子只能当助手。春熙路北段就出现一位"女强人"邓逊谦，她开设恒义升袜衫厂，自任经理。专门销售针织的各种袜、衫成品，别开生面，很有特色。店堂华丽多姿，商品花样翻新，相当有吸引力。《锦城无处不飘香》一文记述说，更令人至今难忘的是每近午夜，就有一精瘦老者，只要一拢春熙路北段口恒义升袜衫厂经销部门外，将活动足架放下，提篮一端的装盛调和盆中麻、咸、辣、香，各味俱备，盆面浮着厚厚一层红油、香油、芝麻，真让人垂涎欲滴，另一端的白瓷盘中，分别盛放莴笋、红萝卜片，张张片得像纸一样菲薄，均匀透体，见其精湛之刀功，令人刮目，豆腐干切成三角形，每块插上一根细竹签，便于蘸调料入口。每晚，这一分钱一片（块）的廉价美食，食客如飞蝗啄食，片刻告罄。

高岭梅与『国际艺术人像』照相馆

2006年，国内多家媒体报道了题为《张大千60年前日记惊现成都》的消息。成都博物馆字画研究人员在鉴赏一批张大千手稿时，偶然发现了张大千1944年在成都的日记。日记中记录了张大千借钱度日、与朋友饮酒烂醉如泥等生活片段，还首次为一桩一直在敦煌学学术界闹得沸沸扬扬的公案提供了最新、最有力的证据。成都博物馆专家认为，这是在祖国大陆首次发现的张大千日记，具有极高研究价值。日记里多处提及与高岭梅和张目寒等人喝酒大醉，其实，这两人均为张大千在成都的好友。

摄影家高岭梅（1913—1993）在1937年时，就在昆明正义路创办"国际艺术人像"摄影，后扩展至成都、南京等地。1940年5月，由郎静山等人发起成立的昆明摄影学会，参加者就有高岭梅、徐德先、徐心芹、郭锡棋和张达文等人。抗战爆发后，高岭梅带领家人避难，并于重庆认识了张大千，成为张大千作品的重要收藏者，展开了两人长达半个世纪的友谊。后来内战爆发，高岭梅一家与张大千先后迁往台湾。

20世纪40年代，在张大千和四川省主席兼成都行辖主任张群的支持下，高岭梅在春熙路西段开设了一间充满浓郁西洋艺术气氛的"国际艺术人像"照相馆。他的摄影艺术精湛，作品具有极大的感染力。当时馆内挂满了有关张大千生活和作画的多种照片，这些都是他的精心之作。1946年秋，照相馆展出了由美国新闻处供给的李公朴、闻一多先生在昆明街头被刺杀的一组特大新闻图片，轰动全省。

　　顺带一说的是照相器材。抗战时期，大后方的照相业由于经营照相材料的商人不断从各种渠道购进外国照相材料和柯达爱素纸、全色片等，营业还相当发达，由南京迁到重庆的中华、光华照相馆，由武汉迁到重庆、昆明、成都、贵州的华昌照相材料行，由南京迁到成都、昆明的国际照相馆等，都生意兴隆。

春熙路上的顶级西服店

　　20世纪三四十年代，西服在成都已经颇受上流阶层青睐，这个流行速度比上海、武汉、广州等城市稍慢一些。服装研究者指出，根据20世纪40年代出版的《裁剪大全》，民国的西服造型、所采用的尺寸测量方法及结构制图法等因素分析，民国时期的西服整体结构宽松，美观性稍差，沿用国外的比例裁剪制图法并不符合国人体格。

　　韩忠智主编的《百年金街春熙路》指出，当时在春熙路上开设有一家专做高等西服、大衣的"新亚西服店"。它主要制作进口高级毛呢的西服面料和大衣呢料，价格自然高得令人咋舌。一套西服的面料要价达1两黄金，最好的大衣呢料要达到1两3钱黄金。除了衣料外，加工工料费也要2钱金子。即便如此，生意依然不错，它是春熙路唯一的顶级服装店。

安克谐开办『四川账表工业社』

　　安克谐（1912—1990），祖籍四川省安岳县，生于重庆。民国十八年（1929）肄业于四川省立重庆高级商业学校高级部。先后在重庆自来水公司工程处、遂宁税务局等处担任会计员、会计主任。民国二十六年起，与人合伙在成都经营印刷业。民国三十年（1941），他独资在春熙路西段开设四川账表工业社，自产自销各式账簿表单，介绍推广西式账簿，并廉价提供给正则会计学校的学员使用，由此打开市场销路，业务日益兴旺，是精明能干的实业家。

　　安克谐根据市场的需要，设计了多种成套的西式账表。有订本的，也有活页的；有固定成套的，也有便于携带的抄本账簿，还有家庭用的简易账簿。应该说，安克谐做的并不仅仅是生意，而是在向市民灌输一种观念：淘汰以前的四柱龙门账，将一种更为科学、合理的管理方式应用到生活、经济当中。从而使会计工作从传统的事后记账、算账、报账，转为事前的预测与决策、事中的监督与控制、事后的核算与分析。管理会计的产生与发展，是会计发展史上的一次伟大变革。这时，著名会计师谢霖在春熙路南段开办的会计补习学校需用实习账表，要求四川账表工业社廉价提供。为了开展业务，安克谐廉价供应产品，这样就和当时的商业学校、会计学校的学生在业务上挂上了钩。后来这些学校的毕业生陆续走上工作岗位，需要用西式账簿的企业也就愈来愈多。账表工业社很快打开了西式账簿的销路，并占据了市场，这使得四川账表工业社成为了春熙路上独树一帜的企业。

罗辉武与『华盛皮鞋』

　　冯水木先生回忆说，与华兴街紧邻的"纯阳观街"，20世纪40年代是成都远近闻名的制鞋一条街。有名的"华胜鞋家"的老板罗辉武最早就是在纯阳观街"协通鞋铺"参师学艺，后自己开鞋铺制作鞋子。由于工艺好，质量优，生意越做越大。后买下春熙路北段"华胜大药房"做起了皮鞋生意，很是红火。1956年，公私合营成为"立新皮鞋厂"，1981年又复为"华胜皮鞋厂"。

　　罗辉武是做布鞋出身的，十分懂得市民对"扎实"的要求。那个年代车辆少，走路多，因而，鞋子的"扎实"程度往往是第一评判指标。尽管质量上去了，但比起皮鞋来，利润又低得多。那时，他最主要的竞争对手"大江东"主要经营皮鞋，罗辉武开始集中力量在皮鞋上与之进行比拼。他首先在女式皮鞋生产上打开缺口。

　　当时华胜皮鞋厂比较新奇的样式有：母女三用鞋（高跟鞋，鞋尖可以挂花，高跟鞋底可以装电珠放光）、木板断底鞋（一种可以折动的胶底女皮鞋）、梭跟女鞋（堪称罗辉武的独创）等等，大受市民欢迎，一个月可以售出上千双皮鞋。

　　罗辉武后来说："鞋店皮鞋价格高，最高的每双价为食米两担，最低也一担多，看来太贵，但毛利率和其他同业还是一样。过去皮鞋业有'鞋半节'称，就是卖半节赚半节，毛利率都是百分之四十至六十。说到销售，我店只有一个门市，皮鞋是一双一双地卖，不是一批一批卖，销量小，变换花色品种就很灵活，也给我店创造了精益求精的条件。"

华胜鞋家是一家前店后厂的企业，它的皮鞋样式新奇，工坚料实，质量过硬，很快不仅畅销成都，还受到外国人士的青睐，压倒了老资格的"大进步"鞋店。"华胜"由此成为成都知名的品牌，很长时间来，在春熙路享有较好声誉。如今，成都号称"女鞋之都"，共有1000多家鞋业生产企业，年产值上千亿元。看来，其肇始点应该在华胜皮鞋厂。

春熙路的洪水片段

历史上，成都平原洪灾频繁，经过治理者两千多年的不懈努力，成都形成二江环抱、绿水穿城的生态格局。

春熙路、科甲巷早已难觅河水的踪迹，但"老成都"偶尔还提到"解玉院"。流沙河先生说，千年前的大慈寺的西墙，贴近今福兴街、科甲巷、城守街一线，墙外有解玉溪的潺潺流水，由今梓潼桥正街（当时还是河床）流到这里来，沿着墙外一直向南流去。寺的西墙开有侧门，入门即解玉溪院。取名玉溪，可知此院必在解玉溪的东岸。广政元年（938）上巳节（阳历三月上旬）孟昶19岁，在此院宴从官，人人赋诗，这是仿效兰亭曲水流觞之会的文人雅事……玉溪院的位置，估计在今四川省图书馆附近。

在1949年之前，由于城市水利工程废弛多年，城里的一条御河和一条金河均成为生活下水道，淤积严重，成了十足的烂泥沟。下莲池等处蚊蝇孳生、垃圾腐烂，成为瘟疫的发源地。有一年成都霍乱流行，死亡人数成千上万，最早发作的病人就生活在御河和金河一线。由于内外江河道多年失修，每年夏天洪水泛滥，金河率先进水，使东南城区成为一片汪洋，许多城市贫民窟轰然倒塌，男女老少死于洪水；或者家产荡然，流离失所，造成惊心动魄的劫难。

1936年夏季，九里三分的成都连降暴雨，市内街道水深过膝，多处成灾。

有报纸报道说，这是"三十年来无此大雨""为十五年所仅见"。继7月暴雨水灾之后，同年8月，再遭水害。《新新新闻》1937年9月2日这样报道说："7月9日至18日，8月31日至9月1日两次大水，锦江水涨，淹没望江楼马路，城内淹没街道百余条。中、下莲池水深三尺，府河水涨高至二丈余，沿途田土、房屋、禾稼、冲毁无算。"又说，"入秋以来，兼旬大雨，成嘉（成都至乐山）、成雅（成都至雅安）两路中断车运。最近三、四日来又复每夜大雨。31日晚，狂风暴雨终宵，本市土墙倒塌者不下数百家。正府、鼓楼、三倒拐、复兴、科甲巷、南纱帽街等各街巷以及低洼处马路积水盈踝，铺面、公馆入水更深，有及尺许者。春熙路、东大街口汪洋一片。"在这样的水势面前，"华华茶厅"也在所难免。

如此规模的暴雨水灾，无疑又使成都的灾情雪上加霜。科甲巷由于巷子弯曲而狭窄，洪水不过是漫袭，除了损失一些物品，居住者生命无大碍。春熙路笔直而宽阔，洪水流速更快，加上商家的货物又多，交通瘫痪，根本无法转运，慌得团团转，俨然成了热锅上的蚂蚁。洪水退去之后，春熙路成为了一个混乱的"晒场"，一些商家只好将来不及转移的被打湿的货物进行甩卖，让平民百姓捡了许多便宜。

1937年的水灾之后，成都大约平静了8年。到1945年，8年前的暴雨水灾又再次重演。这一年的七八月份，雨水连绵不断，还不时暴雨倾盆。城中到处是泽国汪洋，许多街道可往来舟楫，上千户人家无处栖身。交通阻滞，工商停业，城市彻底陷于瘫痪。当时的报纸用了一个词，就叫"停市"。

但厄运总是接踵而至。1947、1948、1949连续三年，成都又遭到洪水的冲击。

1947年7月初，川西地区连续数日的暴雨，造成了成都特大洪水。7月7日，外西百花潭等处河道，水位骤增一丈六尺左右，沿河百余幢房屋被洪水冲毁，青羊正街、横街水深数尺，十二桥、晋康桥、宝云桥、小桥等处桥梁荡然无存，附近树木、围墙全部倒塌。被淹没的街道包括春熙路南段、总府街、青龙街等二十余条。《申报》1947年7月12日对成都洪灾的一篇专题报道写道："建筑百年的安顺桥和六十余年的万福桥，俱为洪水淹没冲毁，其余大小桥梁冲毁六十余座。不及走避的沿江居民千余人随洪水作波臣，一切财产尽为巨浪卷席一空，造成六十余年空前第一次大水灾……豪雨迄五日始告戢止，但市区仍成一片泽国。记者登城楼鸟瞰灾情，但见四野茫茫，洪浪滔滔，被冲毁的房舍、家具什物、尸骨、牲畜，以及沿江仓库中储藏的盐、煤、木柴、货物，滚滚逐波而下。灾民扶老携幼，凄凄惶惶，争登高处避水，刻画出洪水的恐怖惨景。7日洪水渐退，记者再到灾区查勘，昔日繁盛游乐之区，仅剩荒烟乱草，一片瓦砾……倾家荡产的灾民，呼天抢地，痛哭流涕，惨绝人寰。"

　　一个月后，成都再降大暴雨，春熙路北段彻底被淹，成为泽国。城市立即停电、停水。大雨从1947年8月12日，一直持续到14日夜晚。春熙路北段是地势较高的地区，连此处也被淹没，可以想象其灾难的程度。到了15日下午，洪水才从北段退去，露出的大街，宛如狰狞的河床。

　　虽然洪水退去，但米价立即暴涨，政府声言"平抑粮价"，结果是市场无粮出售，民众怨声载道。这一时期，粮、油、柴、炭、布等价格均暴涨，其增长幅度与5年前相比为：中熟米63倍，玉蜀黍31倍，猪肉60倍，菜油53倍，土布75倍，农地市价75倍，炭60倍，盐50倍，柴30倍，到6月底市场米价每双市斗高达260万元（法币）。在这样的几近"抢劫"的物价面前，寸土寸金的春熙路也难以承受。一些居民已成灾民，无家可归，沿街乞讨，就睡在大街沿上，路有饿殍，其状惨不忍睹。

　　这一串紧锣密鼓的大洪水，一浪高过一浪，让春熙路遭到巨大洗劫，加上物价狂涨，一些商铺因此再难恢复元气。

锦华馆街上最为著名的，是在错落的密集建筑群落当中，掩映着一抹尖顶楼阁，那是具有中西合璧建筑风格特色的"基督教青年会"会所。该建筑始建于1910年，1925年落成。每到夜晚，橘红色的灯光洒在哥特式的建筑上，显得典雅而神秘。锦华馆由两栋老上海式的骑楼连接而成，这是根据成都地区气候特点，考虑了避雨防晒，结合商业经营需要发展而来。基督教青年会会所建筑具有欧式拱桥样的青砖骑墙、欧式复古大门加上过街廊道，以及华丽的彩绘玻璃及浮雕。巴洛克装饰多运用在山花装饰及女儿墙的曲线中，使人恍如置身十里洋场的笙歌艳舞当中；走累了，靠近仿古青砖的墙体上，听一回历史的悠悠之声；浓墨重彩的彩绘，绘出一幅幅妖娆的油彩画；信道结构更是融合了西方古典主义，高挑的穹顶设计，以及深远的进深，寓意着西方文化经历遥远的路途与艰辛到达天府成都，与本土文化交融崛立的嬗变过程。这座隐藏在春熙路鼎沸商潮背后的西式建筑，一墙之隔的清净，很容易让人联想到哈利·波特的魔法学校。历史总是曲径通幽的，我们可以在记忆里听得到那茕茕的脚步，而蓦然回首，却已经无影无踪⋯⋯

基督教青年会于1844年由英国人乔治·威廉斯创立于伦敦，后传播到世界各地。当时计有90个国家有青年会的组织。后联合各国青年会成为"基督教青年会世界协会"。他们不是教会，是宗教性的国际社会服务团体。1910年英国传教士霍德进、美国传教士谢安道等人来成都，正式成立成都基督教青年会，以发展西洋体育来开展教务。1911年，由士绅83人连署提议，经当时四川省议会决议，划拨科甲巷四川司法署的空地一段，作为成都基督教青年会修建会所地址。拨出的土地面积共一百余亩，即现在春熙路北段及南段的地方。

当时，四川省政府主席张群曾任名誉董事长。黄次咸、宋杰人、蔡复初、华长吉、黄新培等相继历任总干事。"文革"时期青年会陷于停顿。1988年得到恢复。由李克连牧师为名誉会长；王问思牧师为会长（王于1989年病逝后，改由杨振华代理），总干事为华长吉。

青年会以发扬基督精神，"服务社会，造福人群"为宗旨；以"非以役人，乃役于人"为会训；以辅以人群品行、学术、体力、社交俾臻完美为追求。成立初期即开办学校，提倡科学与体育。曾用英国科学家韦纲卿所捐赠的科学仪器作表演，当场制冰造雪，让极少见过冰雪的成都人大感惊异。创办初期曾得到社会各界人士的支持和赞助，募得捐款6万元，遂开始修建中式会所。此时，杨少荃任会长，谢安道升任总干事。1913年，科甲巷会所落成，并首次举行征求会员大会，得会员600人，会费1万元。并积极开展各种活动。1914年青年会扩办英文学校，开办干事培训班，增设科学、体育等干事，会务进展较大。活动经费主要靠向社会名流和会员募集。

基督教青年会在成都还修建了篮球场、网球场、体育馆（后改为大华电影院）等设施，在华西坝及汪家拐南较场等地建有足球场，并经常有足球赛，客观上推动了成都早期足球运动的开展。陈毅在青年会学英文时，就非常喜欢踢足球。谢安道离开成都后仍关心成都青年会的体育建设，为纪念其父，1923年其捐资修建赠送了可避风雨日晒的室内体育馆一座。谢安道总干事为成都地区体育事业的发展作出了不小的贡献。

值得一说的是，谢安道很有头脑。1919—1920年，灌县人姚宝姗在小金县县长卸任后，集会省中经营界人士，即与传教士谢安道合资，兴办森茂伐木公司。公司以灌县为基地，在理番（今阿坝州理县）等地砍伐大山原木，加工成方料，经小沟入岷江漂运至灌县紫坪铺收漂，再扎成大筏，水运成都销售，获利甚巨。是为都江堰市第一家中外合资企业。

抗战前夕，全国反日情绪已日渐高涨。到了抗战时期，春熙路、科甲巷更是宣传抗日救亡的重要阵地，苗勃然、张漾兮、谢趣生、乐以钧、冯桢、车辐、龚敬威（龚与同）等一批爱国青年，两次在春熙北段的基督教青年会内举行"抗日救亡漫画展"，漫画家谢趣生的"新鬼趣图"漫画展更是轰动了四川；同时，画家们还创作几幅大型宣传画悬挂在春熙路口，揭露日寇的"三光政策"，在孙中山先生铜像前悬挂描写"平型关大捷"的实况画像……这对激发成都市民的抗日热情起到了积极作用。

尤其值得一说的，是抗战期间重庆中央大学教授、国画大师黄君璧与摄影大师郎静山联袂来蓉，恰逢当时成都正掀起为抗战将士募集衣服25万套，艺术家们立即投入到这火热的爱国行动当中。凡买郎静山所拍摄的照片一张只收5元，黄君璧一幅画只收20元，所有义卖款项均由《新新新闻》经手。

1939年两位大师再度来蓉，并联合在锦华馆里的青年会开过艺术作品展。郎静山展出照片100幅。风景、静物、人体均有。黄君璧展出了山水画60幅，水墨、浅绛、青绿诸色，真是色彩纷呈，让蓉城市民大呼过瘾。

邓穆卿先生指出，在这次联展上，郎静山最引人注目的作品是展厅中间悬挂在砖柱上的一幅一尺多高的《飞仙》。《飞仙》与敦煌飞天壁画无关，展示的是一位女飞行员的肖像，雄姿英发，既美且健，许多人对之流连。不料，第二天《飞天》就消失得无影无踪。据说是被什么飞仙大盗，施展妙手空空绝技盗走了。

邓穆卿先生文中提到的女飞行员，我估计是当年轰动全国的女飞行家李霞卿，或者是郎静山名为《陈素任女飞行员》的摄影作品。

这次联展得到广泛赞誉，名流向仙峤先生还特意赋诗：

造物无心镜有神，

如潭泻影各成春。

看来六法都抛却，

毕竟天然胜过人。

如在山阴道上游，

勤君满壁画沧州。

蜀人雅爱黄筌笔，

南海名珠一网收。

看起来，展出的是"飞仙"，盗画的是"飞仙大盗"，名流向仙峤先生的名字里，还带有一个仙字，真是仙踪难寻啊。

1993年，在作别成都50余年后，郎静山先生自台湾重返成都，这是他第三次来到成都了。为的是寻觅踪迹摄制巨片，他徜徉在春熙路夜市，依然是长衫便鞋，风神潇洒。

一些初到锦华馆游览的人，很容易将基督教青年会与基督教女青年会予以混淆，事实上，它们是既有联系又彼此独立的两个机构。

基督女青年会是一个国际性的社会服务组织。1855年由金纳德夫人创办于伦敦，提倡在青年妇女中进行德、智、体三育来发展"完全人格"。开初举办职业妇女宿舍和组织青年妇女宗教集会等，后发展为一个由基督教界主办的群众性的妇女团体。它关心妇女儿童的权利，因而获得社会各界的同情和支持。据1988年《中国大百科全书》资料记载，当时世界上约有70多个国家有女青年会组织，各国女青年会的联合组织为世界基督教女青年会。

成都中华基督教女青年会（Y.W.C.A）于1918年前后，在时任成都男青年会总干事的谢安道家里开始筹建，于1921年正式成立，会址在成都文庙后街唐家花园。第一任总干事为美籍人谭厚德，会长杨志鸿。由成都各界教会基督徒妇女组成委员会，举办成都妇女需要举办的工作，以范苹卿、陈志理、杨志鸿、杨伯祯、冯碧霞等任委员。开办补习班、查经班、烹饪班、妇女实用学校，举行友谊会、讲演会、儿童健康会等。1923年春，会址迁北新街。同年，冯碧霞赴杭州参加女青年会全国协会召开的第一次全国会员代表大会。

1924年，女青年会全国协会在上海举办体育班，成都女青年会就派傅子笈女士去上海学习。傅子筭回成都后，于1926年创办成都女子体育班，对成都来说是开天辟地的事情。傅子筭也是成都第一个骑自行车的女子。此时会址由北新街迁至皮房街（现中西顺城街）圣公会辅仁学社。

在培养女性自立、独立、学习、救助，创办幼稚园、社会赈灾等方面，成都中华基督教女青年会做出了不可磨灭的贡献。

1987年3月9日中共中央统战部、共青团中央、全国妇联联名批准成都女青年会与成都青年会一道恢复活动，并于1988年8月8日与成都青年会一道在成都举行了隆重的恢复庆典。

随着社会的变迁，恢复活动后的成都女青年会仍为四川省、成都市青联团体会员，是具有独立法人资格的社会文化服务团体。其宗旨仍是"服务社会，造福人群"。鉴于成都女青年会的会址未落实，所以两会协商同意两会两块牌子一套班子合署办公。

善堂以及金炸鼓响的『讲圣谕』

在春熙路北口一带，除了著名的慈惠堂、昌福馆要请老师来"讲圣谕"之外，科甲巷的林清楼茶铺除了讲评书，据罗成基先生回忆，偶尔也要"讲圣谕"。而让人记忆犹新的，是大科甲巷靠近城守街口的正心堂，那是一个专做善事的善堂。

正心堂是成都旧时慈善团体——正心堂慈善会故址。始建于清咸丰十年（1860）。民国十一年（1922）重新修建。正心堂占地面积1497.8平方米，建筑面积1400平方米，为砖木庙宇式结构，坐北朝南。正殿为重檐歇山式屋顶，屋顶前坡左、右各有一宽敞的亭式天窗，巧妙地与屋顶相连，正脊有吻兽等饰物。楼房共4层，第二层为厢楼，可绕前院一周，是谓"走马转阁楼"。第三层前后有4个六角攒尖小木亭，掩护四方楼梯，四面窗棂皆安装玻璃，室内格外明净。堂前楹柱排列成行，可嵌八尺长联，柱顶均有雕花撑弓，富丽堂皇。正心堂在"文化大革命"中损毁严重，尚存基本完好的大门、正殿、耳楼，1981年地名普查时列为市级文物保护单位。

正心堂每年都要做几次法事：三月十五观音会，七月十五盂兰会，九月初一玉皇会。逢做法事，善堂公请来一些和尚或道士，穿上法衣敲锣打鼓，扬幡飘旗，祈福求安，寄愿上天。每做这些法事要撒一种"鬼弹子"（即面粉做的糖果），小孩子高兴得满地抢，热闹非凡，不亚于过年。这些善堂在成都市有数十家，1949年后，连同"讲圣谕"被扫进"历史的垃圾堆"。

穷人生了病来此看病吃药不要钱，死了人可以来这里要棺木，大寒天没衣穿可以来这里要衣服，逢年过节还可以来这里要米票。这些东西是哪里来的？全是有钱人自觉自愿地捐赠。捐赠的人就叫善人。善人们从物质救济入手，在道德教化方面却也从不落后，所谓物质文明与精神文明并举也。据说，听了正心堂的"圣谕"，扒手小偷也少了很多。

我敢肯定，绝大多数成年人对"讲圣谕"都淡忘了，因为它在城市里已没有听众，它忠实的观众在农村，不亚于追星族对明星的热爱。

在旧时成都的许多茶铺中，由民间艺人坐堂讲评书的不少。而与此同时，在一些小街小巷的街沿上，也有先生搭台"讲圣谕"，拥有大量听众。花钱请圣谕先生的多是街坊上有权势有钱财的人。一般要连续讲三五个晚上，有时还长达十天半月，然后才转移到别的街巷上去讲。参加听圣谕的人并不出钱，他们多为街坊上的老年人和儿童，以及一些身世十分坎坷的人。

王笛在《街头文化》一书里，引述了一些西方人20世纪初在成都的见闻："讲圣谕在整个四川都很普遍，但成都尤为盛行，在茶馆、公馆或其附近，人们频繁地聚集在一起，听先生或学究讲述子女孝顺的故事，或者谈论圣谕以及类似的书籍。这在夏天和冬天的晚上似乎成为一种惯例。"

清康熙帝于康熙九年（1670），颁布了十六条"圣谕"："敦孝悌以重人伦；笃宗族以昭雍睦；和乡党以息争论；种农桑以足衣食；尚节俭以惜财用；隆学校以端士习；黜异端以崇正学；讲法律以儆愚顽；明礼让以厚风俗；务本业以定民志；训子弟以禁非为；息诬告以全善良；诫匿逃以免株连；完钱粮以省催科；联保甲以弭盗贼；解仇忿以重身命。"为了使教化十六条之"圣谕"通俗易懂，深入浅出，全民普及，雍正二年（1724），朝廷加以演绎，制定为《圣谕广训》，颁布人民认真领会、严格执行。并专门制定了"定讲期""筹讲费""明讲法""肃讲仪"等宣传条规，以推行"圣谕"落实，此即为清代"讲圣谕"制度。

《圣谕广训》虽然是用简洁浅近的文言写成，但是对于不识字的老百姓来说，依然听不太懂，这直接影响到学习效果。于是陕西盐运分司王又朴将《圣谕广训》翻译为白话。例如开头的几句是这样的："万岁爷意思说，我圣祖仁皇帝，坐了六十一年的天下，最敬重的是祖宗，亲自做成《孝经衍义》这一部书，无非是要普天下人都尽孝道的意思，所以圣谕十六条约，头一件就说个孝悌。"这种口语化的材料，极便于地方官向老百姓宣讲，于是各省官员反复刻印，名之曰《圣谕广训衍》。

我在阅读日本人中野孤山《横跨中国大陆——游蜀杂俎》时，就发现他不明白"讲圣谕"为何物。他竟然称讲述者为"格言师"。因为他不知道那时"格言"的含义。一般的情况是，讲述者前并排摆放两张四方桌，桌上又叠架着一张高脚茶几，茶几上供一面神主牌位，用小木牌上书"圣谕"或者"格言"二字。木牌前放有一个香炉，插着几支香烟缭绕的神香。香炉旁还亮着一盏油灯。讲述者抑扬顿挫，时而还拍击一下惊堂木，以增强道德感染效果。

四川省历史学会会长谭继和先生回忆往昔过春节的习俗："我们川东开县春节初一到初三要舞龙灯、放花炮：长长的曲折有致的石板阶上，街两边准备的许多花炮放出满天火花，好几个长长的火龙队伍在火花中穿行……初三以后有说书的艺人'讲圣谕'，就是皇帝的旨意，成都叫讲评书，古时候传达皇帝旨意都是通过这种街头宣讲评书的形式，讲堂往往设在较宽阔的街道中心，由说书艺人先说一段文言，念一段诗词，再讲历史故事，整条街都围着人听。"可见，如此神圣的"圣谕"，开始成为了说书艺人的一门技艺了。这是否才是皇权主义的真正意旨呢？

所以，讲圣谕并非宣讲皇上的恩德，而是讲圣人的故事，如"二十四孝""昔孟母，择邻处""寡妇西征与贞节牌坊""岳母刺字"等等，用光辉四射的民间伦理故事来匡扶正义，重建儒家五常（君臣、父子、夫妻、弟兄、朋友）的大厦。后来，讲圣谕逐渐民间化，讲圣谕的先生规格比说书人的规格高得多，好像一个人从事着与道德有关的工作，就决定了他与贩夫走卒云泥立判的性质。而先生不负众望，其生动流畅的语言，细腻如绘的形象展示，不时穿插一些增强表现力的动作，一袋烟的工夫，听众就感动得哭声一片！有些老太婆激动得不能自持，多次昏厥，苏醒过来，还要听下去，接着又继续昏厥。而一些做过亏心事的人，在这面明镜的照耀下，羞愧难当，全程耷拉着脑袋流泪……

春熙路上的灯草客

　　现在的都市里，再也见不到灯草客的身影了。雪白圆润的灯草如此之纤长洁净，甚至有些华丽，使人很难联想到它竟是一种植物的茎。灯草即灯心草，又名通草、虎须草、碧玉草、灯心等，为灯心草科多年生草本植物，盛产在四川东部，因此灯草客多为川人。卖灯草本是小本生意，赚不到几个钱。现在的灯草买卖自然不是为了点油灯，而是为了入药。灯心草气味甘、寒，无毒，李时珍说它主治"五淋，生煮服之。败席煮服，更良"，此外，还可治"阴窍涩不利"，"止血通气，散肿止渴"。我在幼年时，在喝的牛奶里，父母总会把几根灯草盘曲起来，放在里面仔细煮过，才给我喝。理由是，灯心草泡在牛奶里，让小孩子喝了不会流口水。想想漫长的古代，灯草或棉纱捻成的灯芯，蜷曲在一汪清油里，飘立空心的火焰，它虽不可能照亮历史，却能照亮人们如豆的生命。

　　去过北京灯草胡同的人，就应该明白，京师的灯草十分著名，素有"京师通草甲天下"之誉。其实，在旧时的成都，灯草的买卖很常见，不仅仅用来点灯，民间也用来煮牛奶，清热治病。所以不要小看灯草，就像成都俚语里"说得轻巧，拈根灯草"那样轻贱。

　　灯草本来是野生的，由于可以用于点灯、打草鞋、编草席，派上经济用处后，慢慢就变成在土里人工种植了。灯草的心是白色的，柔软中略有张力，但是经不起手指压，一压就扁了。在没有发明煤油灯和电灯的时候，用清油照明，灯草芯吸油能力很强，所以用作灯芯。

在民间职业划分里，有"十客"一说，指的是：灯草客、麻布客、花椒客、胡椒客、桐油客、生漆客、水烟客、针线客、鸦片客、吗啡客。灯草客居首位，想来从事者庞大，而且，也含有巨大的市场。但这类低微的职业，恰恰是官吏榨取民脂民膏的领域。明代周晖在《金陵琐事》中讲了一个小故事。他说，在矿税繁兴的时候，有一个叫陆二的人，在苏州一带往来贩运，靠贩卖灯草过活。万历二十八年，税官如狼似虎，与拦路抢劫的强盗没什么差别。陆二的灯草价值不过八两银子，好几处抽他的税，抽走的银子已经占一半了。走到青山，索税的又来了，陆二囊中已空，计无所出，干脆取灯草上岸，一把火烧了。作者评论道：此举可谓痴绝，但心中的怨恨，不正是这样么！看来，当地的灯草种植和销售行业大概也完蛋了。作者也说，重税造成了万民失业的结果。

在灯草客中，四川的灯草客却有着更大名声。

川籍灯草客的行头除了货物，还要带铜罐、米口袋、盐巴、刀子、草鞋、火石等等，三五成群，结伴而行。头上包着几尺长的粗白布帕，在右耳朵边吊下几寸长的帕子头，就构成了灯草客的职业标记。他们穿行在闹市小巷里，科甲巷是他们经常出没的地方，口中吆喝："灯草、灯草、灯草，点灯浇油少不了。清热解毒是良药，今天吃了明天好……"声音清亮，在住户窗畔回响，犹如招魂。而在一些民谣里，灯草客的声音得到了进一步确认："好哭佬，卖灯草，卖到河里狗子咬。狗子狗子你莫咬，他是我们家的好哭佬。"

灯心草燃成的余烬，常结成灯花，并爆裂出火星，古人称之为喜兆。"昔陆贾言灯花爆而百事喜，《汉书·艺文志》有占灯花术，则灯花故灵物也"（《本草纲目》）。唐代诗人杜甫在《独酌成诗》中说："灯花何太喜，酒绿正相亲。"

清代文学家、翻译家林纾，曾写过一首《灯草翁》的诗，描写了一个卖灯草的老者的艰难生存境况，最后连半间栖身的破屋，也被官府夺去，读来令人潸然，移来比之昔日成都的灯草客，怕也是适用的吧。所谓"说得轻巧，拿根灯草"，灯草之轻，犹如灯草客之命运也。

灯草的产量并不大，才使灯草席成为以前有钱人的用品。但是还有比灯草更贵的，那就是我一直以为是由灯草制成的布料灯草绒。当时有一句顺口溜：有钱人，大不同，身上穿的是灯草绒。我至今也不知道灯草绒与灯草是否有所联系，但是那时对穿灯草绒的人确实是充满了敬畏的，渴望有灯草绒衣服是心中一个不敢说出来的梦想。可以说，灯草绒在20世纪50年代成为了一种要么有钱、要么有权的身份象征。

现在早没有人使用油灯了，也没人穿灯草绒了，但是偶尔能在乡村的道路上看到举着一根竹竿、上面缠了几束美白如玉的灯草芯叫卖的乡里人。

　　《清明上河图》所反映的固然是典型的宋代商业街繁荣景象，但真正意义的商业步行街，却起源于欧美大城市。20世纪五六十年代，小汽车的飞速发展使得欧美国家城市的中心区交通混乱、空气质量下降、环境污染；又由于受到郊区购物中心的挑战，中心区商业零售衰落，吸引力下降。为了复兴中心区商业，改善中心区交通环境，商业步行街应运而生。此后，欧美国家的许多城市都建设了商业步行街，并取得了巨大的成功。商业步行街发展到今天，不再单纯地以商业为追求目标，现代商业步行街的发展目标可以概括为以下三个方面：一是功能目标。旨在提高商业步行街的运转功能，避免步行者与机动车辆之间的冲突，保护步行者安全。二是商业目标。旨在增加商业销售和服务，吸引更多的市民及外来的游客以增加商业利润、繁荣市中心的经济。三是环境目标。向人们提供一个安全、舒适、赏心悦目的购物、游艺、休憩的物质环境，为人们提供相互交往、感受城市文化和社会活动的人文氛围。

　　根据国外专家的测算，一个一百万人口的城市才能养活一条步行街。这对于一些中小城市而言，就必须综合考虑各种因素，做好规划、做好文化和商业的嫁接。而对于春熙路来说，早就具备这样的实力了。

　　据20世纪40年代中期的统计：成都市区商店总数共计28480家，与抗战前相比，净增15167家（参见《成都城市史》240—248页，成都出版社，1993年出版）。城市商业形成一个以春熙路为中心，北接总府街、商业场，延续到提督街，南接东大街的繁盛的商业闹市区。商业贸易活动的空前活跃，极大地刺激了金融业的兴旺，银行、钱庄密布市区，约计七八十家。银钱、期货的投机活动也应运而生，形成安乐寺的黄金、白银、纸烟市场，东大街沁园的棉纱市场，大安市的米市，城守东大街的匹头市场，正娱花园的黄金市场……与此同时，成都城市房地产业也进入黄金时代。以春熙路为例，抗日战争时期，地价扶摇直上，暴涨到寸土寸金的水平。一个单间铺面，年租金高达黄金数十两到一百两。

1949年之后，春熙路依然是成都市重要的商业口岸，成都第一百货公司、电讯商场、文化用品大楼、新华书店等一批新兴商业的加盟使春熙路的商业结构得到了大大的丰富，这里日渐成为成都市区越来越重要、越来越有吸引力的商业中心区。随着商业经济的飞速发展，春熙路的商业价值也日益高涨，地价一路走高，商业愈加繁荣，如今的春熙路，不但已经牢牢地确立了它在成都市商业区中的中心位置，而且广泛认可为"四川第一街"。

2002年2月10日，经过十个月的整治后，春熙路作为成都市第一条商业步行街"开街"，陈旧拥挤的老街变成了一条璀璨夺目的新街。1965年，德国慕尼黑市政府批准实施"津森十字方案"，从而使慕尼黑市旧城的现代化改造取得成功，获得联邦德国政府颁发的旧城保护金牌奖。鉴于慕尼黑"津森十字步行街"是全球首个利用十字交叉道路建成的商业步行街，成都予以借鉴，把春熙路作为中心，逐步改造，从"一字形"的步行街改造成为"丰"字形的步行街，最后形成为"田"字形的步行街。"开街"当天，春熙路涌进了十万游人！

虽然春熙路重新开街取得巨大成就，但人们逐步意识到，目前春熙路步行街的商业结构仍以服装销售为主，餐饮、娱乐、服务等经营比例较低，顾客的购物功能仍占绝对主导地位，尤其是青年路的商业结构仍以较为单一的服装经营为主。建议在春熙路步行街的改造中适当调整商业结构，适量减少服装经营，同时调整商业结构比例使文化经营比例达到20%；餐饮经营比例提高到12%；服务业增加到6%；休闲娱乐的经营比例达到10%。其中增加食品供应与休闲娱乐项目是很有必要的。调整商业结构可以增加步行街的文化吸引力，激发层次更加丰富的社会活动。这是因为在人们日益复杂的社会生活中，逛街的目的已不再仅仅停留在单一的购物功能上，享受丰富的、多层次的社会生活已成为人们日益迫切的心理需求。人们逛街的目的不确定性和目的转移性说明了商业对人们行为的引导作用。因此，为满足人们日益增长的物质文化需求，有必要进行商业结构调整，保持餐饮、娱乐、文化等功能需求的适当比例关系。我们可以看到一些特殊的商业经营项目，比如食品供应可以提高空间的吸引力（《成都市春熙路步行街现状及发展对策研究》）。

我在春熙路上注意到，数百米长的街道上，仅有一些低矮的景观树木，而且可以肯定地说，整个春熙路空间内，几乎已经找不到一棵土生土长的大树了，仅在科甲大厦正门口，尚可见到从一家宾馆围墙伸延出来的一棵六七米高的树。而在春熙路南段现今"龙抄手"对门，也还可见到另一棵大树。在锦华馆廊道里，悬挂着一幅巨大的20世纪40年代的春熙路老照片，可以清晰地看到那时道路两侧的高大行道树。记得国内几条深得好评的商业步行街上，种植了几棵大树，它们既点缀了环境、为步行街的空间创造韵律感，又对游人起到提示路口的作用。同时也较好地解决了行道树与商店招牌、霓虹灯广告间的矛盾。这样的办法，是否可以借鉴呢？

见仁见智的结果很正常，如今春熙路地面没有出现有碍观瞻的窨井盖，其道路设计采用的是缝隙流水的方法。同时，春熙路还采用许多全国首创的设计，这些新颖的方式让春熙路格外靓丽。春熙路东路有4个长为23米、宽为4.5米的绿化带，以树木为主的绿化带内铺上表面粗糙外形不规则的青石，使得绿化带极具返璞归真的特色。据悉，这在国内的步行街上尚属首创。

《新周刊》根据养眼、美食、便利、休息、人气和商业6大指数，再次推出"中国商业街排行榜"，被誉为西南第一商业街、西南第一商家高地、成都金街的春熙路进入该榜前三甲，仅次于香港铜锣湾、上海南京路，其后是北京王府井、台北西门町、武汉江汉路、重庆解放碑（西部第一街）、广州北京路、南京湖南路、哈尔滨中央大街。有媒体说："城市掘金哪里去，春熙路；品味时尚哪里去，春熙路；打望美女哪里去，春熙路……哪里都不想去？还是可去春熙路。"成都春熙路名列第三的理由，主要在它的养眼指数和美食指数很高，另外比较高的是休憩指数、人气指数和商业指数。而进一步提升人文含量，将使这条百年金街无愧于魅力成都的代表。

附录：参考书目

在写作过程中，笔者参考了大量涉及成都的各类历史资料，挂一漏万，特予致谢——

1. 杨武能、邱沛篁. 成都大词典[M]. 成都：四川辞书出版社，1995.

2. 谭继和. 竹枝成都[M]. 成都：四川人民出版社，2008.

3. 四川文史资料集萃（6卷）[M]. 成都：四川人民出版社，1996.

4. 成都市政协文史学习委员会. 成都文史资料选编（12卷）[M]. 成都：四川人民出版社，2007.

5. 冯举、谭继和、冯广宏. 成都府南两河史话[M]. 成都：四川民族出版社，1998.

6. 隗瀛涛. 巴蜀文化走进千家万户丛书（第2辑）[M]. 成都：巴蜀书社，2005.

7. 四川历代文化名人辞典[M]. 成都：四川文艺出版社，1992.

8. 四川民居[M]. 成都：四川人民出版社，2004.

9. 老成都系列（6种）[M]. 成都：四川文艺出版社，1999.

10. 曾智中、尤德彦. 李劼人说成都[M]. 成都：四川文艺出版社，2007.

11. 车辐. 锦城旧事[M]. 成都：四川文艺出版社，2003.

12. 车辐. 川菜杂谈[M]. 成都：生活·读书·新知三联书店，2004.

13. 吴世先. 成都城区街名通览[M]. 成都：成都出版社，1992.

14. 邓穆卿. 成都旧闻[M]. 成都：成都时代出版社，2005.

15. 北纬30度，发现成都（第三辑）[M]. 成都：成都时代出版社，2007.

16. 郑光路. 四川旧事[M]. 成都：四川人民出版社，2007.

17. 郑光路. 成都旧事[M]. 成都：四川人民出版社，2007.

18. 成都市群众艺术馆. 成都掌故（第一集）[M]. 成都：成都出版社，1996.

19. 成都市群众艺术馆. 成都掌故（第二集）[M]. 成都：四川大学出版社，1998.

20. 王笛. 跨出封闭的世界——长江上游区域社会研究[M]. 北京：中华书局，2001.

21. 潘捷、杨建德. 锦江记忆[M]. 北京：新华出版社，2008.

22. 川大史学（全7卷）[M]. 成都：四川大学出版社，2006.

23. 流沙河. 芙蓉秋梦[M]. 南京：江苏美术出版社，2004.

24. 蒲秀政. 走近老成都[M]. 成都：四川人民出版社，2002.

25. 吴天玉. 锦江春色与天齐[M]. 成都：巴蜀书社，2005.

26. 谭继和. 文化天府系列丛书（第一辑12卷）[M]. 成都：成都时代出版社，2009.

27. 龙门阵[J]. 成都：四川人民出版社.

28. 江玉祥. 〈醒园录〉注疏[M]. 成都：四川人民出版社，2021.

29. 蒋蓝. 成都笔记三部曲[M]. 成都：四川人民出版社，2018.

30. 蒋蓝. 成都传（上下卷）[M]. 成都：四川人民出版社，2023.